W0357661

PASTORALE

Eerste druk november 2019

© Copyright 2019 STEPHAN ENTER, UTRECHT
Niets uit deze uitgave mag worden verveelvoudigd, op welke wijze ook, zonder voorafgaande schriftelijke toestemming van de uitgever.

Stephan Enter

Pastorale

Uitgeverij Van Oorschot
Amsterdam

EEN

I

Oscar liet de woorden van de leraar los – hij wist alles al. De hele klas wist het al, van het ongeluk.

Zijn aandacht zwenkte – via de formules op het krijtbord, de reikende vinger van een jongen links vooraan – en kwam tot stilstand bij de uit zonlicht gegoten vensterbank naast hem, waar een bromvlieg zich woedend stukvloog op het raam. Oscar hoorde zichzelf zuchten; er was een groot verschil tussen hem en het insect – want dat was onvermoeibaar, het stortte zich keer op keer met blinde haat op de transparante barrière die het van de vrijheid scheidde. Hij keek (met even ook letterlijk een zwaar gevoel van lusteloosheid) naar buiten, naar het verlaten, in junihitte blakerende plein. De lucht erboven trilde, werd vloeibaar. Stel je voor, ging het door hem heen – jaar verder, eindexamen, en dan studeren en op kamers, voorgoed vrij en weg, weg uit dit dorp. Wat een verlossing! En hij wist, met grote innerlijke zekerheid, dat het leven dan iets wonderbaarlijks voor hem in petto had – dat ergens in de toekomst, op een onbekende plek, een heel bijzonder geluk op hem wachtte. Maar vóór dat moment lagen nog een zomervakantie en een lang saai schooljaar, een eeuwigheid waarin niets van enige betekenis ging gebeuren. Ook voor de tentamens en examens volgend jaar zou hij met zo veel gemak slagen dat het de dorre voorspelbaarheid van zijn dagen nauwelijks zou onderbreken.

In de verte, op de straat achter het plein, voorbij de fietsenstalling en het sportveld, verscheen als in een luchtspiegeling een soort olifant, die steeds een paar stappen langs de huizen deed en dan abrupt weer bleef staan. Oscar kneep zijn ogen tot spleetjes, zag hoe begeleiders grote grijze zakken naar het beest gooiden.

Er was goedbeschouwd één ding waarnaar hij vandaag kon uitkijken, en dat was dat Louise thuiskwam. Ze had raar geklonken eergisteren over de telefoon, een beetje geheimzinnig. Vooral toen hij vroeg of ze soms zwanger was – de lacherige manier waarop ze dat ontkende maakte hem pas echt achterdochtig. Want hij hoorde het altijd meteen als ze ergens omheen draaide. Maar nee, had ze gezegd, neenee niets aan de hand, niks ernstigs broertje en wat dacht hij nou helemaal: dat ze zó stom was, waar zag hij haar voor aan? Daarna herhaalde ze haar vraag: of hij die middag, die inmiddels deze middag was geworden, na school thuis zou zijn, want ze moest hem even spreken en nee, ze deed dat liever niet zo over de telefoon. En jij, hoe gaat het met jou, had ze eroverheen gebabbeld; hoe ging het op school en zeg eens, er was toch zeker wel iets noemenswaardigs gebeurd in het dorp? Op zijn ontkenning had ze met een nuffig 'echt niks, niemendal?' gereageerd, waarna hij het nieuwtje van de week samenvatte: een boer die na de marktdag, tjokvol jenever en tjokvol geld na goede handel, ter hoogte van het Hackfortse Bos in het donker met fiets en al de sloot in was gewaaid of geduwd, dat bleek niet helemaal helder, maar in elk geval thuis ontdekte dat hij was beroofd. Louise moest om het verhaal lachen, vooral toen hij eraan toevoegde dat afgelopen weekend de nieuwe dominee liefst drie kwartier lang had gepreekt over de zonde van de drankzucht. De zonde, riep ze opgewekt uit, dat is een imaginaire ziekte die is uitgevonden om je een imaginaire remedie aan te smeren!

Het hielp – denken aan Louise. Zodra hij aan haar dacht, viel een deel van zijn neerslachtigheid van hem af. En waardoor was dat – doordat het onvoorstelbaar was dat zij zich zo zou voelen als hij nu, en het ook uitgesloten was dat zij zich ooit verveelde? Alles aan haar was altijd grillig, onvoorspelbaar, en levend. Ja, dat vooral. Zelfs als ze gewoon stil stond te roken voelde je haar felle alertheid, voelde je dat ze elk moment (en hoe vertrouwd was hem die typische manier van doen) kon beginnen met 'Zeg eens...' Zolang hij zich kon herinneren gooide ze vragen en opmerkingen waarbij ieder ander zich ongemakkelijk zou voelen zomaar op tafel. Sommige familieleden waren op hun hoede, leken een beetje bang voor haar – terwijl ze hém tot vervelens toe schattig bleven vinden. Maar hij had dan ook nooit op zijn zesde of zevende tijdens een verjaardag met alle visite erbij aan hun moeder gevraagd: 'Hoeveel zijn we waard mama, Oscar en ik, voor hoeveel zilverlingen zou je ons verkopen?' En Louise, zo ging het verhaal (want hij kende het niet uit de eerste hand, het behoorde tot de vaste familieanekdotes) was volstrekt serieus geweest, was giftig geworden toen er aanvankelijk nog vertederd door de kring van volwassenen werd gelachen, het leek haar helemaal niet zo'n vreemd idee, ze wist zelf namelijk precies voor hoeveel ze hun ouders van de hand zou doen, en ze wilde niet naar bed voor ze een antwoord in onafgeronde getallen kreeg. Het verschil tussen hen werd ook zichtbaar wanneer iemand zelf een discutabele of gratuite mening verkondigde. Daar schoot Louise op af als een eend op broodkruimels, terwijl hij juist in gedachten verzonken raakte of zich door allerlei fantasieën op sleeptouw liet nemen en pas met een inzicht of vraag kwam als het gesprek allang weer over iets anders ging.

Natuurlijk waren er overeenkomsten, vooral uiterlijke. Ze waren allebei opvallend tenger, en ze hadden hetzelfde grijzige blauw in hun ogen. Een identieke, rechte, niet te grote neus. Keurige tanden, waar nooit een beugel aan te pas zou komen. (En des te triester, kon hun moeder niet nalaten te herhalen, dat ze beiden vullingen hadden en dat Louises gebit zoetjesaan geel kleurde van de nicotine.) Hij was tegenwoordig wel langer; twee jaar geleden had hij haar ingehaald en nu stak hij een kop boven haar uit. Maar ze bleef hem zo minzaam 'broertje' noemen (en hij zag haar voor zich: één oog dicht tegen de rook die in haar gezicht dreef, het innemend-pesterige trekje om haar lippen). Haar halflange haar was lichter blond dan het zijne, bijna stro, en het was sluik, terwijl hij krullen had. Ze had een bleke huid, ook 's zomers, en vaak vermoeide, donkeromrande ogen. Ze maakte zich zelden op. Hij had haar nooit horen gillen of giechelen. Ook niet zien huilen, nee. Een van hun tantes ventileerde bij een verjaardag de overtuiging dat ze 'toch wel een beetje' contactgestoord was – wat de toevallig binnenkomende Louise blijmoedig beaamde.

De vlieg leek tot een nieuw inzicht te komen. Hij zoemde niet meer, en trippelde in een grillig patroon over het glas. Nu bleef hij staan en wreef, alsof hij zichzelf een laatste maal oppepte, zijn voorpoten langs elkaar. Oscar zag hoe het zonlicht een iriserende gloed in de tot rust gekomen en achterwaarts neergestreken vleugeltjes schoof. Had het insect besef van zijn lot, of was het domweg uitputting? En stel dat hij opstond en zijn stoel door het raam smeet, zou het dan enige dankbaarheid voelen ten opzichte van zijn verlosser?

Waarom wilde Louise hem spreken, wat kon er zijn waarover ze zijn mening wilde? Dat ging nooit zo; zolang hij zich kon herinneren luisterde hij graag (en meegaand) naar haar wanneer ze een stokpaardje zadelde en er – de ene na de andere sigaret wegbrandend – energiek op rondgaloppeerde. Ze had eigenlijk geen mooie stem; eerder een beetje schel. En ze had ook, was hem een jaar geleden opeens opgevallen, de neiging te hard te praten als ze vlak naast je stond. Maar het sprekendst aan haar was toch het contrast tussen haar stemmingen: het ene moment lag ze zwijgend en wrokkig fatalistisch tot in de middag in bed te roken, en dan werd er een onderwerp aangeroerd dat ze de moeite waard vond, en was het of er een schakelaar werd omgezet die haar onder stroom zette. Ze hielden zolang hij zich kon herinneren zielsveel van elkaar, al zou zij dat nooit ondubbelzinnig laten merken. Hij had daar geen moeite mee; hij was van hun tweeën de weekste, had ze eens verzucht, en misschien had hij haar zo nog het liefst: een beetje neerbuigend en hem uitdagend tegen haar in te gaan. Sinds ze op kamers woonde ging hij trouwens nog minder tegen haar in dan daarvoor; hij wilde zo veel mogelijk horen over haar studentenleven. En als hij naar haar luisterde, en haar volkomen begreep, misschien als enige, en blij, gelukkig zelfs, werd van haar scherpte en haar bevlogenheid, kon hij zich niet anders voorstellen dan dat het altijd zo tussen hen zou blijven.

'Vrijwilligers?' De dwingende ondertoon in de vraag haakte zich in Oscars gedachten. Hij ging rechtop zitten en trok het plakkende shirt los van zijn rug. Er stonden twee bovenramen open, maar van circulatie was geen sprake. De atmosfeer in de klas was om onpasselijk van te worden, niet in de laatste plaats doordat sommigen een zweetlucht bij voorbaat smoorden in een wolk Odorex.

Hij keek naar de leraar, die wachtte op respons. Wat een ventje eigenlijk; een huid vol putjes, vettig haar dat als een toupet op zijn schedel lag, een weifelend snorretje in het gespannen gezicht en, wel het meest opmerkelijk, een flapoor en een oor dat gewoon plat tegen het hoofd zat. Hij was nu een jaar hun klassenleraar, en deed de laatste weken weer vreselijk zijn best populair te worden. Maar genade zou niet meer in hen opkomen. Tussen de tafels door kon Oscar zien hoe van de twee meisjes op de voorste rij, beiden in dunne zomerjurk en met gelakte nagels, het linker met modellenverveeldheid haar ene opzijstekende blote been over het andere plooide. Als haar buurvrouw nu haar rode haar opzij sloeg en in opperste aandacht met haar kin op haar gevouwen handen vooroverleunde, zou hij weer zo hulpeloos blozen. En dat had dan een kind verwekt.

‘Niemand? Kom nou, hij is toch jullie klasgenoot. Wil niemand weten hoe het met hem gaat?’

Hoe het met Jonkie ging was twee lesuren eerder, bij biologie, al nuchter uiteengezet door mevrouw Stam. Van haar kon Oscar zich juist zeer goed voorstellen dat ze aan lichamelijkheid deed. Ze was roze, een en al deinende hulpvaardigheid, en haar lokaal geurde zomer en winter naar badolie. Ze had een gonzende, verrukkelijk hese stem. Ze begon eens een les over de voortplanting met de onvergankelijke woorden: ‘Als mijn man heet is...’ Het bleef duister wie mevrouw Stam op deze reformatorische scholengemeenschap had aangenomen, en nog duisterder waarom ze nooit door de ouderlingen uit het bestuur op de vingers was getikt. Of misschien ook niet, wat dat laatste betreft: geen leerling zou haar verraden.

Jonkie Matupessy, een Ambonees uit de Bloemenbuurt en met afstand de impopulairste leerling van de klas, lag dus in het ziekenhuis. Hij was al een paar dagen niet op school geweest en nu bleek dat hij op een gestolen crossmotor door het Hackfortse Bos had gescheurd, door een boomstronk was gelanceerd en ongeveer alle botten in zijn lichaam had gebroken. En omdat zijn vader erop stond dat hij niet achter raakte met huiswerk, moest iemand aantekeningen naar de familie brengen.

‘Echt niemand?’

Links voorin ging opnieuw een arm omhoog.

‘Ja?’ klonk het opgelucht.

‘Mag ik naar de wc mijnheer?’

‘Goed,’ zei de leraar. ‘Doen we het op mijn manier.’ Hij stond op, stapte naar het schoolbord. Pakte een krijtje. Bewoog een zijpaneel van het drieluik naar voren, ging er zelf naast staan en schreef iets op de achterkant. ‘Getal onder de dertig. Ik begin hier’ – hij wees met het krijtje naar rechts vooraan – ‘ja?’

‘Nul,’ klonk het.

‘Geniaal. Volgende?’

Op dat moment werd er hard tegen het ruitje in de deur van het klaslokaal getikt en meteen kwam de conrector binnengelopen, gevolgd door een politieagent met een pet onder zijn arm.

‘Rustig,’ zei de conrector streng naar de klas, hoewel niemand geluid maakte. Iedereen keek naar de enorm grote agent, en vooral naar het pistool dat in een holster aan zijn heup hing.

De drie mannen overlegden, er leek twijfel over iets dat wel of niet ter sprake zou worden gebracht. ‘Ze zijn oud genoeg,’ hoorde Oscar de conrector concluderen. De licht buigende agent knikte.

‘Dit is mijnheer Colenbrander –’ begon de conrector, zich tot de leerlingen wendend, ‘van de politie. Hij wil graag iets vertellen en ook iets vragen. Het is belangrijk dat jullie eerlijk antwoord geven.’

De agent stapte naar voren en keek de klas rond. ‘Er zit verder geen Ambonees in deze klas?’ Een paar hoofden schudden van nee. ‘Is iemand in deze klas bevriend met...’ – hij keek opzij naar de leraar, die hem de naam toefluisterde – ‘Jonkie Matupessy?’

Niemand reageerde. Op iets andere toon begon de agent aan zijn uiteenzetting. Ze konden, zei hij, het zich vast niet herinneren – de treinkapingen, en de gijzeling van een school in Drenthe, alweer bijna tien jaar geleden, maar ze wisten er misschien wel van via hun ouders. En wat ze ook wisten, was dat het sindsdien rustig was gebleven in Nederland en in Brevendal. Maar, zei hij, dat zou niet lang meer duren. Er waren vermoedens; er *broeide* iets. De agent keek met een blik door de klas die waarschijnlijk als bangmakend bedoeld was. Zijn hele optreden wekte de indruk dat hij dacht een stel kleuters voor zich te hebben. Oscar realiseerde zich dat hij de man herkende. Er had een interview in de *Brevendalse Bode* gestaan waarin hij vertelde over zijn beroep; hij was niet alleen agent bij de gemeentepolitie maar zat ook bij de Mobiele Eenheid en ging soms gezellig met een busje vol collega's naar Amsterdam om krakers te meppen. Op de foto naast het artikel had hij niet zijn politieuniform maar zijn ME-pak gedragen. Oscar had het onthouden doordat zijn vader, die het stuk ook had gelezen, er aan tafel over opmerkte: 'Vast afgekeurd voor het leger.'

'Er broeit iets,' herhaalde de agent, zichtbaar tevreden over die formulering. Dat was niet verrassend, ging hij verder, daar kon je op wachten. Want Ambonezen, dat was een agressief en oorlogszuchtig soort. Ze waren niet voor niks generaties lang soldaten bij het KNIL geweest. Geweld, zei hij, geconcentreerd over de hoofden heen turend alsof hij meer tegen zichzelf dan tegen een stel zeventienjarigen sprak, geweld zat in die mensen, dat kreeg je er niet zomaar uit. En wat zich allemaal in die wijk afspeelde, daar hadden ze op het bureau ook geen scherp zicht op. De helft zat bij de harde kern van de RMS, en de RMS – de *Republik Maluku Selatan*, voegde hij met overdreven snerpende tongval toe – nou, die ging op de koffie bij de IRA en de Palestijnen en Gadaffi, dat was allemaal één pot nat, ze hielpen elkaar aan wapens en ander terroristisch tuig. Maar goed, waar het om ging: er was iets raars met het ongeluk van Jonkie Matupessy. Het had alles van een training, een voorbereiding – op iets. Want uit onderzoek was gebleken dat hij minstens tien keer over hetzelfde pad heen en weer was gegaan. Had hij zich onlangs misschien tegenover iemand in de klas over het bos of over crossmotoren uitgelaten? En wist iemand met welke andere Ambonezen Jonkie de laatste tijd omging?

Hij hield opnieuw even in om zijn woorden hun volle gewicht te gunnen. Aan de zijkant van het lokaal werd gefluisterd en gegrinnikt.

'Ja?' snauwde de conrector van achter de schouder van de agent. 'Zeg het maar.'

'Er is niks, mijnheer.'

'Komkom, laat horen. Gun ons ook een pleziertje.'

'Misschien –' klonk het voorzichtig, 'wilde hij gewoon een konijn doodrijden.'

Hierop barstte de hele klas in lachen uit. Want iedereen herinnerde zich de eerste maand in de brugklas, toen de docente handvaardigheid, de gelovigste en naïefste lerares die er op school rondliep, alle leerlingen vroeg iets te vertellen over hun favoriete hobby, en hoe Jonkie had uitgelegd hoe je in het bos konijnen ving met een strik en hoe je ze daarna moest villen, en hoe daarop de lerares overstuur de klas was uitgelopen. Oscar bedacht dat hij in vijf jaar Gisbertus Voetius College nooit echt met Jonkie was omgegaan. Hij kon zich één moment herinneren waarop zijn klasgenoot specifiek, en meteen ook heel familiair, het woord tot hem had gericht: 'Boktor, jij hebt een zus. Heb haar weleens zien lopen. Blond hè? Kun jij mij niet eens voorstellen? Hoe heet zij?' Bij die ene keer was het gebleven.

Er ging weer een arm omhoog. Een zittenblijver, die met een glimlach vroeg: 'Gaat Jonkie nu de gevangenis in?'

'Neenee, vooralsnog niet,' reageerde de agent bloedserieus. 'De feiten zijn tenminste niet dusdanig' – hij strandde op dat brok jargon, ging daarom maar opnieuw in op het karakter van de Molukkers en het onheil dat dreigde voor Brevendal en heel Nederland. Zoals iedereen wist, orgelde hij, waren tijdens het laatste oudjaar overal in het dorp brievenbussen opgeblazen. Dat leek misschien onschuldig maar daar begon het mee, dat was terrorisme in het klein. Dat slag was nu eenmaal verzot op wapens. Ze waren gepakt met werpsterren, vechtstokjes en bij een inval in een clubhuis was een uit een kazerne gestolen handgranaat gevonden. Bovendien was al jaren bekend dat sommigen onder hen handelden in – en hier daalde zijn stem, alsof hij een onvoorstelbaar smerig woord ging uitspreken – *drugs*. Ook Jonkie, zei hij, had iets bij zich gehad, en was misschien onder invloed geweest aangezien hij zich van het ongeluk niets kon herinneren.

Met een 'zijn er vragen?' sloot hij af. De conrector drukte de leerlingen nog op het hart contact op te nemen met de schoolleiding zodra hun toch iets te binnen schoot, en verliet met de agent het lokaal. De leraar sloot de deur achter hen en liep weer naar het bord met de differentiaalvergelijkingen.

'Tsja,' zei hij, terwijl hij een hand door het plakje haar op zijn hoofd haalde. 'We zullen dit toch netjes moeten doen. Huiswerk is huiswerk, voor iedereen. Nog even aandacht graag. Ja? Getal onder de dertig dus. Wie was aan de beurt?'

Als een ei van lucht groeide een gaap tegen Oscars verhemelte, zijn oogleden werden zwaar. Hij keek opzij naar de vensterbank. Daar lag, in een bad van onoverwinnelijk licht, de bromvlieg op zijn rug. Zijn dunne staaldraadachtige pootjes staken omhoog en bewogen af en toe nog een beetje. Zo ging het dus, of je je nou wel of niet bij je gevangenschap neerlegde. Oscar tuitte zijn lippen en blies zonder zich verder te bewegen, en verplaatste zo de vlieg een paar centimeter. De pootjes verstijfden. Hij blies nog eens.

Jonkie als terrorist – maar ook die mogelijkheid kon hem niet wezenlijk boeien. Die politieman en de conrector vonden het vreselijk interessant, dat was duidelijk. De meeste klasgenoten ook, hoe onverschillig ze de kwestie ogenschijnlijk ook opnamen. Maar al was er bewijs gevonden dat Jonkie gepland had morgenochtend het hele dorp op te blazen, dan zou hij zich nu niet anders hebben gevoeld: moedeloos, nauwelijks in staat zich te bewegen – hij kon ook niet goed denken, het voelde als een enorme inspanning de vlieg met zijn blik los te laten, zijn ogen in hun kassen te laten draaien en weer over het plein in de richting van de straat in de verte te kijken. Nog verder weg, voorbij de achter de huizen oprijzende linden van het dorpsplein met de waterpomp en het lichtgrijze stenen beeld van Johannes van Hackfort, was tegen het uitzinnige blauw van de hemel de torenspits van de Oude Kerk zichtbaar, waarvan de klokken juist het uur sloegen – een ijl, blikkerig geluid dat niettemin helemaal over de rode daken tot hier in het lokaal doordrong. Maar welk ander doel hadden die klokslagen dan het wegduwen van het ene na het andere nutteloze uur? En met deze gedachte kwam de herinnering aan gisteravond, toen tijdens de catechisatie een Bijbeltekst was gelezen die, voor het eerst in lange tijd, niet zijn ene oor in en meteen het andere weer uit was geschoten. De passage kwam uit Prediker, het ging erom dat God de mens zijn verstand heeft gegeven om er zichzelf mee te kwellen. En dat klopte helemaal! Want klasgenoten met minder hersens waren nu al opgewonden over het examenjaar, het hield hen continu bezig. Bij de slimsten horen was een vloek, en betekende inderdaad de ijdelheid waar het in dat Bijbelboek over ging. En dat was niet het enige waarmee hij in het nadeel was. Anderen, haast alle anderen, hadden verschrikkelijke of tenminste ingewikkelde ouders – ze leken hun leven voortdurend te kruiden met de ruzies die ze met hun ouders uitvochten. Of ze hadden ouders om zich voor te schamen, om bezorgd over te zijn, of juist uit volle overtuiging in stilte te haten en op neer te kijken. Zo niet de zijne: die waren monumenten van warmte en verdraagzaamheid – ze legden hem nooit iets op, vonden niets wat hij deed puberaal of anderszins onverantwoord of onredelijk. Hij wist bijvoorbeeld nu al dat ze zonder meer akkoord zouden gaan met de studierichting die hij na komend schooljaar koos. En met de voorstelling van studeren schoven zijn gedachten weer naar Louise.

Wat kon er zijn? Er was misschien echt iets aan de hand waardoor ze zo ontwijkend deed en hem onder vier ogen wilde spreken. Want in tegenstelling tot alle andere mensen die hij kende (hij keek om zich heen, ging zijn klasgenoten af) had Louise nooit een verborgen agenda, speelde ze nooit een rol. Niet voor langere tijd, tenminste. En nu schoot hem nog iets te binnen uit het telefoongesprek: ze had gevraagd hoe het met papa ging. 'Hij heeft er weer een kamer bijgenomen,' had hij geantwoord. 'Oei, is het zo erg?' had ze gezegd – maar op een toon die eerder geamuseerdheid dan zorg verried.

'Oscar de Vree! Hèhè – heb ik je aandacht? Wees nou eens bij de les jongen.'

Hij keek de leraar aan.

'Een getal dus,' zei deze, toch weer vriendelijk. 'Onder de dertig.'

Oscar haalde zijn schouders op. 'Twintig?'

De leraar pakte het uitgeklapte deel van het schoolbord bij de onderkant en draaide het om.

2

Ze kwam omhoog, duwde het schuifraampje open. En meteen zoog het lege compartiment zich vol met geraas en de droge, warme geuren van het land. Ze liet zich terugvallen, veegde een paar voor haar ogen hangende haren opzij en wachtte het moment af: zo dadelijk zou zich, niet langer dan tien, twaalf tellen, in een flauwe bocht het vergezicht tonen dat haar de afgelopen twee jaar vaker had getroffen wanneer ze bijna thuis was. Deze keer had ze er bij het instappen opeens aan gedacht en was ze er speciaal voor aan de linkerkant gaan zitten.

Nu boemelde (en ook dit kende ze precies) de trein eerst nog een kloof vol groene schaduw binnen – grillige eiken, die met hun in elkaar verwarde kruinen naar de langsvliedende rijtuigen reikten. Maar daar was het, ja – nu kwam de duik in het licht en daar lag het onder een serene hemel, hooguit een paar meter lager en toch greep het oog naar een verre horizon, kreeg je die nevelige voortijdelijke blik over de vallei met haar verweerde houtwallen en de middeleeuwse torenspits die zich ontfermde over een samenscholing van rode daken en rechts daarachter het uitgestrekte, in eeuwige bries ruisende bos met zijn koele beukenlanen en greppels vol fluisterende bladeren en meer naar links als een ader in het land de verzonken meanders van de Breve, herkenbaar ook aan hoog opgeschoten meidoornbosjes en uit het lood hangende wilgen langs het jaagpad en ten slotte in een van die kronkels het park, als het die naam gezien zijn haveloze staat al mocht hebben, met daarin haar huis, het huis van haar ouders, grootouders, van haar familie zover de geschiedenis zich liet terugbladeren.

Het moment was voorbij, ze bleef kijken. Ze moest plotseling lachen. Want ze zou natuurlijk nooit terug willen, nooit nog echt hier willen wonen. Nee. Sinds de dag waarop ze was gaan studeren had ze geen seconde heimwee gevoeld. En toch – er sprong altijd iets in haar op wanneer ze na een periode van een maand of langer terugkwam en niet alleen wist dat daar, in die ondiepe door een ijstijd gevormde kom, de eerste achttien jaar van haar leven zich had afgespeeld, maar dat er ook iets fundamentelers was, een verbondenheid met het landschap of zelfs nog letterlijker, met de grond eronder – een bodem die vaster en echter aanvoelde dan die in het westen, waar zich haar studiestad bevond. Maar wat was dat, wat was het precies? Want het was geen liefde, nee. Orde, dan? Opeens realiseerde ze zich nog iets anders: zojuist – bij het zien van het dorp in de verte, van kleine huizen geschaard rond de kerk – was als een vallende ster langs de rand van haar bewustzijn een gedachte gescheerd: *de Goede Herder en Zijn kudde*. Ja, het was door haar hoofd gegaan. Alle schaapjes veilig, hosanna. Zou er ooit een moment komen waarop ze zulke ingeprente associaties voorgoed kwijt was? Kwam er bijvoorbeeld een tijd waarin ze niet meer, nooit meer, bij de maaltijd de vluchtige aandrang in haar handen voelde om ze te vouwen? Want dat gebeurde nog steeds, dagelijks. En de eerste regels van het Onzevader stonden dan ook meteen trappelend achter je tanden klaar. Krankzinnig, zo diep als het in je zat en zo moeilijk als het bleek om het niet alleen te laten afsterven maar daarna ook nog met wortel en al uit te trekken. Hoewel iets in haar probeerde te berusten; het was nu eenmaal verbonden met die tijd: een onophoudelijk gevecht, vanaf pakweg haar elfde, met iedereen (en vooral met haar moeder), waarbij ze steeds sterker werd, steeds vaardiger haar intellect wist te hanteren en uiteindelijk toch maar mooi als overwinnaar – wat haar moeder nooit op waarde zou schatten – tevoorschijn was gekomen.

De trein reed nu gelijk op met het zonneschijnspattende riviertje, dat hier een paar honderd meter lang was rechtgetrokken. Ganzen, een stuk of twintig, wiekten omhoog (maar geen raakte een ander) uit een veld achter een rietkraag. Een windvlaag legde rimpelingen als schubben op het water. Eens, dacht ze, was hier de grens van het universum. En daar zag ze een brug die ze kende; erachter begon een doodlopende halfverharde weg langs een aantal boerderijen – die ze op haar eerste echte fiets allemaal was afgegaan om kinderpostzegels te verkopen.

Nu was ze er bijna, en nog altijd wist ze niet hoe ze het zou brengen. Ze had knopen willen doorhakken maar er was niks van gekomen, haar gedachten dwaalden steeds opnieuw af. Het lukte eenvoudigweg niet de ernst van de situatie tot zich te laten doordringen, terwijl ze dat, zo had ze zichzelf de afgelopen week herhaaldelijk voorgeredeneerd, toch echt wel moest doen. Oscar zou dat in elk geval doen; hij zou schrikken van haar probleem, daar kon je zeker van zijn – Oscar was tegenwoordig serieus in alles. Bovendien was hij overdreven bescheiden en kritisch op zichzelf, waardoor mensen (zoals toch al zo vaak met het tweede kind) geneigd raakten hem te onderschatten. Ze had een keer gezegd, 's avonds op zijn kamer, half jaar geleden in de kerstvakantie, dat hij een oude geest had, nee, een oude *ziel* – en dat bescheidenheid zonder spot onuitstaanbaar was. Ook daar had hij meteen zo'n gekweld gezicht bij getrokken, dat ze haar eigenlijke kanttekening, dat hij nooit een vriendinnetje kreeg als hij de zaken niet wat luchtiger kon opvatten, maar achterwege had gelaten. En dan te bedenken dat hij als klein kind heel vrolijk was geweest; hij stond extatisch blij op alle familiefoto's en had vaak de slappe lach gehad – wat verder toch alleen aan meisjes voorbehouden leek. Maar een paar jaar geleden was dat helemaal veranderd. Hij was ernstig geworden, en soms ook somber. Hij las ontzettend veel – er leek discipline achter te zitten. Hij zocht voortdurend van alles op in het woordenboek of de encyclopedie. Wat wilde hij met zijn leven? Daar had ze geen idee van, en mama en papa vast ook niet; hij liet nooit iets los. Maar het was belangrijk, dacht ze, dat hij ermee bezig was. Als hij, net als zij, de verkeerde studie koos? – want Oscar, dat was nu typisch iemand die puur uit plichtsbesef een zinloos traject tot het bittere eind zou aflopen. Hoe dan ook, dacht ze terwijl ze haar overbodige zomerjas van de zitting tegenover zich pakte en haar hand in de binnenzak schoof, was haar eniggeboren broertje ook een jongen die nooit iets uitgaf en al jaren braaf zijn zakgeld in zijn Zilvervloot stopte.

'Och –' ze keek in haar portemonnee. Niet eens genoeg voor sigaretten. Onder in haar reistas zat nog een pakje Gauloises dat er een stuk of vier bevatte. Uitstellen, dacht ze – uitstellen en niet aan denken.

Een lichte schok gaf aan dat de remweg werd ingezet. Even later schudde een wissel het rijtuig naar een parallelspoor; de trein in tegengestelde richting stond al klaar. Dit was in een straal van twintig kilometer het enige punt waarop twee treinen elkaar konden passeren. Ze stond op, trok haar tas uit het bagagerek en liep naar het balkon.

Toen de deuren met een korzelige metalen krak openklapten, kneep ze haar ogen samen tegen de weerschijn van de zon op de immense silo met daarop in reuzenletters VAN LAAR & ZONEN die pal achter het station stond en hield haar adem in tegen de lucht van veevoer. Ze stapte op het perron en hoorde het volgende moment achter zich: 'Hee, Loe!'

Ze draaide zich om, herkende een oud-klasgenoot die tegelijk met haar was gaan studeren. Johan, Johan Joosten. Conservatorium. Langste jongen van de klas. Hij liep nog precies zoals ze zich van school herinnerde: als een reiger – steeds schoot eerst zijn hoofd op zijn dunne nek vooruit en pas dan, zo leek het, volgden zijn grote, behoedzame stappen. En hij droeg altijd kleren die hem te ruim zaten. Ze had hem aardig gevonden, al ging ze niet echt met hem om.

Hij keek over haar heen en zwaaide. 'Mijn vader,' zei hij. Zij werd zeker ook opgehaald? Maar ze ging toch niet dat hele eind lopen in die hitte? Hij verschikte de vioolkist die over zijn schouder hing. Ze mocht meerijden, geen probleem, zijn vader zette haar af, die kon wel een omweg maken. Maar goh, zei hij, goh wat toevallig dat zij ook in deze trein zat, wat leuk elkaar weer te zien. Want dat was lang geleden, ze kwam zeker niet zo vaak thuis?

Ze moesten wachten voor de slagboom tot hun trein zich weer in gang trok. Zes jaar dag na dag in dezelfde klas, dacht ze, en daarna had ze geen moment meer aan hem gedacht. Maar nu, met ook het besef dat hij min of meer hetzelfde lot had ondergaan – opeens weg uit het vertrouwde, het gedoe met kamers en helemaal niemand kennen – vroeg ze door het gerinkel van de overwegbellen heen met gemeende belangstelling of het goed met hem ging. En met de muziek? O ja, zei Johan, heel goed; de opleiding was grandioos en hij had regelmatig huisconcerten en zat als eerste violist in een studentenorkest dat binnenkort op tournee naar Hongarije ging. En, wilde hij weten, speelde haar vader nog veel?

Ze kwamen bij de auto, die met draaiende motor stond te wachten. Ze kreeg een hand van Johans vader, die haar eveneens nog van naam kende. Met zijn bril met zwartomrande glazen en het zuinige mondje eronder deed hij denken aan Erich Honecker. Er kleefden zweetdruppeltjes op zijn kalende voorhoofd. Nog voor hij – wat ze een beetje overdreven vond – haar tas aanpakte en in de kofferbak zette, had hij al twee keer naar haar borsten gekeken.

'Ik ga wel achterin,' zei ze, trok het portier open en duwde haar jas voor zich uit over de skaileren zitting.

Uit de autoradio – of misschien was het een bandje – gonsde een stem die de heerlijkheid Gods verkondigde. Het bestond hier: mensen die ter stichting naar een preek luisterden, gewoon op een doordeweekse middag tijdens een ritje. Opeens een uithaal: 'Maar de HEERE...!' Het klonk zowel euforisch als onheilspellend. Johans vader zette het geluid zachter, en onderwierp zijn zoon aan een routineus verhoor: welke examens hij had afgelegd en gehaald, of hij soms een bosje fresia's kocht voor tante Aaltje (kennelijk Johans hospita) want dat waren haar lievelingsbloemen, en of hij op tijd opstond en niet *boemelde*. Johan, met de vioolkist tussen zijn knieën, reageerde timide en leek opeens een stuk kleiner.

Louise keek opzij, naar de mensen op straat. Een paar vrouwen en meisjes op de fiets, in tegenspraak met het zomerse weer in donkere rok tot over de enkel. Misschien, ging het door haar heen, zou ze zich nooit meer ergens thuis voelen; was het onmogelijk op het platteland te leven nadat je in de stad had gewoond, terwijl je ook nooit volledig bij de stad zou horen. Hadden anderen dat, medestudenten uit de provincie? Ze had er nooit iemand over gehoord. Maar ze had sowieso nauwelijks zinnige gesprekken gevoerd met leeftijdgenoten. Wat zijzelf in elk geval nooit zou vergeten was de schok, in eerste instantie niet eens helemaal bewust, dat je wereld zo ongelooflijk uitdijde; want pas achteraf zag je hoe ontzettend klein en onbeduidend de plek waar je opgroeide was. Uiteraard ervoer je in de jaren voor dat moment een knelling – je wilde zó graag eten, opstaan, douchen, televisiekijken wanneer het jou uitkwam, zo graag ook wilde je af van alle verdere bemoeienis van je ouders, je wilde vriendjes zonder dat zij er iets mee te maken hadden (dat vooral) – maar zelfs die beperkingen en de wens eraan te ontsnappen gaven aan hoe nietig haar wereld was geweest. De uiteindelijke uitdijing was van geheel andere aard dan ze had kunnen vermoeden. Het zat bijvoorbeeld in sociale kringen, de manier waarop andere, tot dat moment volstrekt onbekende milieus in elkaar staken. Ze herinnerde zich hoe boers en ouderwets ze zich soms had gevoeld, hoe ze zich geen raad had geweten met de bravoure van studenten die in een stad waren geboren en opgegroeid. Zoals tijdens dat werkcollege, waarbij een studente schuin tegenover haar – de precieze aanleiding was ze kwijt – opeens droog opmerkte: 'Een dertienjarige maagd? Onmogelijk.' Het lef, om zoiets te zeggen in een hele groep! Ook al was het waarschijnlijk alleen bedoeld om te provoceren, ze had de rest van het college van starre bewondering geen woord kunnen uitbrengen. Dat ad-remme, esprit gekoppeld aan een ongeduldig anarchisme – ze zou niemand in Brevendal kunnen aanwijzen die zo was. Ja, hier dachten ze waarschijnlijk dat juist zij de brutaliteit zelve was maar dat was ze alleen thuis of onder mensen die ze goed kende.

In die tijd had ze ook beseft dat geen van haar medestudenten iets zou begrijpen van de worsteling die zij achter de rug had – hoe vreselijk ze zich als kind schaamde voor haar twijfel en afvalligheid, hoe eenzaam het was om vanaf je tiende, elfde je geloof laagje voor laagje te zien wegsmelten, te beseffen dat je dus niet uitverkoren was en te denken dat je daarin helemaal alleen stond. Wat ze ook niet konden snappen, tenminste niet *echt*, was de verbijsterde woede die daarna over haar was gekomen en die tot de dag van vandaag voortduurde.

Ze moest opnieuw aan haar eerste fiets denken, het rondrijden met kinderpostzegels. Er was nog een andere, sterkere herinnering aan die fiets. Op de dag dat ze hem kreeg, ze was jarig, had ze zich afgevraagd: wat als de Here Jezus wil dat ik hem in de vijver gooi? Ze had aarzeling gevoeld, en alleen al dat betekende dat ze onwaarachtig en onwaardig was in haar geloof. Maar ze kon niet anders, het lukte haar gewoonweg niet met overtuiging tegen zichzelf te zeggen dat ze zou gehoorzamen. Uiteindelijk had dat haar verjaardag compleet verpest en had ze doodongelukkig en van pure wanhoop uit zichzelf de fiets in de vijver geduwd.

De preek liep ten einde en nu begon een psalm zich in hele noten voort te slepen.

'Geef mij maar orgelmuziek,' zei het gezicht van Honecker met een op haar gefixeerde blik in de middenspiegel. 'Viool is aardig, maar het haalt het niet bij orgel.'

Neerbuigend tegenover je kind in bijzijn van een vreemde, waarom deden ouders dat toch? Deze man deed het ook nog eens op dat lijzig-gedragen toontje van de gergemmers – druipend van de wetenschap dat ze de ware leer aanhingen. Och ja, het kon altijd nog erger dan haar moeder. Die was Bijbelvast maar ze dreef de waanzin zelden tot in het absurde. Zo hoefden Oscar en zij vanaf hun twaalfde niet meer twee keer per zondag mee naar de dienst als ze geen zin hadden. En ze ging discussies aan waar andere ouders hun kinderen meteen de mond snoerden.

Ze stonden stil voor het enige stoplicht van het dorp, bij het kerkplein. Johan draaide zich in zijn stoel om haar een vraag te stellen, maar zijn vader was hem voor.

'Jullie hebben een nieuwe dominee, hè? Ja, ik weet er alles van want ze wonen naast ons. De pastorie kon niet want er woont een ouwe oma bij in die geen trappen kan lopen.'

'Ja –' zei ze. 'Mijn broer zei er iets over.' De auto trok weer op, en op dat moment werd haar aandacht afgeleid door iets achter het glas. Johans vader hield haar nog steeds in de gaten, want hij verklaarde: 'Die bouwval hebben ze eindelijk gesloopt.'

Het pand van notaris Been – zoals het werd genoemd, hoewel er al een halve eeuw niemand met die naam had gewoond – was het monumentaalste in Brevendal. Er had de afgelopen jaren een judovereniging in gezeten, een pluimveeveredelingsvereniging, en, volgens een paar klasgenoten die op een nacht waren ingeslopen, een spook dat over de zolderverdieping heen en weer kloste. Nu was er alleen nog een gat als een bomkrater. Johans vader lichtte toe dat op die plek een nieuwe Rabobank kwam. En of ze wel wist wat Rabo betekende, vroeg zijn gezicht in de spiegel. Het wachtte niet op een antwoord: 'Ruimt alle boeren op!' Een grap die ze al haar hele leven kende, over de zogenaamde boerenbank die in werkelijkheid boeren woekerleningen aansmeerde en als de aflossing niet kon worden betaald boerderij en land overnam. Nu ging het weer over de vooruitgang in het dorp, die zo mooi zichtbaar werd in de nieuwbouw die aan de randen opschoot, zoals de wijk die ze nu passeerden, over de smalle asfaltweg die naar haar huis leidde – en ze zag dat zich nog maar vier stukken weiland tussen de bebouwing en het land van haar ouders bevonden.

Johans vader remde en zette de auto stil. 'Zo jongedame,' zei hij. 'Tot hier. Die zwarte piste van jullie laat ik liever links liggen.' Terwijl hij hardop lachte om zijn eigen gevatheid, stapte Johan uit om Louises tas uit de kofferbak te halen. Toen hij haar die aangaf, zei hij: 'Kom anders eens naar de kelder. We zijn er vanavond.'

'Doen jullie dat nog steeds? Ach.'

'Niet vaak meer.'

'Ik zie wel. Vaarwel.'

'Ja,' lachte Johan. 'Tot ziens.'

Ze wachtte in de berm tot de auto was gekeerd en uit het zicht verdween. Toen draaide ze zich om, keek over het glooiende, aflopende veld, waar schrikdraad omheen stond. Het liep tot aan de bosrand in de verte. Er was niemand te zien, niets bewoog.

Ze sprong over de ondiepe, droge sloot, bleef staan waar ze neerkwam. Ze trok de mouw van haar blouse over haar vingers en beroerde heel licht de draad – de schrale beet van de stroom bleef uit. Nu duwde ze de draad met haar hand omlaag en stapte eroverheen. Ze pakte het hengsel van haar tas in haar andere hand en begon te rennen. Om de stap schampte de tas haar been; op plekken waar de aarde ruller was, zakten haar schoenen weg en soms struikelde ze half. Gaandeweg begon haar arm pijn te doen, haar knieën leken het te begeven maar ze rende door, de tas in steeds grotere uithalen naast zich slingerend, tot ze buiten adem raakte. Ze kwam tot stilstand, liet de tas vallen en daarna zichzelf. Ze ging achterover liggen, spreidde haar armen languit in het hoge gras.

Ze hoorde zichzelf hijgen, bleef diep inademen, voelde haar ribben op en neer gaan, staarde omhoog. Ze dreef – een stuk wrakhout in een zee van klavers en grashalmen en boterbloemen. Ze kneep haar ogen samen tegen het felle licht. De hemel was immens en leeg; er vertoonde zich maar een enkele wolk, een fabelcontinent dat behoedzaam onder de zon door schoof. Ze rook haar eigen huid, en de stoffige aarde waarop ze lag; ze rook het gras, de dorrende bloemen en wortels. Een leeuwerik hing kwetterend in de hoogte. Een hommel snorde voorbij. Een kleine grauwe vlinder kwam belangstellend aangedwarreld, leek op haar voorhoofd te willen gaan zitten maar bedacht zich en was alweer verdwenen. Ze voelde zich heel levend – levend en wezenlijk en sterfelijk. Nooit, nooit, nooit meer, dacht ze. Nooit meer zou haar leven oppervlakkig zijn, of kleinzielig, of bekrompen. Ze voelde de zon branden op haar gezicht. Ze dreef, en spoelde hier aan op een middag in juni.

Zonder te kijken strekte ze haar hand uit naar haar tas, trok de rits een eindje open en zocht op de tast tussen haar boeken en kleren het pakje sigaretten. Ze vond het, sloot haar vingers eromheen, hield het voor zich omhoog, drukte haar duim tegen het dekseltje. Geen vier maar drie, plus de aansteker. Ze stak er een aan, zoog de eerste rook diep in. Ze liet sliertjes uit haar mond ontsnappen, zag hoe ze opstegen en verijlden tegen het blauw, tot haar blik versprong naar de massievere wolk, wit als een door de hemel geblazen laken. God, nergens smaakte een sigaret zo goed als buiten, in het veld. Het moest verschil maken: opgroeien op een plek waar je je soms bewust werd van de werkelijke ruimte om ons heen. Want dat was de grootste verleiding van wonen in een stad: dat je ging geloven dat alles ertoe deed, dat alles belangrijk was en dat wat anderen deden ertoe deed, en dat je moest meedoen omdat je anders iets zou missen. Ze bracht de sigaret weer naar haar lippen. Nu was alles mislukt, en tegelijkertijd voelde ze zich door en door gelukkig.

De allereerste keer dat ze had gerookt – dat was niet ver van hier geweest, met Oscar, die dat nooit meer zou doen. Op een verjaardag hadden samengepakt in een glas sigaren voor het grijpen gestaan. Ze waren aan de rand van het park op een houtwal gaan zitten, buiten het zicht van iedereen, en zij had de sigaar aangestoken, aan de verkeerde kant had ze jaren later ontdekt, en ze hadden om beurten een trek genomen en waren misselijk geworden; Oscar zag zo grauw dat ze niet terug durfden te gaan naar huis en ze hadden zo lang op die plek bij de houtwal rondgehangen dat hun moeder hen was komen zoeken.

Ze rookte de sigaret op, drukte het peukje naast zich in de aarde, bleef op haar rug liggen. Ze sloot haar ogen, keek naar het heldere paarsrood aan de binnenkant, waarin het plankton wemelde. Nu ze kalmer was en haar eigen adem niet meer hoorde, begon een ander geluid door te dringen: de wind door de bomen aan de bosrand. En dat, dacht ze, hoelang had ze dat niet gehoord? Maar wat je eigenlijk hoorde, was de stilte achter dat geluid, achter elk geluid buiten; want het zat ook achter het geluid van de zee, achter alle geluiden die niet door mensen en dieren werden gemaakt. Dit was er altijd geweest, alle jaren van haar jeugd – het eentonige geruis dat over het land kwam aanrollen en alles begeleidde. Maar soms veranderde het, zoals de keer dat ze 's nachts thuiskwam na een examenfeestje en omhoogkeek naar de zwaar bewegende kruinen in de boslaan, en plotseling verdween alle zachtheid, alles dat vertrouwd was, en het was of de hemel openscheurde, of elk moment de ijzige adem van het heelal op de aarde kon vallen, eroverheen zou schuren en alles zou vernietigen, alle leven van het oppervlak zou schrapen.

Van ver, van over de velden achter haar, kwam het gebeier van klokken – een ijl geluid dat, in elk geval overdag, in de stad zou moeten concurreren met andere geluiden. Het was of het wilde zeggen: ook ik ben hier nog – en op hetzelfde moment voelde ze zich opnieuw volstromen met euforie.

Ze dacht aan haar medestudenten, en aan hoe vaak ze zich ouderwets had gevoeld. Maar tegelijkertijd hadden de steedse studenten ook iets weeks over zich – ze misten iets onafhankelijks, of weerbarstigs, met name bij jongens van haar leeftijd; die hadden vaak iets looms in hun oogopslag dat haar afstootte. Te veel tandvlees, dat ook. Bovendien hadden ze de neiging steeds sneller en geagiteerder te gaan praten, wat zowel een opdringerige als onzekere indruk maakte – maar ze leken zich daarvan niet bewust.

Ze stond op, sloeg gras van haar kleren. Er waren meer wolken nu, ze sleepten eilanden van schaduw achter zich aan. We zijn hier, dacht ze, en we zijn hier maar even. Wat zonde om dan in onzin en leugens te blijven hangen.

Ze liep verder in de richting van de bosrand, waar ze werd begroet door het gemek van een grote zwerm kauwtjes die uit het niets omlaag leek te tuimelen en neerstreek in de kruin van een enkele beuk.

3

Hij had zo'n typische brede mond, en dikke lippen. Maar zijn oren waren juist klein, zeker als je ze vergeleek met de vleeslappen van de boerenjongens uit de omgeving. Zijn neus was korter en platter dan die van een Hollander en je kon zo in zijn ronde neusgaten kijken. Hij had dik, golvend zwart haar dat altijd glom en dat hij zo lang droeg dat oudere leraren er opmerkingen over maakten. Hij was vrij klein, zelfs een van de kleineren van de klas, maar door de manier waarop hij stond – liniaalrecht, voeten uit elkaar en kin hooghartig opgetild – zou je dat niet meteen denken. Hij liep vaak rond in kleren die je in Brevendalse winkels niet tegenkwam: leren broeken met franjes aan de pijpen, een lange suède jas met slijtplekken op de ellebogen, laarzen met hakken en stalen neuzen. En hij had, al vanaf de brugklas, nog veel meer dat niemand anders van zijn leeftijd bezat. Een benzineaansteker. Een vlindermes. Platen van Jimi Hendrix. Kapotjes. Seksboekjes. En kreteksigaretten, die een beetje knetterden wanneer hij ze aanstak en die hij nooit wilde delen met klasgenoten omdat, zo zei hij, *Blanda's* daar nu eenmaal geen smaak voor hadden. Hij droeg een spiegelende zonnebril die hij in de klas pas na herhaaldelijke vermaning afzette. Hij was peziger dan de meeste blanke jongens. Hij had amandelvormige, opvallend scherpstaande en heel donkerbruine, haast zwarte ogen, die iedereen, tot aan de rector toe, hondsbrutaal aankeken.

Zo kreeg Jonkie Matupessy gestalte in Oscars gedachten, terwijl hij zich bij de fietsenhokken liet ophouden door twee klasgenoten. Een van hen trok een bezorgd gezicht, de ander keek juist voortdurend ironisch, maar ze waren allebei zeer betrokken bij zijn onfortuin en diepten uit hun geheugen steeds nieuwe informatie op over Ambonezen in het algemeen en Jonkie in het bijzonder.

Ze stonden in de schaduw van de golfplaatoverkapping; hier was een beetje wind. Oscar hield zijn fiets bij het stuur vast en keek naar de tegels voor zijn voeten, waartussen zwarte mieren kleine zandhoopjes opwierpen, iets dat hij vaker, elk jaar weer, een week of vier voor de zomervakantie, op deze plek had zien gebeuren. Onder de tegels, zo stelde hij zich voor, bewoonden de rusteloze mieren hele steden.

De bezorgde jongen had een tic: hij trok continu de rits van zijn dunne zomerjack dicht en weer open. En ook dat had Oscar al tientallen keren gezien. Hij dacht aan de catechisatie van gisteravond en aan dat, inderdaad, alles onder de zon onuitsprekelijk vermoeiend was.

'Moet ervandoor,' zei hij, en draaide het voorwiel.

Maar het vuilste, begon juist de ironische klasgenoot op haast verlekkerde toon – wist Oscar wel wat het allervuilste was van Ambonezen? Dat ze oneerlijk vochten; als je ruzie kreeg gingen ze met z'n allen los op één. Dat zou elke normale Hollandse jongen te laag voor woorden vinden maar voor Ambonezen – geen punt. En ze schopten je zonder pardon in je rug of recht in je smoel. Daar kon Oscar alleen maar op knikken, hij had die verhalen ook al eens gehoord. Maar zelfs onder Ambonezen, ging het verder, was Jonkie een klasse apart. Hij verzon dingen waar een ander niet op zou komen. Want wist Oscar nog (hij knikte opnieuw) hoe Jonkie een slapende klasgenoot een walnoot in zijn openhangende mond had gestopt, en hoe hij als brugklasser gaten knipte in de sjaal van een meisje dat voor hem zat? Voor de volledigheid werd ook de geschiedenis van de drol op het bureau opgediept. Jonkie had bij Engels zijn eigen schrift in brand gestoken en was naar de conrector gestuurd, die zijn benzineaansteker in beslag nam en hem een paar middagen liet terugkomen; de volgende ochtend lag bij het aanbreken van de eerste les, toen een klas het lokaal van de betreffende leraar binnenstroomde, midden op het bureaublad een verse, dampende drol. Het was nooit bewezen, en niemand had het Jonkie horen toegeven, maar ja. Oscar stelde zich voor hoe dat precies in zijn werk was gegaan: je zou ongezien de klas in moeten glippen, dan boven op het bureau gaan staan, en neerhurken of nee, eerst je broek omlaag en dan pas –

'Hij spijbelt voor gym,' zei de jongen met de rits, alsof ook daar iets sinisters achter zat.

'Hij spijbelt voor alles,' zei de ander.

Dat was niet waar, betoogde de eerste. Tussen de twee ontstond een kleine discussie.

Oscar vond Jonkie vervelend omdat hij een manier van praten had die ongemak en achterdocht wekte; hij legde op bepaalde woorden een onlogische, niet te doorgronden nadruk, waardoor je vermoedde dat hij alles dat werd gezegd ondanks zijn landerige houding wél nauwkeurig registreerde, wat als effect had dat je zelf je woorden anders koos zodra hij in de buurt was. Verder wist Oscar uit eigen waarneming weinig over Jonkie, behalve dat zijn cijfers niet indrukwekkend waren, dat hij vrijwel elke les de reprimande kreeg niet zo onderuitgezakt achter zijn tafel te zitten en dat hij, net als andere Molukkers, de vreemde eigenschap bezat doorgaans geen 'je' of 'me' te zeggen maar 'jij' en 'mij', waardoor hij iets kreeg van een ouderwetse nieuwslezer – en Oscar deed beseffen dat Ambonezen keuriger Nederlands spraken dan de gemiddelde Brevendaller. En, dacht hij nu, ze hadden rare namen; niet zozeer hun onbegrijpelijke achternamen, die ze hadden meegenomen uit Indië, maar hun voornamen – die klonken vaak niet echt vreemd of oosters in de oren, maar toch net zo anders dat je meteen wist dat het om een Ambonees ging. Adamo, of Simmy. Angelo, Rocky, Sanny. En Jonkie, dus. Hij voelde in de broekzak met het briefje waarop de leraar voor de zekerheid het adres had geschreven.

Maar waarom, verzuchtte hij hardop, kon De Graaf dat huiswerk zelf niet even brengen, als hij het zo belangrijk vond?

'Die? Die schijt in zijn broek man,' zei de ironische klasgenoot. En zo vreemd was dat niet eens, ging hij wereldwijs verder, als je bedacht dat de vader van Jonkie thuis rondliep in uniform en in de hoek van de kamer een geweer met bajonet had staan. Hij sloeg zijn kinderen, dat deden alle Molukse vaders.

Oscar reageerde kennelijk niet geïmponeerd genoeg op dit vertoon van ingewijdheid, want de jongen keek hem laatdunkend aan en voegde, als een troefkaart die hij steeds achter de hand had gehouden, toe dat Jonkies vader als KNIL-soldaat een gevangen Jap levend zijn hart had uitgesneden en het daarna had opgegeten.

Oscar zette zijn voet op de trapper van zijn fiets.

'De broer van Jonkie is een treinkaper,' zei de jongen met de rits.

'Dat heb ik nog nooit gehoord,' zei Oscar. 'Hoe weet jij dat?'

'Gewoon. Weet ik.'

'Misschien gijzelen ze jou wel,' zei de ander.

De boslaan, zoals het laatste stuk van zijn dagelijkse route naar huis werd genoemd, was weliswaar geplaveid, maar zoals fossielen in de loop van eonen werden begraven onder steeds meer sediment, zo was dat hier in een paar eeuwen tijd gebeurd met de straatkeien. En dus vereiste het ervaring om hier soepel en snel te kunnen fietsen. Als je de verende, overwegend met fluwelig mos begroeide middenrichel koos, zwikte telkens je voorwiel en bovendien lagen er doornen en scherfjes die voor lekke banden zorgden, een risico dat je ook liep als je een van de kaalgereden stroken links of rechts van het midden koos, waar vaak langgerekte plassen met een bedding van verbrokkeld gesteente de zilveren reep tussen de boomkruinen spiegelden. Van weerkaatsing was nu geen sprake: het had in geen weken geregend, de boslaan en het hele park waar ze in rechte lijn doorheen sneed, waren stofdroog.

Oscar reed – zoals altijd in volle vaart en met de handen aan het stuur of hij een koe bij de hoorns had – nauwkeurig over de rand, waar doorgaans verse, frisgroene sprieten opschoten. Het kon alleen zo, en misschien wisten alleen Louise en hij dat: je moest het stuur heel stijf en star vasthouden – het tegenovergestelde van met losse handen door het dorp fietsen. Dat starre moest vooral omdat je van tijd tot tijd over een onzichtbare boomwortel stuiterde.

De laan, en het bos aan weerszijden, waren oud – ouder dan het dorp, een paar kilometer achter hem, ouder dus ook dan zijn ouderlijk huis. Het bos werd alleen maar een park genoemd omdat het bij het huis hoorde. Sinds een oom had verteld dat het ooit deel uitmaakte van een woud dat liep van hier tot het Teutoburger Woud in Duitsland, was alleen al de gedachte eraan genoeg om zijn verbeelding op gang te brengen. Wie weet – misschien was het ouder zelfs dan de Breve, die eens twintig kilometer oostwaarts boven de grond was gekropen en dit gebied was komen verkennen, een nieuwsgierige glasachtige slang. De bosbodem was zomer en winter bedekt met een schuw ritselend, enkeldiep tapijt van dode bladeren. Afgewaaide takken en omgevallen bomen werden niet weggehaald en ondergingen een trage vertering. Tussen de eiken, beuken, kastanjes en hazelaars dampte doodstil een jadekleurig schijnsel, hier en daar onderbroken door een scheefgezakte zuil van marmerachtig zonlicht. Sommige takken droegen baarden van mos. Er hing een onverdrijfbare geur van hars en zwammen. Zelfs de agressieve dazen die met opzet in Oscars gezicht leken te vliegen, schenen dezelfde als van het verleden jaar, en het jaar daarvoor.

Ze heeft een prijs gewonnen, dacht hij opeens. Met een scriptie. Of een beurs, om een jaar in een buitenland te kunnen studeren. Dat zou vreselijk zijn. Maar was dat iets dat je niet over de telefoon kon zeggen? Hij schrok van een merel die uit een hoopje bladeren bij zijn voorwiel wegschoot.

Misschien viel ze op meisjes. Zoiets zou hij in elk geval niet zomaar durven bekennen. Maar Louise – juist wel, waarschijnlijk. Ja, ze zou het als een geweldige grap zien. Maar wat was het dan? Zwanger dus ook niet. Of misschien had het niks met Louise zelf te maken maar met hun ouders. Met hun vader bijvoorbeeld – ze had tenslotte naar hem gevraagd. Ja, misschien was dat het; ze mocht dan ironisch zijn geweest, het hield haar kennelijk bezig. En onweerstaanbaar gingen zijn gedachten naar een pijnlijke gebeurtenis van een jaar of acht geleden, toen een klasgenote, een dommig meisje met een plomp hoofd en de truttige naam Willeke, hem op het schoolplein zonder enige aanleiding had aangesproken: 'Jou pappa is een essetriek dat heef mijn mamma zelluf gezegd!' Hij had geen flauw idee gehad wat ze bedoelde, maar het genotvolle in haar stem liet er weinig twijfel over bestaan dat het vreselijk was een essetriek te zijn, iets dat hoogstwaarschijnlijk thuishoorde in een categorie waarin ook de kinderlokker en de potloodventer zich ophielden, en dat hij zich vanaf dat moment diep hoorde te schamen voor zijn vader. Hij had het maandenlang opgekropt, was zo bang voor de bevestiging van zijn vermoeden dat hij er niemand naar durfde te vragen tot hij, op een middag achter in de moestuin terwijl hij zijn moeder hielp met kruisbessen plukken, in tranen uitbarstte en het woord in huilerige schokken reproduceerde. Zijn moeder had hem maar ten dele gerustgesteld: nee, antwoordde ze rustig en met een peinzende blik op een geplukte kruisbes die te groen was naar haar zin – nee, zei ze, zijn vader was zeker geen kinderlokker of zoiets maar hij was wel een beetje de weg kwijt sinds hij de Zaligmaker niet meer als zijn Leidsman erkende en aan Zijn roepstem voorbijging. Maar Oscar moest nu eerst en vooral zelf als goed christen dat meisje vergeven, want dat wist ook niet wat het had gezegd. Een paar jaar later had hij het nog eens aan Louise verteld, die hem laconiek verzekerde dat alle interessante mensen excentriek waren. En weer later had zich als vanzelf een beeld gevormd: hoe zijn vader inderdaad als een intens lieve en geduldige maar ook wereldvreemde man zijn dagen doorbracht in zijn studeerkamer, waar achter de altijd gesloten gordijnen het enige licht van een ouderwetse groene bureaulamp kwam, zodat de ruimte iets weghad van een aquarium, gevuld met gestaag groeiende stapels boeken, kranten en tijdschriften als koraalriffen. Hij vertoonde steeds sterker de neiging zich binnensmonds en in halve zinnen uit te drukken, en leek soms meer een bewegende schaduw in het huis dan een echt levend wezen. Ergens, zo begreep Oscar, was zijn vader inderdaad de greep op zijn leven kwijtgeraakt, en die probeerde hij terug te krijgen door alles wat werd geschreven over wat er in de wereld gebeurde en waarin ook maar een sprankje belangwekkendheid leek te gloeien, te lezen en zorgvuldig te bewaren. De afgelopen jaren was de studeerkamer veranderd in een binnenhuisdoolhof waar geen boek meer bij kon, vervolgens was de ene na de andere kamer die niet continu werd gebruikt geruisloos geannexeerd. Zijn vader kwam de deur vrijwel niet meer uit, een wandeling door de tuin kreeg de allure van een expeditie. In de studeerkamer stond te midden van alles nog steeds een vleugel, en soms was het enige teken van leven dat Oscar op een dag meekreeg zijn vaders pianospel: Chopin op een melancholische dag, Bach op een iets minder melancholische dag.

Aan de linkerkant van de laan ging achter een zoom van uitgebloeid fluitenkruid het park over in de boomgaard, die bestond uit verweerde, op gepaste afstand van elkaar rondhangende oudgedienden, die elk najaar een immense vracht walnoten lieten vallen. En daar verscheen, rechts aan het eind van de boslaan, hun huis – een gedeelte ervan, een helderwit muurvlak. Hij trapte weer door, hield zijn blik gericht op de hoogste verdieping. Er stond een raam open. Louises slaapkamer was niet de grootste maar wel het verst verwijderd van ouderlijk toezicht; en vreemd genoeg hoorde je juist bij haar de houten trap kraken zodra iemand beneden in de hal een voet op de onderste tree zette. Hij had gehoopt dat Louise dat brokje eerstgeboorterecht zou opgeven toen ze ging studeren, later had het uitblijven daarvan hem juist plezier gedaan omdat hij veronderstelde dat ze voorlopig vaak zou thuiskomen.

Misschien zat hij er toch naast. Want er was nog een mogelijkheid, iets waarover geen grappen konden worden gemaakt – en op hetzelfde moment sloot een hand met koude vingers zich om zijn hart. Ze wilde hem spreken, hij moest het van haar als eerste weten. Maar als dat het was – dat was vreselijk. Hij zou, als hij haar was... Waar zou het zitten? Dat kon op allerlei plekken, wist hij van een les bij mevrouw Stam. Zelfs in de hersenen.

Hij schoot door, reed met een half wegglijdend achterwiel over het grind om het huis heen en liet zijn fiets met zo'n klap tegen de muur van het koetshuis vallen dat de mussen op de nokrand naar alle kanten wegschoten. Hij ging via de achterdeur naar binnen, liep de keuken door, brak bijna zijn nek over een doos met oude dossiermappen die achter de drempel naar de hal stond geparkeerd. Terwijl hij met treden tegelijk de trap nam, hoorde hij van beneden, door de openstaande deur van zijn vaders kamer, pianoklanken komen. Chopin – het was dus zo'n dag. Zijn moeder, herinnerde hij zich van het ontbijt, was waarschijnlijk nog op pad voor een van haar liefdadigheidsactiviteiten. Hij nam de volgende trap. Daar was Louises kamerdeur, hij was er in twee stappen, deed hem zonder te kloppen open en op hetzelfde moment gleed zijn angst van hem af en voelde hij zich een beetje belachelijk.

Ze zat in het open raam zoals hij haar zo vaak had gezien: dwars op de brede vensterbank, knieën tegen haar borst, haar ranke schouders als vleugels naar elkaar toe gevouwen. En blote voeten. Ze droeg een vale jeans en een onmodieuze blouse die waarschijnlijk van een grootmoeder was geweest. Ze trok aan haar bijna opgebrande sigaret alsof ze het laatste restje leven eruit wilde zuigen en blies de rook door haar neusgaten, waardoor ze iets van een briesend draakje kreeg. Daarna drukte ze de peuk zorgvuldig uit op een ontbijtbord dat schuin onder haar op een stapel boeken stond en begon zonder begroeting te ratelen. Wist hij wel dat het pand van Been was afgebroken? Dat was toch schandalig, dat dat kennelijk zomaar kon! Het waren de gereformeerden, zei ze, de gereformeerden in de gemeenteraad. Sinds ze niet meer thuis woonde (ze draaide zich een paar graden in zijn richting en keek hem met een half boze, half kritische blik aan) was ze dat scherp gaan zien, hoe gereformeerden alles lelijk maakten, overal waar ze kwamen, overal waar ze woonden. De moderne kerken die ze bouwden waren afzichtelijk, hun huizen waren afzichtelijk en ze waren zelf ook allemaal afzichtelijk! Wat voor voorstelling hadden zulke mensen eigenlijk van het hiernamaals waar ze naartoe leefden als ze zich hier zo ijverig met de grootst mogelijke lelijkheid omringden? En die nieuwste nieuwbouwwijk, had hij wel gezien hoe dichtbij die was gekomen? – het was een schimmel die zich uitbreidde.

'Dag Oscar,' zei hij terwijl hij zijn tas met schoolspullen naast de deur op de vloer zette, 'wat fijn je te zien, daar heb ik nou de hele week naar uitgekeken. Attent ook van je dat je meteen uit school naar huis bent gekomen.'

Hij liep door de kamer, langs Louises tas die in het midden stond met al haar spullen er uitgetrokken, naar de chesterfield die vorig jaar wegens plaatsgebrek in de bibliotheek hiernaartoe was verhuisd, en knikte naar het bord met de peuk.

'Denk je niet dat mama dat ruikt? En heb je nou al eens serieus geprobeerd te stoppen?'

'Oscar, ik heb het raam opengezet dus als jij in je goedertierenheid je mond houdt is er niks aan de hand. Misschien is ze wel vergeten dat ik rook.'

Net voor hij zich in de stoel liet vallen riep ze: 'Kijk uit voor Beer!'

Hij bleef gehurkt staan, tastte onder zich naar de zitting, pakte het vaalwitte speelgoedbeertje dat al twee decennia het bed met Louise deelde en zette het tussen de rommel op de salontafel. Ze keek hem opnieuw aan, met zowaar iets van verontschuldiging in haar blik.

'Zijt wellekome lieve Oscar,' begon ze – maar sprong abrupt weer een zijstraat in: 'Vind je niet dat ik er oud uitzie? Ik ben twintig, mijn beste jaren zijn al wel voorbij. Nog even en ik begin echt af te takelen.'

Hij ging zitten, de chesterfield pufte vermoeid. Ze stapte uit de vensterbank, pakte Beer van de tafel en liep naar de andere kant van de kamer, waar op een kleine ladekast bij haar bed een halfvol glas wijn stond.

'Nou?' zei hij. Wat was er met haar, wilde hij weten, hij had minstens gedacht dat ze doodziek was. Ze draaide zich met het glas bij haar mond naar hem om.

'Ziek? Ha, nee hoor, ik ben genezen en jij trouwens ook. En dat,' zei ze, 'is als je er goed over nadenkt een wonder. Ik heb me dat een paar weken geleden voor het eerst zo, vanuit dat perspectief, gerealiseerd: de familie heeft eeuwenlang geleden aan een virus maar dat is nu over, voor altijd, want wij gaan het niet meer doorgeven aan een nieuwe generatie. Begrijp je hoe bijzonder dat is? En dat niet alleen: het is ook nog eens iets om trots op te zijn, want we hebben het helemaal alleen gedaan en zelfs met tegenwerking van alle mensen om ons heen!' Ze dronk haar glas leeg, keek waar ze de fles had gelaten.

Hij strekte zijn rug, die stijf aanvoelde. 'Drink je vaker overdag?' vroeg hij.

'Os,' zei ze terwijl ze zich bijschonk, 'je bent vervelend. Je lijkt Beer wel, die doet de laatste tijd ook zo moeilijk. Papa heeft gezegd dat in de kelder flessen liggen die op moeten. Dus ik ga er straks een paar halen. Nog meer vragen?'

'Ja,' zei hij. 'Als er niks is, waarom wilde je dan weten wanneer ik thuis was?'

'Heb ik dat gezegd? Ja, ik heb gemerkt dat de mensen beter luisteren als je een beetje overdrijft.' Ze keek in haar glas. 'Na je examen,' zei ze, 'weet je al wat je dan gaat doen?'

'Nog niet echt.'

Maar dat was belangrijk, zei ze, dat hij daar over nadacht. Want hij dacht zeker dat hij nu gevangen zat, en dat zijn leven begon zodra hij van school was en het huis uit ging. Maar dat was het niet, de school was niet de gevangenis en hier thuis was dat ook niet. De gevangenis, dat was de leugentaal en voor je het wist ruilde je leugentaal A in voor leugentaal B. De echte bevrijding was dat je vragen kon stellen zonder een of andere autoriteit boven je die die vragen probeert te ontwijken met kromme redeneringen en verzinsels. Zelf kunnen denken, zelf je wereld maken en je eigen vragen bedenken – dat was bevrijding. En het ging niet alleen om vrijheid, zei ze, het ging om wat je ermee deed. Als je niets deed om je leven op een zuiver en compromisloos plan te tillen, was je vrijheid betekenisloos.

Ze leek voor het moment uitgepraat. Er viel een stilte, waarin van buiten het lawaai van een stel kirrende eksters doordrong. Toen zei hij: 'Je stopt met je studie.'

'Waarschijnlijk ja,' zei ze.

'En nu?'

Ze haalde haar schouders op.

Opeens kwam er beweging in de bijna dichte deur. De kat wurmde zich naar binnen en bleef met een uitdrukking van opperste verbazing staan. Louise zette haar glas weg en lokte haar met een duim en twee vingers en een smakgeluidje, maar ze reageerde niet.

'Zijn jullie wel lief genoeg voor Doortje geweest? Hebben jullie haar genoeg geaaid? Ik denk van niet. Wat ziet ze er dun uit.'

Hij duwde zich overeind uit de stoel en stond op.

'Je haar is korter,' zei hij. 'Vond lang mooier.'

'Tsja,' zei Louise terwijl ze haar pakje sigaretten omgekeerd boven haar hand hield, en de sigaret die eruit viel in haar mondhoek stak. 'Vinden alle mannen.'

'Ik moet ervandoor,' zei hij. 'Nog iets bij iemand van school langsbrengen.'

'Waarom heb je dat niet meteen gedaan?'

'Dag Louise, tot straks.'

4

Ze pakte de kat op, die miauwde maar verder niet tegensputterde. Het kriebelde in haar neus, ze draaide haar hoofd weg op het moment dat ze niesde. Ze moest altijd een dag wennen aan Doortje wanneer ze weer thuiskwam.

'Jij hebt het makkelijk,' zei ze. 'Je bent het Licht der Wereld zelf, met ons om je te voeden en je te vermaken als je je verveelt.' Ter bevestiging tilde Doortje haar witgevlekte kin op en begon te spinnen nog voor Louise met een paar nagels het kroelritueel in gang zette.

Ze keek om zich heen, voelde zich onrustig. De zorgeloosheid van eerder die middag had plaatsgemaakt voor een doffe beklemming. Ze moest toch eens naar beneden, en dan – haar vader? Die zou geen drama maken maar de moeilijkheid was dat hij nooit iets voor zich hield. Hij zou het zomaar met haar moeder kunnen delen, en die moest eerst bewerkt worden. Want niets wekte bij haar moeder zo'n afkeer als wat zij noemde de verspilling van de moderne tijd, een dreiging waartegen ze zich teweerstelde met een zuinigheidsregime waarin kachels niet voor 1 november aan mochten en afwaswater werd gebruikt om de wc door te spoelen. Ze herinnerde zich een voorval uit haar eerste jaar als student, toen ze had aangegeven niet uit te komen met haar toelage. 'Maar dat is erg onhandig,' luidde het onaangedane antwoord. 'Kijk, je moet geen slaaf worden van je geld natuurlijk. En een geldwolf hoef je ook niet te zijn. Maar helemaal zonder geld, dat is problematisch.' En toen ze daarop inbracht dat dat inderdaad problematisch voor haar was, had haar moeder kordaat het deksel op het gesprek gegooid met: 'Dat is zo goed aan de studententijd hè, dat men leert met geld om te gaan, en ook dat men leert de consequenties te dragen als men dat verkeerd aanpakt. Kijk, ik ga eens per week in het dorp naar de bank en neem altijd hetzelfde bedrag op, precies genoeg om het een week mee te redden. Als dat niet lukt, wordt er een keer geen vlees gegeten of ik koop mijn nieuwe kousen wat later. Zo simpel is het.' In een stemming van boosheid en zelfbeklag, en half in de hoop dat ze gesnapt zou worden, had ze een paar dagen daarna in een winkel het duurste studieboek voor het volgende semester gestolen. Maar ze werd niet betrapt, hield er zelfs een trots gevoel aan over: dat zij, met haar opvoeding, zoiets durfde – dat *men* dit kon doen zonder de geringste angst dat deze overtreding van het achtste gebod in een hiernamaals zou worden verrekend.

Ze zette de kat op de vloer en liep naar het raam. Ze mocht zich hebben ingehouden tegenover Oscar – ze kon hem vragen een paar dingen mee te nemen uit het dorp en het geld kwam een andere keer. Ze stak haar hoofd naar buiten maar ze was te laat, ze zag hem nog net verdwijnen in het groen van de laan. Ze zag ook iets anders: dichterbij, bij de boomgaard, stond een zilveren Mercedes geparkeerd. Zeker een verdwaalde nieuwbouwbewoner. Een man in een lichtgrijs pak scharrelde in de berm. Nu schreef hij iets op in wat een agenda leek. Ze bleef kijken, zag hoe de man het boekje dichtklapte en in een binnenzak stopte. Daarna haalde hij sigaretten uit een andere zak en stak er een op. Plotseling draaide hij zich om, liep naar de auto, stapte gedecideerd in, startte en kwam op het huis toegereden. Hij remde precies onder haar raam op het grind. Het portier zwaaide open, een mollig been schoot tevoorschijn, het andere volgde. En een aktetas. De man trok zijn jasje recht en mikte, terwijl hij richting voordeur liep, zijn sigaret op het grind, waar ze bleef nasmeulen. Een moment later sloeg het gerinkkink van de trekbel door het huis. Louise liep haar kamer uit, bleef op de overloop staan. Haar vader had pianogespeeld toen ze thuiskwam maar was daarmee opgehouden. Ze hoorde praten – het leek erop dat de bezoeker toch niet was verdwaald. Maar nee, hoorde ze haar moeder zeggen, al jaren niet meer. En wist hij dat vroeger het personeel gewoon meedeed met het ochtendgebed, hier in de hal? 'Ach,' riep ze uit, 'zoals mijn vader kon bidden!'

Iets in haar verstijfde. Die stem – die jarenlang de belangrijkste van haar leven was geweest maar er nu voor zorgde dat ze haar acuut koud geworden handen van de balustrade trok en achteruit stapte. De rest van de conversatie ging langs haar heen – er was alleen de stem, die loepzuiver de bijl aan de wortels van haar zelfvertrouwen sloeg.

'Wat interessant!' zei de man uiteindelijk. Hij sliste een beetje, en aan zijn accent te horen kwam hij niet uit de streek. Op alles wat haar moeder vertelde reageerde hij net te uitbundig, zoals mensen doen die eigenlijk ergens anders zijn met hun gedachten. Hun stemmen verwijderden zich. Haar moeder was blijkbaar zojuist thuisgekomen en het had er alle schijn van dat er een rondleiding werd gegeven. Op het moment dat ze dit dacht, breidde zich diep in haar een wee en intens somber gevoel uit – alsof een zowel onvoorzien als onontkoombaar noodlot op het punt stond geopenbaard te worden. Ze ging naar beneden, liep de hal door, bleef zonder zich te laten zien op gehoorafstand. Haar moeder loodste de man kamer na kamer door en somde kwaliteiten van het huis op, eigenschappen waarvan Louise niet had vermoed dat haar moeder er belang aan hechtte: het handgeschilderde Chinese vogeltjesbehang in de zitkamer, de weldadige koelte die de dikke muren tijdens dagen als vandaag verschaften, de handigheid een besterfkamer te hebben voor het wild. En ze greep de kans een kleine geschiedenisles te geven: hoe enkele eeuwen geleden een voorvader hier op doorreis overnachtte, en hoezeer de streek hem was bevallen en vervolgens inspireerde langs het riviertje, een paar kilometer uit elkaar, twee identieke huizen te laten bouwen, De Oever en De Vliet, waarbij de verkoopopbrengst van het eerste de investering voor beide had geëvenaard. Wat ze er niet bij vertelde, was dat het dorp destijds nog geen honderd inwoners had geteld, dat later gearriveerden de bewoners van De Vliet in toenemende mate aanzagen voor een soort lokale landadel en dat de familie zich die inschatting zonder bezwaar liet aanleunen. De burgemeester van Brevendal bijvoorbeeld, die uit het zuiden kwam, maakte steevast een buiginkje voor haar moeder en sprak haar nog net niet aan met barones – maar je zag het hem denken.

Maar was het wel veilig, vroeg de man terwijl ze weer in de keuken waren aangekomen, om zo afgelegen te wonen? Hij stelde zich zo voor dat het hier pikdonker was 's nachts, ook zo zonder verlichting langs de weg. Haar moeder lachte verbaasd. Wat zou er dan kunnen gebeuren? zei ze. En dronk hij thee?

Louise voelde het opnieuw kriebelen. Ze wreef de rug van haar hand over haar neus maar het hielp niet, het was niet te stoppen. En ze realiseerde zich dat ze nu maar één ding kon doen – ze liep de keuken in en niesde op het moment dat de man en haar moeder haar verbaasd aankeken.

'Ach wat een verrassing,' zei haar moeder, 'hoelang ben je er al? Kind, dit is mijnheer –'

'Vink,' haastte de man zich. Hij stak een paar vingers uit, die Louise aarzelend schudde. Ze kreeg weer de vage, deels fysieke sensatie van horror. Ze zag nu dat hij bij zijn Mercedes paste alsof hij daar een verlengstuk van was: zijn kiezelkleurige pak, het korte grijzende haar, zijn blinkende horloge met metalen schakelarmband – zelfs zijn schoenen hadden iets zilverigs in hun perfect gepoetste staat. Alleen zijn bruine aktetas vloekte. Hij had bleke polsen die ver uit de manchetten staken. Hij zweette in zijn nek, de kraag van zijn hemd was groezelig.

Dat glas wijn, ging door haar heen, had ze niet moeten drinken – niet zonder te hebben geluncht. Ze wendde zich naar haar moeder en kuste haar.

'Waaraan danken we de eer?' zei haar moeder. 'Wij zijn toch maar oude mensen.' Ze zette de ketel op het vuur. Louise gaf geen antwoord. Alleen al de toon waarop dat *oude* was uitgesproken, liet haar haar vizier dichtklappen.

Ze is magerder geworden, dacht ze. Maar misschien vergiste ze zich, ze dacht het vaker wanneer ze net thuis was – of nee, ze dacht het sinds Oscar had gesuggereerd dat mama mager werd uit zorgen om hun vader. En er zat meer wit in haar haar, dat al jaren niet was geknipt en dat ze voor de gelegenheid slordig had opgestoken. Maar verder – ze zag er niet bezorgd of moe uit, integendeel. Er zat een levendige glans in haar ogen en haar mond plooide zich in een superieure glimlach. Nu vertelde ze, terwijl ze kopjes uit de kast boven het aanrecht haalde, over haar kas waarin 's winters de citrusboompjes werden ondergebracht. De onrustige, taxerende blik van de bezoeker verried dat fruitkweek niet zijn uitbundige belangstelling had. Misschien, dacht Louise, stond hij wel bij de boomgaard te schatten hoeveel kuub hout erin zat en hoeveel dat zou opbrengen.

Die man moest hier weg. Maar hoe deed ze dat als ze gelijktijdig haar moeder gunstig moest stemmen?

Ze verplaatsten zich naar de zitkamer. Haar moeder en de gast gingen zitten, Louise liep met haar thee naar het raam dat uitkeek op het gazon en de vijver. Daar weer achter, achter het rosarium, dommelde onzichtbaar het riviertje. Ze zag dat het gras woekerde en strijd leverde met paardenbloemen, en dat de vijver verstikt raakte met riet en lisdodde. Misschien kon ze in de tuin werken en zo haar moeder tot mildheid brengen. Ze kreeg alweer zin om te roken. Ze had moeten wachten met die laatste. Haar moeder vertelde intussen dat zijzelf hier was opgegroeid en haar vader ook, en zijn vader, maar dat het de vraag was of haar kleinkinderen hier geboren zouden worden. 'Mijn kinderen, mijnheer Vink, zijn niet meer zo geworteld in de streek.'

Louise keek om, kon de uitdrukking op het gezicht van haar moeder niet zien. De man blies op de thee die hij naar zijn lippen bracht. Het dorre biscuitje dat erbij was geserveerd lag onaangeroerd op het schoteltje. Hij zat rechtop in zijn stoel, borst vooruit, haast een duif. Daarbij had hij zijn benen wijd uit elkaar voor zich geplant. Nu keek hij gefascineerd omhoog, naar de kroonluchter die alle avonden in het jaar werd aangestoken in plaats van de plafondlamp aan de andere kant van de kamer, omdat haar moeder een immense partij kaarsen uit een faillissement haast voor niets had kunnen opkopen. Opeens, en weer zo slissend, zei hij: 'Ik heb gehoord dat in dat andere huis Zuid-Molukkers hebben gewoond. En dat die zijn ondergebracht in een mooie nieuwbouwwijk. Ook nog eens allemaal bij elkaar, ze hebben het hier beter dan ze het ooit in Indonesië zouden kunnen hebben.' Hij zette het kopje weg, trok zijn aktetas naar zich toe, legde die plat op zijn knieën en liet de sloten tegelijk openspringen.

Op dat moment hoorde ze de telefoon.

'Is voor mij,' zei Louise meteen. 'Pak hem boven wel.' Op de verbaasde blik van haar moeder: 'Mijn minnaar.'

Stom, stom! sprak ze geluidloos terwijl ze via de eetkamer en de keuken in de richting van het ongeduldige gerinkel liep. Want zo ging het al twee jaar: ze kon nog zo denken intellectueel de meerdere te zijn, na thuiskomst voelde ze zich binnen de kortste keren onzeker en geïntimideerd, het leek of ze in de nabijheid van haar moeder weer tot een klein kind kromp, en van de weeromstuit sloeg ze dan terug met een onnozele provocatie. Ze kwam in de hal, nam op en zei: 'Loe – ja. Dacht al dat jij het was. Wat? Nou gewoon – intuïtie. Blijf aan de lijn dan pak ik hem boven oké?' Ze legde de hoorn omgekeerd op het tafeltje en haastte zich naar boven. Op de eerste verdieping pakte ze de telefoon met het lange snoer. Terwijl ze verder omhoog liep, stelde ze zich haar moeder voor – hoe haar gevoel voor calvinistisch decorum het won van haar gewoonlijke leven-en-laten-levenhouding en haar nu alleropgewektst iets als 'mijn dochter is erg modern' tegen de man liet zeggen, die natuurlijk niet wist hoe hij daarop moest reageren. Ze had trouwens niet gelogen: het was haar minnaar. Nou ja, ex-minnaar. Ze zette de telefoon op het nachtkastje en ging in het bed liggen. Ze zocht een comfortabele houding, pakte de hoorn, hield die tegen haar oor en liet zijn bezorgdheid over zich komen. Waarom, klonk het aan de andere kant van de lijn, had ze niet even laten weten waar ze was? Hij had haar overal gezocht – in haar studentenhuis en op de universiteit, hij had zelfs studiegenoten van haar opgebeld. Zijn toon beviel haar niet helemaal: hij klonk eerder miskend en bitter dan oprecht verontrust.

'Maar ik heb je opgebeld,' zei ze terwijl ze naar een barst in het stucwerk van het plafond keek. 'Ik was erg druk. En we hadden toch niks afgesproken?' Ze kreeg het gevoel dat ze niet volledig in zichzelf zat – alsof ze iemand die een ander was dan zijzelf in het bed zag liggen en een telefoongesprek zag voeren. Ze wist ook waardoor dat kwam: haar moeder en het bezoek van die man, twee verdiepingen lager. Dacht hij soms, hoorde ze zichzelf zeggen, dat ze niet voor zichzelf kon zorgen? Sarcasme stond hem slecht, zei ze – maar dat wist hij zelf ook al. Ja, ze bleef hier voorlopig, waarschijnlijk de hele zomer. Nee, vanzelfsprekend was het niet zijn schuld. Maar ze wilde het gewoon niet, het was lief aangeboden maar ze wilde niet dat hij dat deed, ze zou zich nooit laten onderhouden door een man, dat snapte hij toch? Het ging om eigenwaarde. Ja, zei ze, ze wist zeker dat ze stopte, honderd procent. 'Goed,' besloot ze. 'Spreek je later nog wel. Je kunt me hier bereiken, ik ga nergens heen de komende tijd.' Ze hield de hoorn nog tegen haar oor nadat aan de andere kant was opgelegd, ging op haar zij liggen. Ze keek door de kamer, zag dat de kat er niet meer was. Ze trok haar knieën tegen haar borst. Ze moest iets doen aan de man beneden. Maar het lukte niet goed zich daarop te concentreren – het enige dat in haar opkwam was dat hij de lompheid had een brandende sigaret op hun grind te gooien. Ook dat riep een naargeestig gevoel in haar op maar zonder dat het iets aanreikte, behalve dat ze nu weer intens verlangde naar nicotine. Ze kreeg een idee, sprong van het bed en liep naar de prullenmand, aarzelde een moment, ging op haar knieën zitten en keerde hem om. Tussen proppen papier, gebruikte tissues, chocoladewikkels en een halve beschuit lagen tientallen oude peuken, sommige van sigaretten die maar half opgerookt waren. Het was weerzinwekkend wat ze ging doen maar dat woog niet op tegen het vooruitzicht. Ze pakte een peuk, pulkte die uit elkaar en keek naar de tabaksdraadjes in haar handpalm. Ze harkte met haar vingers door de rommel op de vloer. Zeker genoeg voor één. Twee als ze dun draaide. Ze had geen pakje vloei meer maar dat was geen probleem, er was iets anders. Ze stond op, liep naar haar boekenkast en trok er het bijbeltje met opdracht uit dat ze had gekregen bij het verlaten van de lagere school. Ze opende het ergens achterin, bladerde. Handelingen, Romeinen, ah – Corinthiërs. Ze likte over haar vingertoppen, sloeg nog een paar pagina's om – ja, daar. *De man is immers niet geschapen om de vrouw, maar de vrouw om de man.* Ze pakte het velletje bij de zijkant, legde haar andere hand plat op de tegenoverliggende bladzij, en scheurde de pagina met de tekst met één gecontroleerde ruk los. Ze hield hem voor zich, het licht scheen erdoorheen. Prachtig papier, nauwelijks dikker dan een vloeitje. Ze legde het velletje opzij, pakte het bijbeltje weer op. Ze bladerde naar Mattheüs, de passage waar stond dat het hebben van een zondige gedachte je al schuldig maakte aan die zonde. Een schooljuf had gezegd dat een vloek denken even erg was als hardop vloeken. Terwijl ze daarvoor nooit één keer had gevloekt, had ze dat toen wekenlang dwangmatig in zichzelf gedaan. Het was afschuwelijk geweest: ze vloekte aan tafel, in bed, op de fiets, bij het spelen met Doortje, bij het tandenpoetsen. Ze kon er niets tegen doen, ze kreeg het niet uit haar hoofd en met elke vloek werd ze ongelukkiger, raakte ze er sterker van overtuigd dat ze verworpen en verdoemd was en dat voor een zondaar als zij de poorten van de hel wijd openstonden.

Drie minuten later lag ze weer in bed, hand met shagje zwevend boven haar gezicht. Ze probeerde niet aan haar moeder te denken. Ze voelde zich loom worden en rolde zich behaaglijk in de roes van het voorbije jaar.

Hij was dertien jaar ouder. Ze had hem ontmoet in de winkel waar ze het boek had gestolen. Hij had een mooie, frisse kleur. Kort daarvoor had ze besloten dat ze genoeg had van haar medestudenten, vooral van de mannelijke. Ze had er een paar uitgeprobeerd – maar god, dat voortdurende snoeven, steeds indruk willen maken. Tijdens de seks werden ze allemaal ook zo verbeten, en dan niet op een superieure manier maar eerder of ze door het minste of geringste de wedstrijd konden verliezen. Ze waren vooral met zichzelf bezig en als ze meteen na afloop vroegen: 'Gaat het?' of nog erger: 'Hoe was het?' dan was dat niet uit interesse maar alleen uit een zucht naar zelfbevestiging. Toen ze hem in die boekwinkel zag, en zag dat hij haar zag, en in de hals van zijn trui zag dat hij naast een paar goede schouders ook een gezonde beharing had, pakte ze een potlood uit een rek en stak dat, met een gebaar als was het een dirigeerstokje, in haar jaszak terwijl ze hem bleef aankijken. Daarna liep ze naar hem toe en vroeg zakelijk wat ze kon doen om hem te laten zwijgen tegenover het winkelpersoneel.

Iets drinken? suggereerde hij, met een verbaasde lach. Waarom ze het had gedaan, vroeg hij in een café bij een kop koffie.

'Uit plichtsbesef.'

De eerste keer dat ze met hem naar bed ging, ontdekte ze iets dat haar verraste – ze had macht over hem. Ze hoefde er niets voor te doen: hij was volkomen in haar macht, en ze wist meteen ook dat dat gold voor alle mannen die een stuk ouder waren. Het deed er niet toe of ze dat wilde of niet, het leek haast een natuurwet die zich aandiende en waarnaar ze zich had te schikken. Ze toetste haar vermoeden bij mannen die ze op straat tegenkwam, door ze recht aan te kijken, en onmiddellijk kwam daar de bevestiging – ze zouden alles doen wat ze verlangde. Tegelijkertijd was hij op fysiek gebied een verademing. Hij verontschuldigde zich niet, nooit. Hij zette haar gewoon tegen een deur. Na de eerste keer, overdag in zijn huis in het centrum, in een slaapkamer met bollende gordijnen waarachter het stadsverkeer ruiste, had hij gevraagd waaraan ze dacht en ze antwoordde: aan de Heiland. Ze had moeten lachen om het onbenullige gezicht dat hij trok en uitgelegd hoe ze er als kind van doordrongen was dat God en Jezus haar continu in de gaten hielden en alles maar dan ook alles zagen; hoe die twee alomtegenwoordige voyeurs dus aanwezig waren geweest bij de keren dat ze in de spiegel had gezien hoe haar borsten zich ontwikkelden, de eerste keer dat ze vochtig was geworden, aan zichzelf had gezeten, had gefantaseerd hoe het zou zijn om een jongen in zich te voelen. Ze keken zelfs mee met dromen waarover zij zelf geen enkele zeggenschap had. En dat daarom voor haar seks misschien dubbel zo interessant was als voor iemand met een normale opvoeding. Hij had geknikt maar begreep er natuurlijk niks van. Na die eerste keer kwam ze vaker in zijn huis, in die kamer – ruim, opgeruimd en schoon, met een kastanjekleurige houten vloer en een smetteloos wit bed, een kledingkast waar twee ouderwetse koffers bovenop lagen en een rotan bankje voor hun kleren. Bijna of het een hotelkamer was die ze hadden gehuurd, en die voorstelling beviel haar. Ze herinnerde zich hoe ze op den duur aan de reep zonlicht die door de gordijnen sneed kon zien hoe laat het was, hoe aan verkeersgeluiden te horen viel of het regende, of woei, of sneeuwde. Aan de overkant van de straat was een halte waar om de twaalf minuten een stadsbus met een hydraulische zucht optrok. De sensatie dat het gewone leven rondom doorging gaf haar een bevrijd gevoel; zo, dacht ze, zal ook de dood je eens komen verlossen terwijl de hele wereld vrolijk doorgaat en van niets weet.

Ze werd niet verliefd. Ze raakte op hem gesteld maar verder groeide het niet. Ze was niet nieuwsgierig naar zijn verdere leven, wilde niet met hem naar feestjes en ze hoefde zijn vrienden niet te ontmoeten. Ze vroeg hem nooit naar zijn gevoelens voor haar. Ze spraken nog één keer over religie. De schaarse momenten waarop ze niet in bed lagen, brachten ze door in restaurants. Zij dronk daar veel bij. Hij bood elke keer aan alles te betalen en elke keer stond ze dat niet toe. Toen was pas echt de bodem onder haar financiën weggeslagen. Maar van de situatie profiteren zou alles lelijk maken. En nu was dus alles op; zelfs het bedrag dat was bedoeld als collegegeld voor het komende jaar had ze uitgegeven. Ze keek opnieuw naar de barst in het plafond. Tijdens een van die etentjes vroeg hij of ze zich voor hem schaamde – vanwege het leeftijdsverschil. Maar nee, zei ze, hoezo, nee helemaal niet, ze schaamde zich maar voor één ding en dat was dat ze als kind had geloofd in de Vader en de Zoon en de Heilige Geest en alle wonderen uit de Bijbel. Daar schaamde ze zich verschrikkelijk voor – dat ze zo dom was geweest dat ze zich die flauwekul had laten wijsmaken. En daarom, zei ze, deed ze infantiele dingen als stofzuigen op zondagochtend en dan een credo neuriën van een grootmoeder – *zondagswerk is niet sterk* – waarna ze zich de rest van de dag uitstekend voelde. Want, en dat was ze steeds duidelijker gaan zien, het was niet het geloof dat oneindig was maar het ongeloof; het was ongeloof dat een mens bevrijdde en verhief, en het was het geloof dat mensen klein en beperkt en simpel probeerde te houden. *Zalig zijn de armen van geest* – dat was geen groots mededogen, maar een afbakening!

Maar ze was een klein kind geweest, bracht hij in. Ze wist niet beter, waarom dan nog die schaamte. Kon ze het niet als een soort sinterklaasbedrog zien in plaats van het nog steeds zo serieus te nemen? Ze pakte zijn hand die op tafel lag, kneep erin en zei: 'Lief dat je meedenkt maar je begrijpt het niet. Het is onmogelijk dat je er iets van begrijpt.' Hij gaf niet meteen op. Hoezo, waarom zou hij het niet begrijpen? 'Oké,' had ze gezegd, 'kun jij zien wie van de mensen hier een gereformeerde achtergrond heeft?' Nee, zei hij, wilde ze soms zeggen dat zij dat wel kon? Ze keek rond, knikte naar een tafeltje waaraan een stel zat te eten dat niet veel ouder was dan zijzelf. Wees hem op het doffe lange haar, de streng-precieuze trek om de mond van het meisje en haar nette schoenen met platte hakken – nogal duf voor die leeftijd vond hij ook niet? Toen hij een twijfelende frons trok had ze haar servet op tafel gelegd, was naar het andere tafeltje gelopen en had het meisje aangesproken – of ze elkaar niet toevallig kenden van de kerk? Nee, zo bleek, ze kwam uit Zeeland, en ze was niet gewoon gereformeerd maar vrijgemaakt. Begreep hij, zei ze toen ze weer tegenover hem zat, hoe gekneed en innerlijk misvormd je moest zijn om een lotgenoot te herkennen op het moment dat die een kamer binnenstapte, of twee woorden sprak? Ze kon het simpelweg niet loslaten, legde ze uit, ze dacht er voortdurend aan en steeds weer bezorgde het haar die schaamte en maakte het haar woedend. Hij had geknikt maar was er toch nog op doorgegaan – want wat had het uiteindelijk voor zin boos te blijven; woede maakte je ook tot gevangene van degene tegenover wie je die woede koesterde. Ze had recalcitrant gereageerd, met iets flauws als 'worden we boeddhist?' en daarna had ze haar glas gepakt. Maar er was sindsdien geen dag voorbijgegaan of ze had zich die opmerking van hem herinnerd. Iets anders dat nu terugkwam was een vraag die hij pas onlangs, bij hun laatste ontmoeting, had gesteld: of ze vaak zo assertief deed om maar niet over zichzelf te hoeven praten. Stel dat hij gelijk had, wat betekende het dan dat ze daar het meeste last van had in de nabijheid van haar moeder? Daarstraks in het veld voelde ze zich gelukkig. Dat was echt. Nu was dat weg. En het vloog haar weer aan: wat ging ze doen met haar leven? Werd dit gevoel opgewekt door haar moeder, van wie ze als klein kind meer hield dan van alle andere dingen en mensen op de wereld bij elkaar?

Van beneden kwam geluid. De bezoeker, in de hal. Ze had haar slaapkamerdeur open laten staan. Alweer dom – misschien zou haar moeder de sigaret ruiken. Ze draaide zich met haar gezicht naar de muur. Ze dacht aan de woorden van de man over de Ambonezen – dat ze het hier beter hadden dan ze het in Indonesië ooit konden krijgen. Wat hij er niet bij had gezegd was dat die mensen onder dreiging van een enorme politiemacht waren gedwongen te verhuizen en dat De Oever meteen was gesloopt. Ze luisterde met ingehouden adem in een poging toch iets van het gesprek op te vangen. Opeens draaide ze zich weer om, stond op, liep de kamer uit en ging naar beneden.

Bij de voordeur stonden haar moeder en de man nog te praten. Louise wachtte tot hij zijn zin had afgemaakt en zei kalm: 'Sorry – ik hoor dat er een nieuwe dominee is?'

Een dankbare uitdrukking verscheen op het gezicht van haar moeder. Ja dat klopte, antwoordde ze, er was een nieuwe dominee en wat voor één – zo betrokken, en hij preekte echt uit het hart en nam tenminste de tijd. En, zei ze, hij heeft een zoon van jouw leeftijd!

'Aha –' zei Louise, even uit het veld geslagen – maar ze wendde zich tot de man: 'Mag ik vragen van welke kerk u bent?'

'Kind wat impertinent,' zei haar moeder.

Ze bleef de man aankijken – tot het argeloze antwoord kwam: 'Nou, gewoon...'

'De gewone kerk,' zei ze met een glimlach.

De man knikte, nu toch met enige voorzichtigheid.

'Ach,' viel haar moeder in, 'u aanbidt de antichrist?'

De man liet zijn mond een beetje openhangen. Toen lachte hij, maar haar moeder lachte niet mee. In plaats daarvan loodste ze hem naar buiten: 'Dag mijnheer...'

'Vink. Vink is de naam.'

'Dag mijnheer Vink, dank u voor uw bezoek.'

Toen de deur dicht was, zei ze tegen Louise: 'Je moet zeker gauw weer weg?'

'Nou –' zei Louise.

'Niet? Wat bijzonder. Ik zou het wel weten op jouw leeftijd. Maar je bent altijd welkom hier. En als je blijft kun je mooi helpen met de Open Tuinendag.'

'De wat?'

'Je taal, Louise. O, en trouwens: vanavond komt mijnheer Westeneng. Misschien kun je dan iets anders dragen dan die vuile blouse.'

5

Klinkers, muren en stoeptegels straalden een haast vloeibare hitte uit die hem omsloot toen hij de straten van het dorp weer in fietste. De zon stond nog hoog boven de twee-onder-een-kaphuizen met hun bakkende pannendaken. Niets roerde zich, het enige geluid was het gesmoorde gekoer van een duif, verstopt in een sombere conifeer.

Hoe vaak was hij hier langsgekomen – honderden keren, duizenden? Hij voelde een druk op zijn borst alsof iets hem belette helemaal door te ademen. En nu, besefte hij, had ook de thuiskomst van Louise zijn stemming niet meer opgetild. Misschien zou het zo doorgaan – zou de rest van zijn leven steeds teleurstellend verlopen, gebeurde er nooit iets en bleef hij zich altijd zo voelen. Hij legde zijn armen plat op het stuur terwijl hij voorover leunde – zijn geijkte houding wanneer hij lamlendig naar school fietste. Soms zwenkte hij naar de andere kant van de straat, als daar uit een boom een schaduwplas van enige omvang lekte. Links en rechts schoven in streng model gekapte ligusterheggen en geometrisch geharkte grindpaadjes voorbij. Tegen minstens de helft van de gevels kleefde een ploegende figuur van gietijzer. Achter ramen met opengetrokken vitrage waren, wist hij, de huiskamers inwisselbaar: zware boerse meubelen met gecapitonneerde stoffen zittingen en donkereiken leuningen, salontafels met hoogpolige kleedjes, aan de muren ingelijste citaten uit het Oude Testament, vooral uit de Psalmen, het een nog knusser dan het ander. *Welgelukzalig zijn de oprechten van wandel, die in de wet des HEEREN gaan.* En in de vensterbanken waakten de sansevieria's, die er met hun scherpe tongvormige bladen stuk voor stuk uitzagen of ze het plantgeworden woord van een gezaghebbend en gevreesd dominee waren. Dit was het gereformeerde deel van het dorp en wat had Louise gezegd? – dat ze bij het verhaal over de Joden en de Samaritanen steeds meteen aan Brevendal moest denken want kijk maar, zei ze, er kon net zo goed een kloof door het dorp lopen die het blanke deel scheidde van het Molukse. Het klopte: de Ambonezen woonden inderdaad afgezonderd van de rest allemaal bij elkaar in hun eigen wijk. Ze hadden hun eigen buurtwinkel (ofschoon de eigenaar volgens Louise een Chinees was) die ze toko noemden, hun eigen lagere school, hun eigen voetbalclub en ook hun eigen kerk. Een andere overeenkomst was dat de twee bevolkingsgroepen in Brevendal een viriele achterdocht jegens elkaar cultiveerden; je hoefde maar op koopavond door de winkelstraat te lopen en de blikken te zien.

Vanuit de verte naderde het gejank van een opgevoerde brommer. Terwijl die – met een gulzige sprong naar een lagere frequentie – langs hem raasde, dacht Oscar aan Jonkie en zijn ongeluk. Wat spookte hij nou echt uit in het bos dat de politie daarvoor op school kwam? Of had ook dat niks te betekenen en wilde de politie alleen laten zien dat ze het *Vigilat ut quiescant*, dat hij eens bij Latijn had vertaald, serieus nam? Hij keek weer opzij, naar een van de geelstenen huizen. Hier woonde zijn speelkameraad van de lagere school, met wie hij eindeloze middagen vol voetbal, boomhutten bouwen en zwemmen in de Breve had doorgebracht maar die hij nooit meer zag nadat de Cito-toets hun levens in uiteenlopende richtingen had geduwd. Hij hield in, fietste stapvoets en tuurde door de weerschijn van het raam, zag binnen niemand zitten of lopen. Hij herinnerde zich dat Louise de spot had gedreven met dat vriendje – maar waarom, om iets religieus? Omdat ook hier in een hoek het harmonium stond, door zijn vader hallelujapomp genoemd? Nee, het was iets met gastvrijheid geweest, of juist het gebrek eraan, bij de familie – het zuinig-bangige van de autochtone Brevendallers tegenover alles wat ze niet kenden of begrepen. Terwijl hij zo keek, scheen hem toe dat ook het felste zonlicht niet doordrong tot het diepste van die kamers, net zomin als (wat Louise had betoogd) de mogelijkheid van echte levensvreugde, een simpel plezier in het eigen bestaan en dat van andere wezens los van een besef van zonde en dwaling en de onvermijdelijke toorn Gods, ooit de zielen van hun bewoners zou aanraken.

Hij bleef met zijn gedachten bij Louise. Hij was een beetje onthutst geweest toen ze toegaf met haar studie te willen stoppen. Maar ze leek zich er zelf nauwelijks druk over te maken – en wat overdreven dan om hem zo te laten schrikken. Of lag het aan hem, had hij moeten doorvragen en meer betrokkenheid moeten tonen?

Hij passeerde de SRV-wagen en sloeg een hoek om. Hij duwde zich van zijn stuur omhoog en rechtte zijn rug. Hier begon de Bloemenbuurt, een wijk met rijtjeshuizen die een jaar of twaalf geleden was gebouwd – eerste nieuwbouwwijk van het dorp. Jonkie woonde in de Violenstraat. Meteen merkte hij een verandering: overal stonden ramen en voordeuren open, en daardoor dreven geuren naar buiten, etensgeuren die hij deels kon thuisbrengen – pindasaus, geroosterd vlees, kerrie. In sommige voortuinen hing was te drogen. Een klein plantsoen vertoonde een kampvuurplek, zo verkoold dat ze voor een blikseminslag kon doorgaan. Hij hoorde het bekommerde gebabbel van kippen ergens vandaan komen. Auto's stonden lukraak geparkeerd – met de wielen op de stoeprand of gewoon op een gazon. De huizen hadden achter de ramen geen vitrage, in plaats daarvan waren er bontgebloemde doeken en gordijnen opgehangen. Opeens hoorde hij iemand roepen. Er werd een antwoord teruggeschreeuwd, in een onverstaanbare taal. Hij sloot een moment zijn ogen en stelde zich voor dat hij een wereld binnenging die niets met Brevendal of Nederland te maken had.

Hoewel hij verder geen stemmen hoorde en niemand zag, bekroop hem een vage angst, alsof iets hem elk moment kon bespringen. Hij dacht aan het gerucht dat rondging en dat eerder die dag door de agent min of meer was bevestigd: dat de politie deze wijk niet meer in durfde. Maar hij had nooit ruzie met Ambonezen gehad; als iemand hem staande hield kon hij onmiddellijk het huiswerk laten zien. Hij kon zelfs naar waarheid zeggen dat hij hier zelf ook liever niet rondhing maar van de school een taak toegewezen had gekregen. Ze zouden hem toch zeker wel verstaan? Hij las de straatnaamborden. Hij was ervan uitgegaan dat hij de Violenstraat zou kunnen vinden – zo groot was de Bloemenbuurt ook weer niet – maar wat als hij het moest vragen? Achter veel ramen op de eerste verdieping hingen RMS-vlaggen – drie dunne banen blauw-wit-groen en de rest felrood. Op sommige auto's kleefden stickers met die vlag. En op een lantaarnpaal die hij nu passeerde. Een schooljuf had eens uitgelegd dat kleuren in een vlag altijd ergens voor staan, zoals in de Nederlandse – maar hij was het vergeten. Of nee, rood stond voor het bloed, en blauw voor de zee, en wit... Daar was de Violenstraat, een korte straat met aan weerszijden huizen met een plat dak, een kleine voortuin en een deur waar een smalle verticale ruit van gewapend glas in zat.

Hij telde de huisnummers, zag van een afstand dat ook bij Jonkies huis de deur openstond. Hij stootte zijn fiets het trottoir op en zette hem tegen het ruithekje dat de met laaggesnoeide rozenstruikjes ingerichte voortuin scheidde van de stoeptegels. Hij keek om zich heen, aarzelde – en drukte toch maar het ringslot om het achterwiel dicht. Hij keek de straat nog eens door terwijl hij, tas van zijn schouder schuddend, het paadje naar de voordeur opliep. Bij de drempel bleef hij staan. Er was een krap halletje met een openstaande deur naar een kamer waaruit zachte, vreemde muziek sijpelde. Het deed denken aan het geluid van tientallen kerkklokken maar dan helderder, veel minder zwaar en resonerend, en ook zonder dat er een melodie in leek te zitten. Langs de gekleurde plastic repen van een vliegengordijn kon hij zo'n beetje naar binnen kijken, maar hij zag niemand.

'Hallo?' riep hij, met een stem die iel uit zijn keel schoot. Geen reactie. In het halletje zelf trok één voorwerp alle aandacht: een immense olijfkleurige kist met riemen eromheen. Aan de voorkant zaten twee messing sloten, allebei opengeklapt. Op de bovenkant stond in krijtachtige, half weggesleten kapitalen

MATUPESSY

dan een soort code van cijfers en letters, en weer daaronder de woorden

KOTA INTEN

Maar wat onhandig: er was al nauwelijks plek en dan hadden ze ook nog zo'n lomp ding neergezet waar je omheen moest stappen om binnen te komen. Er steeg een geur uit op die hij herkende – zijn grootmoeder stopte zakjes in haar reiskoffers die precies zo roken.

En nu – gewoon op de mat of anders op die kist? Hij trok de map met gekopieerde huiswerkaantekeningen uit zijn tas. Er stond niet op geschreven wat erin zat maar het zou duidelijk zijn. Het postelastiek dat eromheen spande hield alles goed bij elkaar. Hij stak zijn hand met de map vooruit, bleef nog luisteren naar de wonderlijke klokkenmuziek – klanken die door elkaar vielen en niets met elkaar te maken leken te hebben. Als helder tinkelende druppels, een gestage regenbui van geluid. Op de een of andere manier paste de muziek volmaakt bij de loomheid en de temperatuur van deze dag.

Opeens klonk een stem: 'Ja?'

Hij reageerde niet, hield de map nog steeds vast.

'Hallo? Kom jij verder ja?' De stem van een vrouw, met een accent – de ronde o die Jonkie ook had, en een rollende, volstrekt on-Brevendalse r.

'Ehm,' bracht hij uit. Hij kuchte. 'Ja, ik heb –'

'Hallo?' klonk het nogmaals.

Hij haalde diep adem, slikte speeksel weg uit zijn mond. Toen stapte hij naar binnen, en langs de kist, hield met de map het vliegengordijn opzij en ging de kamer in.

Hij zag haar pas in tweede instantie. Ze stond links, half achter de deur. Ze was waarschijnlijk via de open trap in de hoek naar beneden gekomen. Ze liep op blote voeten en droeg een donker, glanzend jasje met bloemmotieven, dat aan de zijden kamerjas van zijn vader deed denken, en daaronder een diepblauwe, ook met bloemen versierde doek die ze als rok om haar middel had geslagen en ter hoogte van haar heup had samengeknoopt. Ze had het jasje waarschijnlijk net aangetrokken, want niet alle knopen waren dicht, hij zag de aanzet van de voor tussen haar borsten – en op hetzelfde moment schoot het bloed naar zijn slapen. Ze keek hem zonder iets te zeggen aan, met een ingehouden lach maar niet onvriendelijk. Hij keek terug, ook zo met een halve lach, hij wist dat hij blufte maar iets in hem, een vreemde en niet onprettige drang, zei hem dat hij dit moest doen, dat hij niet mocht wegkijken maar moest volharden in deze onnatuurlijke tegenblik.

'Huiswerk,' zei hij. 'Voor je broer. Ik bedoel – aantekeningen.' Hij stak de map vooruit maar ze maakte geen aanstalten die aan te nemen. En ze bleef hem zo aankijken, met die blik.

'Ik wist niet dat Jonkie vrienden had op school, wat aardig van jou.'

Ze had dezelfde scherpe en donkere ogen als haar broer,

maar een andere, minder stompe neus. Ze was net als Jonkie vrij klein, maar slanker. Ook haar huid leek te glanzen – wat in tegenstelling tot bij Nederlanders een oergezonde indruk maakte. Hij realiseerde zich dat hij nu toch naar haar staarde.

'Ehm, ik ga weer.' Hij keek opzij, naar een eettafel met zes stoelen eromheen, en legde de map daarop neer.

'Ga zitten,' zei ze. Ze draaide zich om naar de geluidsinstallatie, zette het volume lager en liep richting keuken. Nu zag hij dat haar zwarte haar, samengebonden in een dikke vlecht, tussen haar schouders hing en tot haar billen reikte. De stof van haar rok schommelde op de beweging van haar lichaam.

Ze deed in niets denken aan de Molukse meisjes op zijn school. Die waren allemaal veel jonger; er zaten er een stuk of vier in de derde en ook nog een paar in de eerste. Ze klitten samen en hielden de blanke kinderen, vooral de jongens, nadrukkelijk op afstand. Hij trok een stoel naar zich toe, bleef nog staan. De kamer was sober ingericht. Het rook hier niet naar eten zoals buiten in de wijk, maar eerder naar zeep, alsof er zojuist grondig was schoongemaakt. Nergens lag rommel – een kledingstuk of een los boek. In een hoek van de kamer, op een donkerhouten buffet, troonde een oude televisie met gefineerde kast, misschien nog zwart-wit, in een nis van woekerende kamerplanten. Op de hoek stond ook nog de telefoon, een ouderwetse van zwart bakeliet met de hoorn bovenop. Onder het raam op de voortuin, voor de verwarming, stond een diepe leunstoel met stoffen zitting en een groot gehaakt kussen. Aan de muur links hing een breed schilderij met een dromerig tafereel – een turquoisekleurige baai met voor anker liggende schepen en rondom tropisch palmenwoud. Midden onder het schilderij bevond zich een bijzettafeltje vol familiefoto's in verzilverde passe-partouts, met zo te zien alleen stokoude mensen. Ze waren opgesteld in twee rijen die aan de uiteinden naar binnen bogen, alsof het de bedoeling was dat ze ook elkaar nog een beetje konden zien. Voor hem, op tafel, stond een fruitschaal met een trosje bananen en een grote eivormige vrucht die hij niet kende. Daarnaast een gong waarvan kennelijk de klopper was zoekgeraakt, want aan het bijbehorende koordje zat een dessertlepel bevestigd. Toen hij ging zitten, zag hij dat in de hoek bij de trap nog een schilderij hing, of eigenlijk was het een foto in een schilderijlijst: een sepiakleurig portret van een statige vrouw met een vos over haar schouders. De vorige koningin – of nee haar moeder: koningin Wilhelmina. Ze staarde de kamer in alsof ze zich van haar majesteitelijkheid ten volle bewust was.

Jonkies zus kwam met een dienblad uit de keuken. Behalve twee glazen stond er een bedauwde kan op, gevuld met water waarin stukken citroen en limoen en ijsblokjes dreven, en een schotel met dunne plakken van een soort gestreepte cake.

Hij kreeg het idee dat hij iets moest zeggen.

'Alle deuren staan open. Iets aan de hand?'

Ze schonk een glas vol en reikte het hem aan. 'Nee hoor,' zei ze, 'dat was in het kamp ook zo. Daar stonden die paar dagen dat het niet te koud was voor de oudjes ook de deuren open. Jij weet toch wel dat wij eerst in het kamp woonden?' Hij keek naar haar handen, die haar eigen glas omsloten. Ze had slanke vingers met kootjes die een iets lichtere huid hadden. Maar ook 's winters, zei ze, deed niemand hier de deur op slot. Iedereen liep gewoon bij elkaar naar binnen, dat was in het kamp al zo geweest. Ze zweeg, keek hem aan. Ze vroeg hoe hij heette.

'Oscar,' ze herhaalde zijn naam, met nog een extra beweging van haar mond alsof er een interessante smaak aan zat. Ze hield haar hoofd een beetje scheef terwijl ze hem bekeek. 'En jij woont hier in het dorp? Nee, Jonkie heeft het nooit over jou. Echt iets voor hem. Ik ben Dona.'

Hij knikte maar. Ze bleef hem aankijken, zo vriendelijk en zonder dat haar blik voortdurend wegdwaalde en de omgeving onderzocht. Want dat was waaraan hij wat meisjes betreft gewend was geraakt en waarbij hij zich had neergelegd sinds een jongen hem bij zijn enige bezoek aan de dorpsdisco ongevraagd had toegevoegd: 'Jie binnie mooi, jie binnie lilluk, jie bin mooi lilluk.'

Hij dronk. Het smaakte zuur, maar niet zo erg dat zijn mond ervan samentrok. Hij wist dat de groene schijfjes van een limoen waren maar had er nog nooit een geproefd. Hij voelde haar blik. 'Lekker,' zei hij. Hij zette het glas neer, zag doorschijnende cellen van de vruchten in het water warrelen. Maar zou ze echt anders zijn dan haar broer, vroeg hij zich opeens af. Of zou ze alleen maar doen alsof en hem zo dadelijk, precies als Jonkie deed bij klasgenoten, met een enkele opmerking voor gek zetten? Op dat moment strekte ze haar hand uit en raakte zijn haar aan. Hij verstijfde.

'Ik heb in dit dorp nog nooit een Blanda met ramboet kriting gezien,' zei ze terwijl ze de hand weer terugtrok. 'Wel in Amersfoort of Amsterdam maar hier nog nooit. Hier lijkt iedereen op elkaar. Allemaal inteelt, zegt mijn vader. En wat heb jij dunne polsen,' voegde ze vrolijk toe. 'Jij zou zomaar een Ambonees kunnen zijn! Weet jij zeker dat jij een Hollander bent?'

Hij voelde zich licht in zijn hoofd. Zijn hart ging tekeer.

'Kijk niet zo ernstig!' zei ze lachend. Ze hield hem het bord met de cake voor. Hij pakte een plak en nam een hap. Het was niet echt lekker, er zat weinig smaak aan en de smaak die eraan zat, was wee en deed aan kaneel en caramel denken. Tegelijkertijd was hij zich bewust van zijn gezicht, dat dus weer te serieus was. Hij vroeg zich af wat zij hier vanmiddag deed – waarom ze thuis was en of ze op andere dagen werkte of studeerde. Maar hij kende haar helemaal niet, misschien kwam het bemoeizuchtig over als hij zoiets vroeg. Het was beter neutraal te blijven. Hij knikte naar de gong op de tafel. 'Is dat een Moluks instrument?'

'Daar slaat mijn vader op als we moeten opstaan. Zes uur,

elke ochtend.' Met een rare grimas voegde ze toe: 'Reveille!'

Hij lachte mee, alsof hij begreep waarom dat grappig was. Hij dacht aan zijn klasgenoten bij het fietsenhok en keek opnieuw de kamer rond maar nergens stond een geweer met bajonet klaar om een indringer te doorboren. Het enige in het huis dat militair aandeed was de kist in het halletje, en in een impuls vroeg hij: 'Wat is dat voor kist – die is zeker van je vader?'

Een verstoorde uitdrukking trok over haar gezicht. 'Je hebt er toch niet aan gezeten?'

'Hoezo,' zei hij. 'Zit er iets breekbaars in?'

Ze zuchtte, kennelijk gerustgesteld. 'Nee. Maar die kist moet daar blijven.'

Ze ging er niet op door, vroeg naar Jonkie. Ze was vooral geïnteresseerd in hoe haar broer het in de klas deed – of hij vaak uren moest terugkomen en of hij rookte in de pauzes. Oscar haalde zijn schouders op. Hij voelde geen loyaliteit richting Jonkie maar wilde niet de indruk wekken dat hij het soort jongen was dat een klasgenoot zou verraden. Het was ook maar beter niets te zeggen over het bezoek van de politie.

'En drugs? Jij hoeft er niet moeilijk over te doen hoor, ik *weet* het. Ik weet dat hij rookt en zo.' Ze pakte haar glas weer op en dronk terwijl ze hem bleef aankijken. Misschien, dacht hij nu, kwam hij te onbetrokken over voor iemand die haar broer een dienst bewees. Hij vroeg: 'Hoe gaat het met hem? Wanneer komt hij uit het ziekenhuis?'

Ze leunde achteruit. 'Gauw. Ik weet niet. En als hij eruit komt kan onze vader er meteen in.'

'Je vader?'

Ze had zorgen om Jonkie maar nog bezorgder was ze om haar vader. Het ging niet goed met hem. Er was iets met zijn hart. De dokter zei dat hij geen kretek meer mocht roken. Maar toen had haar vader in de praktijk zijn sigaretten tevoorschijn gehaald en ze naar die Hollander omhooggehouden en gezegd dat dat het laatste stukje Ambon was dat hij nog had en als hij daar afstand van moest doen konden ze hem net zo goed meteen begraven. Ze legde haar handen plat op de tafel en staarde naar haar vingers. Op doffe, weemoedige toon zei ze dat haar vader in het kamp zo sterk was geweest, een echte soldaat ja, iemand die van iedereen respect kreeg. Maar toen ze hiernaartoe moesten verhuizen wilde hij niet en kreeg hij ruzie met iedereen die uit zichzelf wegging en hij zei dat ze *hoogverraad pleegden* aan de Molukse zaak want ze moesten bij elkaar blijven, alleen dan zouden ze hen in Den Haag serieus blijven nemen en konden ze eens allemaal terug naar Ambon! En hij had gescholden op iedereen en vreselijke dingen gezegd over de kerk, over Manusama en dominee Metiary. En terwijl ze zo opging in haar bezorgdheid, keek Oscar naar haar en liet opnieuw tot zich doordringen dat hij nog nooit zoiets had meegemaakt: een meisje dat zó aardig tegen hem deed en dingen over zichzelf en haar leven vertelde. Een meisje bovendien, dacht hij er met een zwellend gevoel van trots bij, dat een stuk ouder was dan hij, eigenlijk al een volwassen vrouw! Hij kon dat allemaal niet begrijpen, hoorde hij haar zeggen, want daarvoor moest je een Molukker zijn. Maar ze keek hem nu toch afwachtend aan. Een meisje dat een antwoord van hem verwachtte – ook dat was nieuw.

Maar het kamp, bracht hij voorzichtig in, was toch ontruimd vanwege een rattenplaag? Dat had hij gehoord, en dat ze met honderden een paar douches moesten delen. In de oorlog hadden de Duitsers er Joden opgesloten, daarvoor waren die barakken bijgebouwd. Het was toch – hij zocht naar het woord dat zijn vader had gebruikt toen die erover vertelde – *mensonwaardig*?

Ze lachte sarcastisch. 'Dat is precies wat alle Hollanders zeggen! Maar wij woonden daar bij elkaar. Ik was gelukkig, en alle kinderen, alle mensen daar waren gelukkig. Want wij woonden daar bij elkaar!'

Toen hij wegging, gaf ze hem een hand, die koud aanvoelde. De hand van de dochter van een militair, dacht hij toen hij op zijn fiets stapte. Terwijl de buitenlucht weer een gloeiend masker op zijn gezicht zette, was het of hij die koelte in zijn vingers bleef voelen.

Hij keek naar de huizen van de Bloemenbuurt, herinnerde zich zijn argwaan van een uur geleden. Hij hoopte dat ze hem niet door het raam had nagekeken en had gezien dat hij zijn fiets van het slot haalde. Hij sperde zijn neusgaten open om de etensluchten in te snuiven. Bij het passeren van geparkeerde auto's zag hij zichzelf gespiegeld in de zijruiten; hij ging meer rechtop zitten, bleef naar zichzelf kijken, naar zijn donker afstekende hoofd met krullen. Terwijl hij het gereformeerde deel van het dorp weer binnenreed, scheen hem toe dat het bij Dona thuis weliswaar eenvoudig was, maar dat tegelijkertijd alles, alle spullen maar ook de geluiden en de geuren, verbonden waren met de bijzondere en persoonlijke geschiedenis van de mensen die er woonden. Hij bedacht dat hij haar dat had kunnen zeggen en voelde opeens een felle spijt dat hij dat niet had gedaan.

6

Toen hij binnenkwam, bleef hij een paar tellen verblind staan. De avondzon schoof horizontale bundels door de ramen die elk voorwerp een helkoperen gloed verleenden. De kamer, octogonaal van vorm, werd alleen door toevallige bezoekers soms 'salon' genoemd; de tante door wie Louise als contactgestoord was bestempeld sprak van een uitdragerij. En inderdaad stonden ladekasten, bijzettafeltjes, crapauds, divans en sofa's uit diverse tijden en in alle denkbare stijlen lukraak door elkaar. De muren waren van vloer tot plafond bedekt met schilderijen, vergeelde ingelijste landkaarten en familieportretten. Oscars moeder kon zich qua verzamelwoede niet meten met zijn vader, kampioen in wegdoen was ze ook niet.

In het midden, op een canapé met amberkleurige bekleding en kromme hondenpootjes, zat een oude bekende, een forse man van een jaar of zestig met een gezicht dat uit losse lapjes rood vlees bestond. Hij droeg een bril met zulke massieve glazen dat zijn ogen er enorm door werden uitvergroot en je, waar je ook zat, met uilachtige starheid leken te observeren. Hij kwam altijd in pak, driedelig zwart, en verspreidde een muffe geur die de ruimte vulde. Wanneer het stil was, viel bovendien te horen dat hij een geluid voortbracht – iets dat veel weghad van een continu doorgaand, innig tevreden gezoem. Van tijd tot tijd kantelde hij als een tuimelaar naar voren, strekte een beringde hand naar een glazen schotel met Droste-flikken op het lage tafeltje voor hem en bracht er een naar zijn al bij voorbaat smakkende lippen. Zijn naam was Westeneng, mijnheer Westeneng, een ouderling. Hij woonde in Brevendal en was, onder meer vanwege zijn indrukwekkende kennis van de geschiedenis van de reformatie, een favoriet van Oscars moeder. Die zat rechts van mijnheer Westeneng in haar vaste leunstoel, met een breiwerkje. Ze droeg een gebloemde jurk van onbestemde leeftijd en schoenen van het soort (gespje, halfhoge hak) waarop alle vrouwen in de familie liepen. Bij een raam, een kleine donkere massa in tegenlicht, stond Louise, die mijnheer Westeneng een stompzinnige kletskous vond en alleen nog maar aanduidde met 'de farizeeër'. Zij zei, op het moment dat Oscar binnenkwam: 'Ik geloof niet in evolutie – ik *begrijp* het.'

'Zo Oscar,' zei zijn moeder nadat hij mijnheer Westeneng een hand had gegeven en met zijn andere hand een chocolatje had gepakt. 'Is je huiswerk af?'

'Bijna mama,' zei hij, niet geheel naar waarheid. Hij had twee uur lang boven zijn schriften gehangen zonder dat het hem was gelukt zich een minuut te concentreren. Nu liep hij zuigend op de chocola naar de hoek met de secretaire waarop zijn vader op een onbewaakt moment alle vijfentwintig delen van een *Larousse* had gestald. Hij veegde de hand waarmee hij mijnheer Westeneng had aangeraakt zorgvuldig af aan zijn broek, tilde de zware boeken in stapeltjes van het schrijfblad en legde ze naast de keukenstoel die voor het bureautje stond. Vervolgens ging hij zitten, trok deel zestien, met op de zijkant *Marol – Natur*, tussen de andere vandaan.

'Wat is het licht fel,' klonk het achter hem. 'Louise, kun je de markiezen neerlaten?'

'Uw wil geschiede,' zei Louise terwijl ze zich opzijdraaide. 'Maar zijn de kabels gerepareerd dan?'

'Ach nee, dat is waar ook,' zei hun moeder, eerder berustend dan teleurgesteld.

'Dan zullen we het moeten ondergaan,' zei mijnheer Westeneng smakkend. 'Zo'n straf is dat niet. We moeten dankbaar zijn voor de zon wanneer we haar hebben. De ouden wisten dat. De Egyptenaren, Inca's en Azteken uit de oudheid aanbaden de zon zelfs als een godheid.'

'Dat is nog te begrijpen,' viel Louise vermoeid in. 'Als je niet weet wat sterren en planeten zijn of uit welke materie de zon bestaat, is het heel wat logischer om in de zon te geloven dan in een onzichtbare en onaantoonbare god. De zon kun je zien en zelfs voelen, de zegeningen van de zon zijn overduidelijk! In dat opzicht waren die oude Egyptenaren, Inca's en Azteken dus een stuk slimmer dan alle moderne christenen, moslims en joden bij elkaar.'

Het bleef even stil. Toen zei hun moeder: 'Louise woont in de stad, moet u weten. Ze is altijd nog wat overassertief wanneer ze net terug is op ons saaie plattelandje.'

'Mama,' zei Louise, 'mijnheer Westeneng wéét dat ik studeer.'

Oscar bladerde. Hij was zich er scherp van bewust dat behalve bij de vraag over huiswerk de aandacht geen moment naar hem was uitgegaan. Normaal gesproken koesterde hij zich hierin – als hij onzichtbaar kon zijn tussen anderen. Nu voelde hij ergernis. Zelfs Louise had iets over zich dat hem stoorde. Ze leek wel een anti-ouderling, of een ouderling van de atheïstische kerk, zo belangrijk als ze alles wat ze zelf te melden had scheen te vinden. Daarbij had ze waarschijnlijk nog geen woord gezegd over wat echt relevant was: haar studie. En dat ze mijnheer Westeneng zo bij zijn naam noemde – dat deed ze zelden. Ze had eens opgemerkt dat wie twijfelde aan evolutie in mijnheer Westeneng een sterk argument had – want die verschilde niet wezenlijk van een geestelijke bij Maarten 't Hart of Jane Austen. Hij was een wandelend cliché, een combinatie van kruiperigheid en eigendunk waarop natuurlijke selectie sinds eeuwen geen vat meer kreeg. Misschien, zo zei ze, doordat zijn soort ook al honderden jaren exact hetzelfde deed: kleine kinderen dreigen met de hel, alle ruimte voor intelligente vragen bezet houden met onbewijsbare zekerheden. Nog maar een paar jaar geleden, toen Louise thuis woonde, waarschuwden ze elkaar zodra ze iemand van de kerk zagen aankomen en vooral als het deze ouderling was die, altijd met de handen op zijn rug en buik vooruit, over de boslaan kwam aangekuierd. Ze hadden een signaal bedacht voor het geval ze zich in een kamer of in de tuin bevonden met anderen erbij: je boog je middelvinger om de wijsvinger van dezelfde hand tot een kruisje en liet dat onopvallend aan de ander zien. Vervolgens lieten ze elke bezigheid voor wat ze was, slopen weg van het huis en ontmoetten elkaar onder de berceau bij het riviertje. Op den duur kreeg hun periodieke vlucht iets van een dramatisch toneelstuk voor twee waarvan ze de rollen uit het hoofd kenden. Bij het eind van het altijd ruisende tunneltje vol groene schaduw bevond zich een ophoging in het veld, vanwaar je de bewegingen rond het huis uitstekend kon observeren.

Hij kwam bij de pagina die hij zocht en drukte de bladen naar beide kanten toe plat. Er stond: *MOLUKKEN, in het Indon. Maluku, archipel en provincie van Indonesië, tussen Celebes en Nieuw-Guinea; 64505 km²; 1089000 inw. Hoofdstad Ambon.* Er volgde een opsomming van de eilandengroepen waaruit de Molukken bestaan. Hij liet zijn blik langs de kolom omlaag gaan, bleef hangen bij *Halmahera en de daarvoor liggende eilanden zijn vulkanisch, Buru en Ceram bestaan uit kalkgebergte, de eilanden langs de randen van de Bandazee zijn ook bergachtig en hebben een zeer beweeglijke bodem, waardoor het aantal aardbevingen er groot is. Terwijl op Ceram het hoogste punt, Binaiji, 3055 m bedraagt, treft men in de Bandazee diepten aan van ruim 5000 m en in de Nandatrog aan de oostzijde een diepte van 7440 m.*

Hij keek op, kreeg een visioen van een dozijn spitse, onmetelijk hoge en vuurspuwende vulkanen midden in een kolkende oceaan vol prachtige tropische vissen. Hij hoopte opeens dat Louise bij hem kwam staan en zou vragen wat hij daar las, en of er een speciale reden was dat hij dat las. Maar

Louise kwam niet in beweging. In plaats daarvan – hij wist het doordat hij haar hoorde snuiven, op een manier die hij al te goed kende – begon ze aan een nieuwe stormloop op het bastion in het midden van de kamer.

'Maar weten jullie,' zei ze op afgemeten, docerende toon, 'wat het belangrijkste aan de Bijbel is? Dat God er niet in voorkomt.'

Nu had ze de aandacht. Mijnheer Westeneng, die juist weer de beweging voorover had ingezet, bleef hangen in die positie. Haar moeder hield haar breipennen stil en liet zich een hautain lachje ontvallen.

'Kind, nu zeg je wel erg rare dingen.'

'Ja? Leg dit dan eens uit: die God van jullie –'

'En die van jou,' hoorde Oscar zijn moeder pruttelen.

Die God van jullie, hervatte Louise, die had toch hemel en aarde en alle leven en alle melkwegstelsels et cetera geschapen? En de Bijbel, dat was toch Zijn onfeilbare Woord? Ze wachtte op instemming – die kwam, in de vorm van een afwachtend knikje, van de ouderling. Hoe kon het dan, zei ze, dat niets van Zijn alwetendheid doorsijpelde? Want niets in de Bijbel verried de aanwezigheid van God. Ze hield opnieuw in, Oscar vroeg zich af of ze zelf wist waar ze naartoe ging; hij kreeg soms het idee dat de meeste van haar argumenten ter plekke ontstonden, wanneer ze impulsief op een voorbijstomende hypothese sprong. Maar de beheerste toon waarop ze verderging, maakte duidelijk dat ze iets ging zeggen dat al langer in haar gedachten woelde.

Australië, zei ze, kwam in de Bijbel niet voor. Amerika ook niet. Of het jachtluipaard. De lichtsnelheid. IJsbergen. Dinosauriërs. De nul. De molecule. De bacterie. En zo kon je doorgaan. Alles was begrijpbaar voor een primitieve veeboer in een klein gebied ergens in het Midden-Oosten. Was dat niet raar? Je zou denken: als het boek werkelijk geschreven of gedicteerd zou zijn door een alwetende god die het universum geschapen heeft, dat daar ergens, al was het maar op één enkele plek in die tienduizenden regels, iets van zou mogen blijken. Misschien had tussen alle wetten van Mozes bijvoorbeeld de wet van de zwaartekracht kunnen staan? God, herhaalde ze terwijl er iets gloedvols in haar stem kwam – God ontbrak in de Bijbel, de Talmoed en de Koran omdat die boeken mensenwerk waren, door mensen waren verzonnen en meer niet. Als op één plek iets stond, al was het maar de kleinste observatie, waarvan we zouden zeggen: dat kon iemand van toen niet weten, hier *moet* een hogere macht achter zitten! Maar nee. En kijk dan eens, zei ze, naar het verschil met de wetenschap. Die deed regelmatig ontdekkingen die niet alleen door geen mens waren voorzien, maar die zelfs niemand ter wereld bij elkaar had kunnen fantaseren. Dat alleen al was een teken dat de wetenschap meer met waarheid en een werkelijkheid buiten onszelf van doen had dan religie. O, en nog iets: er stonden bovendien rare fouten in die alleen door die mensen, in die tijd en op die plek in het Midden-Oosten, gemaakt konden worden. Wateren onder de aarde, ze noemde maar wat – de oude Grieken wisten al beter.

'Religie,' zei ze, 'bestaat bij de gratie van drogredeneringen. Wetenschap bij de gratie van falsifieerbare redeneringen.'

Oscar keek voor zich naar de opengeslagen encyclopedie maar las niet, hij wachtte op de reactie. Die kwam: zijn moeder stond op, pakte het schoteltje waarop chocolaatjes hadden gelegen en zei, voor ze ermee richting eetkamer liep: 'Nounou, wat een hoogmoed.'

'Wat – nee toch zeker?' zei Louise. 'Het is juist hoogmoedig om van iemand te vragen je geloof te accepteren of te respecteren terwijl je niets daarvan kunt bewijzen.'

Terwijl zijn moeder de kamer verliet, hoorde Oscar de ouderling zoemen in de stilte. Zijn vader had aan tafel eens gezegd: 'Maar horen jullie niet dat hij de hele tijd psalmen neuriet?' Oscar luisterde met ingehouden adem – maar hoe hij ook zijn best deed, hij kon er geen psalmmelodie in ontdekken.

'Misschien,' zei de man opeens, 'heeft de Here dat met opzet gedaan. Anders wordt het ons wel erg makkelijk gemaakt. En waarom zou Hij zich iets door de mensen laten voorschrijven? Waarom zou God zich verlagen een teken van zijn bestaan te geven als wij daarom vragen? Waarom zou Hij zich zomaar laten kennen? Dan zou het geloof eenvoudig worden.'

'Nou,' zei Louise, 'volgens de Bijbel heeft hij dat tweeduizend jaar geleden anders regelmatig gedaan – en nu dus nooit meer. Komt wel handig uit hè, bij zo'n redenering. Maar als het zo is als u zegt, is er een nieuw probleem. Want dan hebben we een onbetrouwbare of in elk geval kinderachtige god. Eentje die bij zichzelf zegt: ik schep de mens en ik ga ondoorzichtige spelletjes met ze spelen, zoals een scheppingsverhaal vertellen dat in tegenspraak is met de fossielen die ik óók heb geschapen, en ik laat mezelf nooit zien – ze moeten in me geloven terwijl ik me verstop. En als ze niet leuk meedoen, gooi ik ze in de hel. Dat is toch te flauw en te gemeen voor woorden?' Opeens wendde ze zich tot Oscar: 'Wat denk jij? Zeg ook eens wat, broertje. Je bent niet echt gezellig vanavond. Je hebt toch zeker wel een mening over wat er allemaal gezegd wordt?'

Zijn moeder kwam terug, zette een schaaltje met nootjes, een borrelglaasje en een kruik oude jenever voor mijnheer Westeneng neer. Oscar haalde zijn schouders op maar Louise bleef hem aankijken. Nu keek ook mijnheer Westeneng hem aan, met ogen die uit zijn brillenglazen puilden. En zijn moeder, die was gaan zitten. Wat kon hij zeggen? Iets over het geloof, de Bijbel, de kerk – maar wat viel er toe te voegen aan wat Louise al bij elkaar had geredeneerd? Ze keken hem nog steeds aan. Hij durfde niet goed terug te kijken. Hij probeerde zich te concentreren maar zag vluchtig het huis van zijn lagereschoolvriendje voor zich, waar hij die middag langsgekomen was. De sansevieria's, het harmonium. Hij sloeg zijn blik neer, naar de voor hem openliggende encyclopedie, en flapte eruit: 'Zijn Ambonezen christelijk?'

'Ha!' zei de ouderling meteen. 'Zo noemen ze zich zelf wel, ja. Maar de meesten zijn heidenen, waarschijnlijk mohammedanen. Heel Indonesië is mohammedaans.'

'Maar ze hebben toch een kerk?' zei Oscar.

'Hm, ja,' zei de ouderling met een misnoegd pruimenmondje, 'maar is dat echt een kerk of noemen ze die gewoon zo? Jehova's Getuigen hebben ook hun kerk maar wat zich daar afspeelt is een gruwel in Gods oog. Er zijn zo veel heidenen die hun gebedshuis een kerk noemen. *Ik* heb geen idee wat ze daar uitspoken en ken niemand die dat wel weet. Kennen ze De Schrift? Leven ze in en buiten de kerk met Christus? Misschien,' zei hij terwijl hij zich tot Oscars moeder richtte, 'moeten we het onze nieuwe voorganger vragen?'

Dat leek haar een erg goed plan. Er ontspon zich een opgetogen gesprek tussen de twee over de nieuwe dominee, van wie ze zulke hoge verwachtingen hadden. Vooral zijn houding tegenover Rome gaf reden tot hoop; de oude dominee was op dat gebied stuitend mild geweest. 'Alleen al de afbeeldingen van de Mensenzoon,' zei zijn moeder, 'geen wonder dat die dwaalleer zoveel homofiele types aantrekt.'

Oscar keek naar zijn zus. Hij kreeg opnieuw de indruk dat de plek daar bij het raam haar favoriete plek in de kamer was. Dat was niet alleen hem opgevallen – hun moeder had een tijdje geleden gevraagd wat ze daar toch steeds stond als de vrouw van Lot. Doortje stapte uit de kartonnen doos die sinds een week haar speeltje was en gaf Louise kopjes tegen haar kuiten. Hij keek weer in de encyclopedie. De Molukken, las hij, hadden een tropisch moessonklimaat en ontvingen zowel van de noordwest- als van de zuidoostmoesson regen, met een droogteperiode van juli tot oktober. Er was een weelderige plantengroei met ficussoorten, kokos- en sagopalmen, en een grote rijkdom aan vlinders en vogelsoorten: papegaaien, parkieten, paradijsvogels, ijsvogels. *De welvaart is gering,* stond er. *Rijstbouw komt lang niet overal voor. Langs de kusten wint men sago, terwijl ook kopra een belangrijk produkt is. Vroeger is het gebied de wereldleverancier van specerijen geweest. Nu is alleen de nootmuskaat en foelie van de Banda-eilanden nog belangrijk, terwijl Ambon wat kruidnagels levert. In het N.O. van Ceram wordt aardolie gewonnen.*

Sago, las hij opnieuw. Kopra. Wat was dat?

'En welk deel van je brein dacht dat dat een zinnige opmerking was?' Louise stond vlak naast hem. Ze wachtte niet op antwoord maar liep zonder hem of de encyclopedie een blik waardig te keuren de kamer uit, gevolgd door Doortje die, al even geringschattend, achter haar aan liep.

Zijn moeder zei opgewekt tegen mijnheer Westeneng: 'Louise doet me zo denken aan hoe ik zelf was. De gretigheid waarmee je alles in één keer wilt begrijpen.' Oscar keek over zijn schouder en zag dat de ouderling zijn hand als een graafwerktuig in het bakje nootjes dompelde en de inhoud ineens opdolf. 'En het is goed zo,' zei zijn moeder, 'het is goed opstandig te zijn voor een meisje van haar leeftijd. Later zal ze haar Verlosser leren kennen.'

Mijnheer Westeneng bracht (terwijl hij ook het borrelglaasje alweer bij zijn lippen had) smakkend uit: 'De jongelui van tegenwoordig lijken aan de oppervlakte zo geniaal en vol zelfvertrouwen, maar als je doorvraagt opent zich een Jozefsput vol onzekerheid. Het vraagt wel het geduld van Job en Salomo's wijsheid om daarmee om te kunnen gaan.'

'In iedere weifelaar zit een christen,' antwoordde zijn moeder even later. 'Net zoals in elke steenklomp een beeld verborgen zit.'

Oscar las een kolom onder het kopje *Geschiedenis*. Rechtsboven stond een afbeelding, een gedetailleerde pentekening van een primitief schip. Hij merkte dat hij zich moest inspannen om alles goed te kunnen zien. De ramen keken uit op het laatste restje zonsondergang. Hij trok een staande lamp naar zich toe, knipte die aan en keek weer naar de afbeelding. Links in de tekening stond een vrouw met blote borsten en een soort zak op haar rug en rechts een man in lendendoek van achteren gezien. In het midden, boven, voer een schip dat veel weg had van een galei maar was voorzien van een drakenkop als bij een vikingschip. Onder het plaatje stond: *Kora-kora-oorlogsschip uit de Molukken anonieme gravure.*

En nu waren ze hier, dacht hij – in zo'n saai land als Nederland, en dan ook nog in het allersaaiste dorp van dat land. Hun verveling moest tienmaal groter zijn dan de zijne! Hij dacht aan Dona en haar huis. Wat vreemd dat er uiteindelijk toch zo weinig in stond dat deed denken aan dat land, dat rechtstreeks uit een fantastisch sprookjesboek leek te komen. Of was dat logisch, was dat expres zo gedaan omdat ze anders alleen maar meer heimwee kregen? Hoe vaak waren Dona en ook Jonkie met hun gedachten bij dat land, en waren ze daar zelf al eens geweest? Hij dacht aan de foto's op het buffet – al die stokoude mensen die waarschijnlijk dood waren of misschien nog ergens op Ambon of een van de andere eilanden tussen de vulkanen en de diepzee leefden en die nooit hadden kunnen verzinnen dat hun nageslacht aan de andere kant van de wereld zou opgroeien in een kaal plat land waar het driekwart van de tijd kil en nat was.

Hij kreeg haar weer voor ogen. Het moment waarop ze haar arm strekte en zijn haar aanraakte. Het gaf hem een dof gevoel, want hij begreep dat ze zoiets alleen maar kon doen omdat ze hem nog als een kind beschouwde. Hij zag hoe ze haar hoofd op een aparte manier een beetje scheef hield toen hij zijn naam noemde – als een luisterende vogel. Hoe boven haar neus een rimpel was verschenen toen ze dacht dat hij aan die kist had gezeten. En hoe ze over haar vader had gesproken op een typische, ietwat ontgoochelde toon. Een mango, dacht hij. Die vrucht op de schaal was waarschijnlijk een mango, dat soort dingen kon je bij de toko kopen. Hij keek naar zijn handen, sloot de vingers van zijn ene hand om de pols van de andere.

Maar waarom, dacht hij opeens, was hij niet wat langer gebleven? Ze had hem niet weggestuurd, of op de een of andere manier gesuggereerd dat het tijd werd dat hij weer ging. Helemaal niet. Zij was het geweest die hem had uitgenodigd te gaan zitten. Hij had makkelijk nog een kwartier of langer kunnen blijven – hoe had hij zo achteloos kunnen zijn? Misschien zou hij haar niet meer zien en spreken, dat was zelfs waarschijnlijk – zeker als ze van Jonkie hoorde dat ze allesbehalve goede vrienden waren. Jonkie zou wel lachen. De bijnaam die al een paar jaar aan hem kleefde en waarvan hij zich maar niet wist te ontdoen, was waarschijnlijk ook door Jonkie verzonnen. Er was door een groepje klasgenoten over hem gepraat; hij werd gewogen en te zwaar bevonden: een saaie studiebol met te hoge cijfers, een *Doktor* – een spotnaam die binnen een maand, zoals dat ging op school, om ondoorgrondelijke redenen transformeerde tot de huidige stompzinnige versie.

Nee, het zou hierbij blijven. Hij had een blik mogen werpen op iets dat anders was dan alles wat hij ooit in Brevendal had meegemaakt en de herinnering daaraan zou, elke keer dat hij eraan terugdacht, een beetje vager blijken te zijn.

'Louise heeft weinig nieuwe vrienden daar,' zei zijn moeder tegen de ouderling. 'Dat komt doordat ze zo hard studeert. Daar kun jij trouwens een voorbeeld aan nemen, Oscar.' Hij draaide zich half om. Ze was in het dorp een leraar tegengekomen, zei ze nu tegen hem, die haar had gevraagd of hij soms een slaapgebrek had omdat hij altijd zo wegdroomde in de klas. Klopte dat? Sliep hij slecht de laatste tijd?

'Nee mama.'

Hij trok een ander deel uit de stapels, het deel waarin Ambon moest staan. Hij vond het artikel, las de kolom. Hier en daar ving een zin zijn aandacht en las hij die nogmaals. *Be-*

roemd zijn de zgn. zeetuinen van Ambon, de kleur- en vormenrijke koraalriffen rondom het eiland; door het buitengewoon heldere zeewater zijn zij tot op grote diepte waar te nemen. Het ging ook nog over Ambonezen – maar soms met één en dan weer met twee ennen, alsof de auteur niet goed wist hoe hij het moest schrijven. Of misschien had hij het onderwerp niet belangrijk genoeg gevonden en was het slordigheid.

Hij sloeg het boek dicht, keek de kamer rond. Het enige licht kwam van de lamp die hij had aangeklikt. Zijn moeder en mijnheer Westeneng veranderden langzaam in een mompelende massa van schaduwen. Hij zag de kartonnen doos van Doortje staan. Er schoot hem iets te binnen dat hij had kunnen zeggen – iets waardoor Louise misschien tevreden over hem zou zijn geweest: hij had mijnheer Westeneng kunnen vragen of katten het Koninkrijk der Hemelen konden beërven. Maar het had geen zin dat nu nog te doen. Hij stond op en ging, de twee encyclopediedelen onder zijn arm, naar boven.

De deur van Louises slaapkamer stond open. Hij keek naar binnen, zag dat ze er niet was. Hij liep terug naar zijn eigen kamer, tikte met zijn neus de lichtknop naast de deur aan, legde de delen op het bureau neer.

Hij ging zitten, pakte het bovenste boek vast maar hield zijn handen stil. Zo bleef hij een tijdje zitten. Toen pakte hij een blok met ruitjespapier, scheurde er een vel uit en schreef er een naam op. Hij sprak de naam zacht voor zich uit. Hij schreef de naam nog eens. En nog eens.

7

Na een tijdje viel de lucht van die man niet meer te harden en moest je wel de kamer uit vluchten. Bovendien kreeg ze een inval – die actie vereiste. Ze liep naar de keuken, opende de deur naar de kelder en daalde af. De lucht van beschimmelde steen die haar uit het donker van het trapgat tegemoet sloeg, had ze als kind heel spannend en geheimzinnig gevonden. Eens speelde ze hier met Oscar 'drie dagen en nachten in het graf'. Alles naar de letter van het Mattheüsevangelie, ze had zelfs plakband klaargelegd voor het verzegelen van de deur. Maar Oscar – jaar of vier, strak opgerold in een laken dat zij uit de wasmand had getrokken – bleek zo'n overtuigende roerloze Jezus, dat ze opeens bang was geworden en wild aan hem was gaan schudden. Onderaan de trap, om de hoek, tastte ze naar de lichtknop en een moment later schoot de duisternis naar de hoeken weg. De rekken waren van vloer tot plafond gevuld. Alles zat onder het stof en halfvergane spinnenwebben. Ze plakte een fles en blies maar dat had nauwelijks effect. Aan glas en etiket had zich een fijn soort vochtig gruis gehecht.

Ze zocht twee flessen uit en nam ze mee, zette ze even later bij de voordeur neer om die te kunnen openen, pakte ze weer op en liep naar buiten. Op het grind bleef ze nogmaals staan. Dit was omslachtig, dacht ze, en wellicht zinloos. Het had haar die middag geen goed idee geleken Oscar om geld te vragen. Een of andere Duitse filosoof had gezegd dat een vriend aan wie je geld leent, niet langer je vriend is – dan moest je dat vast ook niet verlangen van je broertje. Misschien moest ze toch nonchalant bij haar vader bedelen; het was niet te laat om bij de snackbar in het dorp een pakje te halen. Maar had hij nog een portemonnee? Hij kocht nooit iets zelf, waarschijnlijk had hij in geen tien jaar een winkel vanbinnen gezien. Boeken en tijdschriften bestelde hij telefonisch en hij liet ze thuisbezorgen door iemand van de dorpsboekhandel die een rekening bijhield waarover hij schimmig had gedaan toen ze er een keer naar vroeg. Niettemin – als hij iets had, zou hij het haar zeker geven.

Het schemerde. De vogels zwegen, de omtrekken van de bomen kleurden blauw. Tussen twee populieren glansde het verbaasde gezicht van de rijzende maan. Doortje liep halfslachtig om haar heen, alsof ze er niet meer zo zeker van was dat het baasje zojuist speciaal voor haar de kamer had verlaten. Louise snoof de koele avondlucht op in een poging kalmer te worden: haar gespannenheid en gevoel van onbehagen werden aangejaagd door het verlangen naar een sigaret. De laatste, zelfgerolde, was voor het eten geweest. Daarna had ze het lang volgehouden maar inmiddels trilde de rusteloosheid door haar lichaam. Ze had het zojuist tijdens de discussie ook gemerkt; het had moeite gekost zich op de simpelste redenering te concentreren. Ze was voortdurend in beweging geweest – tikte haar knokkels tegen het kozijn, wipte op haar hielen. En ze had zich erop betrapt dat ze nagels beet. Er was niets ter wereld dat ze liever wilde dan roken, heerlijk roken – de allesverzoenende nicotine, de tinteling van warme rook in je mondholte, de rustgevende askegel die zich opbouwde tegen de zwaartekracht. Wat kon ze nu – toch maar terug en naar haar vader, of een poging bij haar moeder? *Gelijk ook wij vergeven onzen schuldenaren* – wat viel daar tegen in te brengen? Haar maag borrelde, alsof zich daar een verlangende leegte uitbreidde. Maar kijk: tussen de kiezels voor haar voeten lag er zomaar een. Het moest de sigaret zijn die de bezoeker van vanmiddag, de man in de Mercedes, had weggegooid. Ze lachte om zichzelf – de impuls die ze had gevoeld zich te bukken. Ze veegde in een snelle beweging haar voet over het grind. Het geluid kraste rauw door de stilte, daarna was het of alles rondom haar de adem inhield. Ze dacht aan haar moeders verhaal van die middag – over de voorvader die het huis had gebouwd. Al die mensen die op deze plek hadden gewoond, hier hun leven lang hadden rondgelopen. Hoe vreemd was het een paar generaties later haast niets meer van hen af te weten. En dan wist zij waarschijnlijk nog meer dan gemiddeld. Er was hier van alles waarin hun aanwezigheid bespeurbaar was. In het huis maar ook in alles eromheen. Het zat in de plaats waar een rij bomen stond, in een aanpassing van de loop van het riviertje, een drinkplaats voor vee die zich sinds eeuwen in dezelfde hoek van een veld bevond. Hoe langer je keek hoe zichtbaarder ze werden, de anderen die hier waren geweest. Maar nu vlamde de wrok weer in haar op – want al die kleine tekenen vielen uiteindelijk in het niet bij de complete geschiedenissen van figuren als Abraham en Noach waarmee je geheugen zat volgestouwd, en je zou meer kunnen vertellen over een willekeurige profeet in het Oude Testament dan over je eigen betovergrootvader.

Doortje liet haar plotseling alleen, drentelde met superieure nonchalance richting het fluitenkruid en de notenbomen. Louise bedacht dat de ouderling misschien op het punt stond te vertrekken, dat het niet handig was als haar moeder haar hier zag staan met twee flessen en liep toch maar door, naar de houten schuur aan de overkant van het grind. Toen ze bij het pad kwam dat rechts daarvan begon, rook ze, vaag maar onmiskenbaar, tussen de geuren van uitbundig bloesemende kamperfoelie en andere bloemen die 's nachts opengaan, de scherpe lucht van brandend hout.

De muur van de moestuin ging gehuld in een vacht van klimop die huiverde in het briesje dat was opgestoken. Halverwege wist ze een lage, verscholen deur, waarvan ze de klink blindelings vond; erachter wierp de avondhemel een kleurloze weerschijn over struikjes en borders. Alle schaduwen hadden scherpe randen en leken in zichzelf peilloos. Ze liep tussen de perken en de bleek spiegelende orangeriekas door naar de andere kant, waar zich een identieke deur bevond, en volgde verderop het pad langs het riviertje, dat hier loyaal afboog in de richting van haar bestemming: de plek waarover Johan die middag had gesproken, de kelder die tegelijkertijd een kleine heuvel was, gemetseld, met aarde eroverheen en wat warrige roze rododendrons. Toen ze naderde hoorde ze stemmen, en de plons van iemand die in het water sprong. Er werd geschreeuwd en gelachen. Tussen de hemelhoge beukenstammen door flakkerde even het licht van een kampvuur. Als kind was haar uitgelegd wat de ijskelder precies was, waarbij vooral het enthousiasme waarmee haar vader vertelde indruk op haar maakte. Later had ze lang verwacht dat zijn verhaal – over de enorme blokken die nog in zijn jeugd 's winters uit de Breve werden gehakt en daar dan de hele warme zomer door niet wegsmolten – op een goede dag verzonnen en deel van de algehele mythologie zou blijken te zijn.

Johan zag haar als eerste. Hij zwaaide.

'Hee Loe, wat leuk!'

Toen ze boven op het heuveltje kwam, waar rondom het vuur stukken boomstam waren neergelegd, werd haar hoop meteen bevestigd: er werd uitbundig gerookt, er was zelfs iemand met een sigaar. Ze werd door iedereen begroet, met beleefde terughoudendheid, alsof ze ergens toch de kans aanwezig achtten dat ze werden weggestuurd. Zes, zeven oudklasgenoten, ze had sommigen al van afstand aan hun stem herkend. Er was een jongen bij die ze niet kon plaatsen, misschien had hij in een andere klas gezeten. Hij bleek ook niet te weten wie zij was want hij gaf haar nogal formeel een hand, zei dat hij met Johan was meegekomen en noemde zijn naam, die ze niet verstond doordat op dat moment (ze zette de flessen op een roestig tuinstoeltje dat terzijde van het vuur stond) weer werd geschreeuwd – de wijn bleek welkom want ze waren door het bier heen. En nu kwam haar plannetje op tafel, ze voelde gêne maar was vastbesloten: was er iemand, vroeg ze, die wilde ruilen, pakje sigaretten voor een fles?

Er werd er een in haar richting gegooid, ze kreeg er nog twee bij, ze mocht ze hebben, geen probleem. Deze fles is voor mij, riep iemand, hij is uit mijn geboortejaar. Goede ruil, zei een ander en had ze er nog meer? Er werd gevraagd of ze aan een kurkentrekker had gedacht. Toen ze haar hoofd schudde begon iemand met een zakmes het lood van de eerste fles te peuteren.

Ze ging op een van de stammen zitten. Ze werd weer zo onrustig dat het moeite kostte het cellofaan gewoon van een pakje te schuiven. Haar gezicht gloeide een beetje. Ze keek naar de jongens maar niemand lette echt op haar, enkelen liepen alweer naar beneden, terug naar het water. Eentje was erin geslaagd de kurk door de hals omlaag te duwen en zette de fles aan zijn mond. Het vuur was aan het uitgaan, er werd geen hout meer op gegooid. Ze zag alles alsof het van afstand doordrong, en voelde zich opeens ontzettend kinderachtig. Wat zwak om zo afhankelijk te zijn. Maar als ze nu stopte werd ze krankzinnig. Haar hart klopte voelbaar, ze probeerde langzamer te ademen. Roken, sigaret, nu. Ze frunnikte er een tussen de andere vandaan, bracht hem met onvaste vingers naar haar lippen, pakte haar aansteker en hield de vlam erbij. Ze zoog de rook in, nam meteen nog twee trekken, keek naar de sigaret, naar het honingkleurig opgloeiende puntje dat als een vuurvlieg voor haar neus hing. Ze liet het moment van bevrediging over zich komen – het universum raakte op orde, ze greep het leven weer bij de teugels. Ze voelde hoe een zalige kalmte in de vezels van haar lichaam neerdaalde. Drie pakjes, geweldig, daarmee redde ze het een paar dagen. En wie had dat zojuist gevraagd, of ze nog meer flessen had? De onbekende jongen kwam naast haar zitten. Hij gaf haar de fles, heel attent – wat haar ook een beetje irriteerde. Hij sloeg met een vlakke hand op zijn wang.

'Ik word platgestoken hier.'

'Misschien heb je het daar zelf naar gemaakt,' zei ze terwijl ze de hals afveegde voor ze de fles naar haar mond bracht. Ze dronk, zag hoe hij haar met een soort bedaarde spot opnam. Hij vervolgde alsof haar opmerking er niet toe deed: 'Dus dit is allemaal van jouw familie. Wat een prachtige plek. Ik zou nooit meer weggaan als ik hier was opgegroeid.'

'Dan heb jij vast geen moeder die je op je achttiende nog levertraan wil laten slikken. Het is trouwens minder dan het lijkt, mijn ouders gaan het verkopen omdat ze het niet kunnen onderhouden.'

Hij knikte, met nog steeds die onaangedane uitdrukking, die bij hem leek te horen. Nu voelde ze de wijn, de alcohol die met dunne tentakels in haar gedachten drong.

'Leuk dat jullie elkaar nog zien,' zei hij. 'Ik zie niemand meer van school.'

Ze nam weer een lange trek van haar sigaret, ademde aandachtig uit, en antwoordde terwijl ze de verijlende rook nakeek: 'Nou, dit is eerlijk gezegd mijn eerste keer. Ik was er nooit bij.' Ze tikte een nieuwe sigaret uit het pakje, schoof die tussen haar lippen en stak hem aan door de eerste ertegenaan te houden. De jongen volgde met interesse haar handelingen zo leek het, er kwam beweging in zijn mondhoeken.

'Ja, ik moet even inhalen,' zei ze maar. 'Mag binnen niet roken van mijn moeder, nog niet als het vijftien graden vriest. Eigenlijk wil ze dat ik helemaal niet rook.'

'Hoe oud ben je?' vroeg hij.

Ze keek hem even aan zonder iets te zeggen. Ze blies rook door haar neusgaten. 'Eenentwintig –' zei ze neutraal. 'Wat niet ongewoon is voor iemand van mijn leeftijd.'

Hij bleef glimlachen. Wat een vreemde jongen, ging het

door haar heen. Nee, ze vond hem niet aantrekkelijk, met zijn te diep liggende ogen, zijn dikke bruine haar met zo'n kruin midden bovenop en die plompe peervormige neus.

Ze tuurde voor zich uit, probeerde meer te onderscheiden. In de verte, in het doezelende weidelandschap achter het water, leken losstaande eiken op spookachtige zwarte zeilschepen. Ze nam weer een slok, keek daarna met haar hoofd in haar nek omhoog. Recht boven haar dreven ijl twinkelende sterren in het maanlicht. Een vleermuis, donkerder dan de achtergrond, schoot voorbij, en nog eens.

'Toch mooi van je moeder,' zei de jongen op serieuze toon, 'dat ze zich druk maakt om je gezondheid.'

Ze verslikte zich. Die was goed, zei ze. Nee niks hoor – roken was verspilling. Haha stel je voor –

Hij knikte een beetje mee, voegde opeens quasi-plechtig toe: 'Het is beter te inhaleren dan van begeerte te branden.'

Ze lachte verbaasd.

'Maarten doe je nog mee of niet?' werd van beneden, vanaf de oever van het riviertje, geroepen. Maarten was het dus. Ze had geen Maarten gekend op school, ook niet uit een andere klas. Misschien was hij een studievriend van Johan – maar als dat zo was waren ze in elk geval niet met dezelfde trein gekomen. En deze Maarten was aan de beurt bij het wedstrijdje dat bezig was. Nu klapte hij kordaat zijn handen op zijn bovenbenen, stond op, knikte ter verontschuldiging in haar richting en liep omlaag. Ja, dacht ze, spijtig dat ze niet een keer de moeite had genomen. Ze was er wel bij geweest toen ze keurig aan de deur om toestemming kwamen vragen: vier jongens, zo ongeveer de nerds van de klas. Een van hen, die thuis verwend werd en altijd idioot dure cadeaus kreeg, omdat hij enig kind was waarschijnlijk, had een pracht van een telescoop sinds zijn verjaardag en de heuvel boven de ijskelder zou zo'n uitgelezen plek zijn om sterren te kijken: ver van de lichten van het dorp, ver van alles. Zij had het – terwijl haar moeder voorspelbaar argeloos instemde – meteen doorzien: waarschijnlijk hadden de jongens voor de vorm nog een paar keer die telescoop meegesleept maar dat was façade, waar het om ging was natuurlijk dat het een volmaakte plek was om onzichtbaar voor elk gezag te kunnen roken en blowen en bier drinken en, zoals nu – hoewel het toch ook bijzonder was dat dat was gebleven – gewoon op een avond of in een weekend thuis waarin je ouders je al snel de keel uithingen een beetje bij het water te hangen en te klieren. Sowieso mocht niemand die ze in de klas had gekend op zijn veertiende, vijftiende uitgaan of zonder een uitzonderlijk goede reden laat thuiskomen, al helemaal niet door de week. Ook op het jaarlijkse schoolfeest, herinnerde ze zich nu, werden in Brevendal de touwtjes van de tucht strak gehouden: er was muziek gedraaid in de aula maar toen een paar leerlingen gingen dansen had de conrector het geluid meteen zacht gedraaid en onverbiddelijk toegevoegd dat dat niet de bedoeling was, want immers, zo waarschuwde hij: 'Verticale bewegingen leiden tot horizontale verlangens!' Een van de jongens uit het groepje dat haar moeder toestemming had gevraagd, dat kwam ook weer terug, degene die vanavond een sigaar rookte, toen al een ouwelijk type, had het nog bijna verpest door zijn gevlei. Hij was lyrisch geworden en had de bult in het landschap omschreven als de grafheuvel van een Germaanse vorst. Haar moeder had gefronst maar toen had zij zelf vlug gezegd dat het natuurlijk niet de bedoeling was dat ze rommel achterlieten.

Ze keek omlaag, naar de plek waar gedoken en gezwommen werd. Het was niet goed te zien wat er gebeurde. Sinds een jaar of zo had ze een zwak voor dit soort jongens. Ze praatten boeiender, hun humor was scherpzinniger en origineler en uiteindelijk waren ze ook gewoon snuggerder dan alfa's en populaire leerlingen met hun zogenaamde sociale intelligentie die vooral uit hol gebabbel en oppervlakkige interesses bestond. De laatste tijd was ze gaan beseffen dat jongens zoals deze zich vaak beter tegenover meisjes gedroegen; zoals zonet, toen ze aan was komen lopen: geen enkele flauwe grap of insinuatie omdat zij het enige meisje was. Het waren juist de hippe types of de uiterste, de rechtse maar vooral de activistische linkse, die zich keer op keer als echte seksistische klootzakken ontpopten. Ze had daar genoeg voorbeelden van gekregen tijdens de colleges. Ze dronk weer van de wijn, bleef zitten luisteren. Soms werd het tussen het geplons en geschreeuw door even helemaal stil. Dan hoorde ze vanaf de andere oever een onzichtbare koe die gras losscheurde of een vreemd hoestend geluid maakte. En het bange gewoehoe van een bosuil. De klok van de Oude Kerk van Brevendal, flets en glasachtig. Het vuur was haast gedoofd, het bracht alleen nog een tintelend, zacht snorrend geluid voort, soms onderbroken door het knappen van een stuk houtskool. Tussen twee van de neergelegde stammen stond een schommelstoel met versleten zitting – hoe hadden ze die hier gekregen? Er lagen kranten naast het tafeltje, zeker om het vuur op gang te helpen. De maan scheen zo fel dat ze met enige moeite een kop kon lezen: *Zomerkorfbal komt naar Brevendal*. Op een andere krant: *Molukse tieners steken eigen buurthuis in brand*. En: *Kaartverkoop ballonfiësta start vandaag*. Er stak weer een briesje op, verse vlammen schoten omhoog tussen de houtresten en de bladen van de kranten ritselden alsof ook de wind ze las. Opeens gejoel, twee jongens in zwembroek renden achter elkaar aan waarbij de achterste de voorste met een natte handdoek probeerde te slaan. Ze vond deze stemming prettig, dit deel van de sfeer tussen jongens, mannen, hun broederlijkheid of hoe je het ook zou willen noemen, waarin je elkaar uitprobeerde en onderuithaalde maar tegelijkertijd wist dat er geen greintje echt venijn in school.

Ze voelde zich nu verbazingwekkend goed, en scherp. Allemaal door de avond, deze plek. Haar toekomst, dacht ze, was tenslotte van haar, ze kon die invullen zoals ze wilde. Hoewel ze natuurlijk nogal lui was. Ze had eens in de halfslaap een beeld van zichzelf gekregen – dat haar problemen sluimerend op de bodem van haar geest lagen, gewoon voor het grijpen, maar dat ze de inspanning om kopje onder te gaan en er daadwerkelijk naar te reiken steeds maar niet kon opbrengen. Waar ze op moest letten was dat ze haar kaarten niet zo uitspeelde dat haar moeder zou zeggen: ga jij maar werken, ga maar ergens anders wonen als je zelf zo goed beslissingen weet te nemen en op eigen benen kunt staan. Want ze zag haar ervoor aan zoiets te doen, o ja, en allervriendelijkst natuurlijk.

Misschien zat het allemaal anders – stelde ze het oplossen van directe problemen uit omdat daarachter een groter en onoplosbaarder probleem schuilging. De uitspraak van haar minnaar bleef terugkomen; ze had hem niet vaak gelijk hoeven geven in discussies maar deze suggestie stak als een pijl uit haar pantser – omdat ze waar was, uiteraard. Ze liet haar bestaan vergallen door woede of nee, dat was te sterk, ze was niet ongelukkig – maar het nam haar in bezit, steeds opnieuw. Het vrat dag na dag haar leven aan zonder dat ze een uitweg zag. Wrok was niets anders dan keer op keer jezelf een beetje gif toedienen en hopen dat een ander ziek wordt. De wrok nam ruimte in die voor andere dingen bestemd zou moeten zijn. Hoe kon je daarmee omgaan? Loslaten, als je daartoe al in staat was – maar mocht dat? Mocht je zoiets loslaten: dat ze je je jeugd hadden afgepakt, dat je meer dan tien jaar in een namaakwereld had rondgelopen waarin geluk en angst en toekomstverwachtingen op een gestoorde fantasie gebaseerd bleken te zijn en dus nooit relevant waren geweest en dat je die tijd, die de onbevangen en zonovergoten jaren van je leven hadden moeten zijn, niet kon overdoen? Hoe kon je je woede daarover ooit kwijtraken?

'Louise!' werd er geroepen. 'Kom ook, het water is heerlijk!'

Ze antwoordde niet, stond met een zwaar gevoel in haar schouders en benen op. Ze stapte langs het vuur, werd toen ze omlaag liep omgeven door de relatieve koelte die tegen de oevers van het riviertje gevangen lag. Boven het oppervlak hingen nevelslierten die zich aan de overkant tot zwevende watten samentrokken en verder de weilanden in dreven. De geuren van de bomen, de bladeren en het zacht stromende water vulden de nacht – en even lispelden tussen al haar gewaarwordingen twee versregels die ze meteen wegblies: *en voert mij al zachtkens, aan waat'ren der rust.* Onder de maan, helder als een lamp, zwommen een paar jongens, anderen hingen rond en zaten op handdoeken. Haar euforie kwam terug, de zomeravondloomheid en de idylle van onbezorgdheid werkten aanstekelijk. Ze vroeg naar het wedstrijdje. De regels bleken simpel: je dook vanaf de steiger die hier speciaal voor de ijskelder was gebouwd, en het was de bedoeling onder water te zwemmen en zo ver mogelijk vanaf de afzet weer boven te komen. Ze deed haar broek en schoenen uit, hield alleen haar onderbroek en T-shirt aan. Wie bovenaan stond, wilde ze weten.

Ze ging klaarstaan, tenen over het randje. Iemand telde af, ze hurkte – en dook, probeerde meteen ook dieper te komen. Het water was minder koud dan ze verwachtte. Toen ze haar ogen opende zag ze weinig meer voor zich dan een troebele soep, zwakjes aan de bovenkant verlicht. Met haar eerste armbeweging haakte ze in stengels en slierterige bladeren van waterplanten, die zich om haar polsen snoerden. Ze probeerde ze van zich af te duwen maar zonder resultaat – het leek juist of ze met elke beweging meer belemmerd werd. Toen ze met haar benen van zich aftrapte, grepen de planten ook haar enkels. Opeens was de psalm er weer: *de Heer is mijn Herder, 'k heb al wat mij lust.* De woorden leken uit het vage schijnsel boven haar te komen. Ze werd op hetzelfde moment zowel woedend als angstig. Ze maaide met haar handen en armen maar bleef verstrengeld. Ze had te weinig lucht, haar longen leken zichzelf op te blazen. Ze zag niet precies meer waar boven of onder was, kreeg water binnen via haar neus – *zal mij geleiden naar grazige weiden.* Niet dit nu! sloeg het door haar heen. Ze schopte uit alle macht. En opeens schoot ze los, was ze vrij, kwam ze boven het water uit en hoestte zich schor.

'Laatste!' werd er onempatisch geroepen.

Ze zag dat ze geen tien meter vooruit was gekomen. Er stond al een ander klaar om te duiken, niemand had iets meegekregen van haar paniek. Of ze deden uit beleefdheid alsof. Ze klom, nog steeds de schrik in haar lijf, op handen en voeten tegen de oever. Er werd een handdoek aangereikt. Ze begon zich hijgend af te drogen, zag dat Maarten op een paar meter afstand roerloos het landschap in zich stond op te nemen. Ook de anderen waren stiller nu, ze waren opgehouden met schreeuwen en leken in zichzelf gekeerd. Het maanlicht sneed hun gelaatstrekken scherp uit. De nacht scheen zich op te lossen in fluisterende gedachten.

Terwijl ze naar het lichtspoor van de maan op het water staarde, liet ze het schrikbeeld van zojuist terugkomen: dat ze eens, ooit, doodging en dat het allerlaatste in haar hoofd een psalm zou zijn.

Wat later keek ze rond of er nog wijn was. Ze vroeg zich af of de anderen geen last hadden gehad van de waterplanten.

Ze kreeg een ingeving. Ze legde de handdoek over het hekwerk aan het begin van de steiger en vroeg aan Maarten: 'Zeg eens: wat doet je vader? Of nee, laat me raden...'

8

Sinds hij de klas was binnengelopen, tas op zijn tafel had gegooid en was gaan zitten, was hij alert geweest op een teken – iets in de houding van de leraar dat verried dat hij de les zou onderbreken. Want Jonkie was nog steeds niet terug op school; ze hadden zelfs niets meer over hem gehoord en in de loop van de laatste dagen was tot Oscar doorgedrongen dat er dan wellicht opnieuw huiswerk moest worden langsgebracht. De vorige keer was precies een week geleden. Het lag niet voor de hand dat een ander zich als vrijwilliger aanmeldde, dat was even ondenkbaar als jezelf als klassenoudste aanbieden, maar toch – hij moest meteen kunnen reageren.

Er stroomde muziek door zijn hoofd, een stuk van Chopin waarop zijn vader sinds enkele dagen studeerde en waarbij hij steeds op hetzelfde punt in de fout ging. Hij voelde zich helder, en op een opgetogen manier gespannen. De wiskundige formules op het krijtbord hadden iets weg van het beeldschrift van de farao's. Hij rook de bijtende geur van verse nagellak, en zag hoe de leraar niet meer dan een laf grijnsje wist aan te voeren tegen iets dat in geen enkele andere klas zou worden getolereerd. Hij keek zijn klasgenoten langs, die hem onbenulliger en platvloerser leken dan ooit, en realiseerde zich dat het niet verbazingwekkend was dat hij nooit vrienden had gemaakt op deze school; of nou ja, geen echte vrienden – mensen met wie je durfde te delen wat er in je omging zonder bang te zijn uitgelachen te worden. In dat opzicht, dacht hij, leek hij dus op Jonkie, die ook met niemand hier bevriend was. Misschien kon hij haar dat zeggen. Terwijl hij opzijkeek en zijn ogen samenkneep tegen de weerschijn van zonlicht op de vensterbank schoof hij deze laatste overweging bij andere die hij de laatste uren had verzameld. Dat hij geschiedenis wilde studeren, bijvoorbeeld, of archeologie, en later in verre landen – misschien Indonesië – koningsgraven zou blootleggen. Dat hij inmiddels wist wat sago en kopra waren, en dat hij die woorden achteloos kon laten vallen. En dat zijn vader net als de hare eens had opgemerkt dat de gereformeerde boerenfamilies in Brevendal van inteelt aan elkaar hingen, en daar nog aan had toegevoegd dat als gevolg daarvan de streek een opvallend hoger aantal mongolen en doofstommen telde dan het landelijk gemiddelde. Hij moest denken aan de bekendste van die plaatselijke fenomenen, iemand die onder Brevendalse jongens populair was: Gijs Franken. De helft van de families in en rond het dorp heette Franken, hij had eens met vijf tegelijk in een klas gezeten. Gijs kwam uit een echt zwartekousennest, oudgereformeerd. Hij was doofstom én zwakbegaafd. De ouders waren extreem beschermend, hielden hem dag en nacht in de gaten want de Satan loerde natuurlijk continu op zo'n simpele en weerloze ziel. Het verhaal dat Gijs' bekendheid in het dorp bewerkstelligde had hij het eerst van Louise gehoord: Gijs stond zo onder toezicht dat hij zich, toen hij een jaar of vijftien was en net als normale jongens soms een moment alleen nodig had, buitenshuis verstopte. Wat hij daarbij door zijn doofheid niet goed inschatte, waren de geluiden die hij tijdens zijn zelfbevrediging voortbracht. Het kon dus zomaar gebeuren dat je langs een maïsveld fietste en opeens een kreet als van een gekweld dier uit het groen hoorde opstijgen.

'Oscar! Heb je soms iets aan je oren?'

De leraar – die hem hoofdschuddend aankeek. 'Ik zei dus: dank je wel Oscar dat je vorige week het huiswerk voor Jonkie hebt weggebracht. En vandaag – wie doet het deze keer?' Hij drukte een hand op zijn haar zodat het een keurig dakje werd.

'Ik doe het wel weer,' zei Oscar nonchalant. Op de verbaasde blik van de leraar voegde hij het argument toe dat speciaal voor dit doel klaarlag: hij wist nu toch de weg, het was geen moeite. Ook het schouderophalen dat die woorden vergezelde, was ingestudeerd.

'Zeker weten?' zei de leraar. Hij draaide zijn hoofd een beetje, zodat het leek of het uitstaande van zijn twee oren, het flapoor, zo werd gepositioneerd dat hij het goed kon horen als Oscar zich alsnog bedacht. Hier en daar werd bevreemd in Oscars richting gekeken maar toen even later de bel ging en iedereen opstond, was het onderwerp alweer uit de aandacht verdwenen. Het was gegaan zoals hij had gehoopt. Hij waadde door de galmende gangen vol leerlingen naar het kantoor van de conciërge, kopieerde zijn aantekeningen en schoof die tussen de mappen en boeken in zijn tas. Buiten, bij het fietsenhok, stond een van de klasgenoten die hem de vorige keer hadden gewaarschuwd. Een week geleden – het leek of sindsdien een veelvoud van die tijd was verstreken. Hoe anders trok hij, in het vooruitzicht daarheen te gaan, nu zijn fiets uit het rek! De jongen bewoog de rits van zijn jack omhoog en weer omlaag. Op zijn zenuwachtige, ontevreden gezicht verscheen een uitdrukking alsof hij een huiveringwekkende anekdote paraat had maar er kwam niets en uiteindelijk zei Oscar, terwijl hij zijn been over zijn zadel gooide: 'We overleven het wel.'

Deze keer ging hij rechtstreeks naar de Bloemenbuurt. Ook nu passeerde hij bij het binnengaan van de wijk de SRV-wagen die, zo dacht hij, misschien nooit verderging uit angst overvallen te worden. De SRV-wagen niet, de politie niet – maar hij dus wel. In het voorbijgaan wierp hij de bestuurder, die hem vanuit de deuropening groette, een koele blik toe. Verderop waren twee Ambonese kinderen aan het stoepranden. Hij stelde zich voor dat ze bij zijn nadering tegelijk van het trottoir zouden stappen, hem zouden tegenhouden en zouden vragen wat hij hier te zoeken had. Hij ging naar Dona, kon hij zeggen, of nog beter: hij was te gast bij de familie Matupessy, en met het achteloos opdiepen van een paar voorwerpen uit het interieur – de gong met het lepeltje, het schilderij van de tropische baai – kon hij onomstotelijk laten blijken dat hij de mensen daar niet alleen van naam kende maar zelfs al bij hen thuis was geweest. Ze stopten echter maar even met het gooien van hun bal toen hij langskwam en leken hem nauwelijks te zien. Hij vroeg zich opnieuw af wat hij zo dadelijk zou zeggen. Dat hij had uitgezocht waar de kleuren in de RMS-vlag voor stonden, misschien. Hij sloeg de Violenstraat in. Alles was precies als de vorige keer. Hij zette zijn fiets tegen het ruithekje, drukte het ringslot niet dicht. Met zijn tas onder een arm liep hij naar de openstaande voordeur, keek het halletje in waar de kist op zijn vertrouwde plek in de weg stond. Hij bleef staan luisteren of hij haar muziek weer hoorde, boog zich naar voren en riep vrolijk: 'Hallo! Iemand thuis?'

Meteen werd de deur naar de zitkamer verder opengerukt. Daar stond een gedrongen Molukse vrouw op slippers en met een schort voor, die een hand in haar zij zette en hem toesnauwde: 'Waar is dat goed voor, om zo bij mensen naar binnen te schreeuwen? Doe jij dat thuis ook?'

'Wie bent u?' bracht Oscar uit.

'Wie ik ben? Wat nu! Wie ik ben? Ik ben Fien. En wie ben jij, snotneus?'

'Sorry – Oscar,' zei hij, tot zichzelf komend. 'Van de school van Jonkie, ik kom huiswerk brengen.' Hij pakte zijn tas voor zich en trok het stapeltje A4'tjes tevoorschijn.

'Nou Oscar,' zei de vrouw spottend. 'Dat is heel mooi van jou. Dank jou wel.' Ze stak de hand die ze in haar zij had gezet naar hem uit en pakte de papieren aan.

Hij bleef staan. 'Bent u de moeder van Dona – Jonkie?'

Er verschoof iets in haar blik. 'De tante,' zei ze. 'Is dat naar jouw zin?'

Hij wist niet precies wat ze daarmee bedoelde. Opeens zag hij achter haar Dona door de kamer lopen.

Hij voelde dat zijn gezicht begon te gloeien. Hij bracht zijn vrije hand naar zijn keel, wreef er met de palm langs en zei: 'Ehm, zou ik – ik heb erge dorst. Mag ik misschien een glas water?'

De vrouw hield haar hoofd scheef, alsof ze niet zeker wist of ze het goed had gehoord. Het volgende moment draaide ze zich om en zei terwijl ze wegliep: 'Natuurlijk kan dat. Wij gaan niet iemand van dorst laten omkomen. Kom maar.'

Hij stapte langs de kist naar binnen. Haar slippers klepperden terwijl ze naar de keuken ging, hij bleef midden in de kamer staan. Dona zat in een stoel. Ze droeg een broek met wijde pijpen, en een zwarte blouse met glanzende knopen die tot bovenaan dicht zaten. Haar haar hing los naar achteren en ze droeg grote goudkleurige ringen als oorbellen. Voor zich, in haar schoot, lag een opengeslagen tijdschrift. Ze keek hem niet onvriendelijk aan.

'Het huiswerk,' zei hij. Ze knikte. 'Gaat het al beter met Jonkie? En met je vader?'

Voor ze kon antwoorden, kwam de tante terug. 'Kijk eens jongen, een glas heerlijk koel kraanwater. En over jouw vriendje hoef jij je geen zorgen te maken, die blijft alleen nog maar even weg omdat hij bang is voor een pak slaag van zijn vader.'

'Soedah, laat maar tante...' zei Dona.

Hij zette het glas aan zijn mond, de tante bleef staan toekijken hoe hij het achter elkaar leegdronk. Hij wilde het op tafel zetten maar ze pakte het aan en zei betrokken: 'Nog meer?'

Hij schudde zijn hoofd. Tot zijn opluchting draaide ze zich om en bracht het glas weg. Dona zat daar nog steeds zo, zonder iets te zeggen.

'Is het een goed tijdschrift?' vroeg hij.

Haar wenkbrauwen gingen omhoog, ze sloeg het dicht en liet het hem zien. De voorkant was donkerblauw, met in het midden een zwart-witte foto van een stoomschip op zee. *Tjengkeh*, stond er in dikke zwarte letters boven.

'Wat betekent dat – tjengkeh,' vroeg hij.

Ze wierp een blik in de richting van de keuken. 'Kruidnagel,' zei ze terwijl ze het tijdschrift op het lage tafeltje naast haar legde. Ze duwde haar tong in haar wang, haar gezicht was ernstiger nu. Hij hoopte dat ze iets zou doen, al wist hij niet wat. Maar ze bleef zo zitten en hem aankijken. Misschien verwachtte ze juist iets van hem.

'Ehm,' begon hij. 'Er was nog iets dat ik wilde zeggen. Over wat je de vorige keer vertelde.'

'Ja?'

'Over het kamp. Ik vond het mooi hoe je daarover vertelde. Ik heb er veel aan moeten denken. En ik –'

De tante kwam alweer terug. Hij drukte zijn lippen op elkaar, knikte. Hij keek van Dona naar haar tante en terug. 'Nou,' zei hij resoluut. 'Ik moet weer verder. Tot ziens. Dag mevrouw. Dag Dona.'

Hij voelde zich houterig en erg bekeken terwijl hij naar buiten liep.

Hij nam niet de moeite het klaphekje te openen en had zijn ene been er al overheen gezet toen hij stappen achter zich hoorde. Het was Dona. Ze keek onder het lopen over haar schouder naar het huis, kwam vlak bij hem staan en zei, hem strak in de ogen kijkend: 'Jij moet hier niet meer komen. Jij bent een lieve jongen maar dat moet jij niet meer doen. Vraag of iemand anders de komende keer wil brengen ja? Beloof jij dat?'

'Ja –' zei hij. 'Maar ik wil helemaal niet –'

'Beloof jij dat?'

Ze pakte zijn hand. Niet om die te schudden zoals de eerste keer – ze greep hem zo stevig vast dat ze zijn vingers op elkaar plette, als wilde ze zich er op die manier van verzekeren dat hij het meende, en zich aan zijn woord zou houden.

'Ja. Tuurlijk,' zei hij.

'Dank jou wel.' Meteen draaide ze zich om. Hij keek haar na tot ze weer in het halletje was verdwenen, tilde nu pas zijn andere been over het hekje.

Hij stapte op zijn fiets en reed langzaam weg. Toen hij de wijk uit was, voelde hij zo'n tegenzin opkomen bij het idee thuis zijn moeder of Louise te moeten aanhoren, dat hij een andere route uit het dorp nam, die hem via een landweg vol hardgeworden moddersporen van tractoren naar een platte brug over de Breve bracht. Daar legde hij zijn fiets in de berm, ging op de betonnen rand zitten en keek een tijdlang tussen zijn knieën door omlaag, naar het voorbij stromende en traag kolkende water dat onophoudelijk aan meterslange wierslierten trok. Eigenlijk was ze gewoon aardig tegen hem geweest. In elk geval lang niet zo bits als die tante. Haar verzoek was duidelijk, hij zou doen wat ze vroeg. Hij zag naast zich een plat steentje liggen, strekte zich om het te pakken en gooide het onder een vlakke hoek op het water. Het stuiterde niet maar verdween meteen, met een stug plokgeluidje. Hij keek om zich heen of er nog meer steentjes lagen.

Opnieuw een week later slenterde hij tijdens de middagpauze over het schoolplein. De zomer had zich een paar dagen teruggetrokken; het was koeler, het had die ochtend gemiezerd maar het was nu droog geworden, er kwam ruimte tussen de wolken en de vogels begroetten het frisse zonlicht dat de straten liet dampen.

Hij frommelde het plastic zakje waarin zijn boterhammen hadden gezeten in elkaar en gooide het in een afvalbak die bij het rozenperk stond dat de grens van het terrein vormde. Er zat een sticker in de vorm van een klein verkeersbord op geplakt: STOP ZURE REGEN. Hij bleef staan, tuurde een tijdje naar de hemel boven het dorp, die keurig in tweeën werd gedeeld door de krijtstreep van een straalvliegtuig. Hij dacht aan de wiskundeles van komende middag.

Op de straat achter het sportveld verscheen een vuilniswagen. Hij hoorde dat de radio van de bestuurder keihard aanstond, en zag de meelopende mannen soepel en bijna gracieus de ene na de andere grijze zak in de gapende opening aan de achterkant gooien. Het scheen hem toe dat die mannen heel hun leven onbezorgd doorbrachten.

In zijn hoofd klonk haar stem. De ernst – hoe verschillend was ze van de meisjes uit zijn klas. Hij zag er een paar lopen, zoals altijd in groepjes van twee of drie. Ze kwamen hem lachwekkend voor, met hun geijkte interesses en aangeleerde maniertjes, hun gewoonte niets serieus te nemen. Met geen van hen had hij ooit een normaal gesprek gevoerd.

Wat moest hij als het huiswerk ter sprake kwam. Hoe kwam hij eronderuit – door te zeggen dat hij iets anders te doen had? Maar wat kon dat zijn? En zijn opvolger, wie zou dat worden en hoe zou die zich gedragen? De kans was trouwens groot dat er helemaal niet naar werd gevraagd en dat de leraar ervan uitging dat hij het weer zou langsbrengen. Dan moest hij er zelf over beginnen en dat zou zeker de aandacht trekken. Bovendien was dit de laatste keer, volgende week begon de zomervakantie – waarom zou hij het deze ene laatste keer opeens niet kunnen doen? Er was nog een mogelijkheid: hij kon Dona's verzoek negeren en het huiswerk opnieuw zelf afgeven. En als hij werd binnengelaten moest hij op de een of andere manier, liefst met de tante of iemand anders erbij, zo vlug mogelijk laten merken dat ze zich niet druk hoefde te maken.

Jij kunt dat niet begrijpen, had ze gezegd. Maar hij kon het toch zeker proberen? Ja, dat was sterk geweest, als hij dat had geantwoord.

Ze rook anders. Dat was hem bij de eerste ontmoeting opgevallen en de laatste keer weer, toen ze zo vlak bij hem was komen staan. Heel anders dan andere mensen die hij kende. Was dat haar eigen, speciale geur of zouden alle Ambonezen zo ruiken?

Op dat moment kreeg hij zo'n stomp tegen zijn schouder dat hij voorover viel en maar net zijn balans hervond.

'Wat hoor ik over jou!'

Het was Jonkie. Hij stond met zijn benen uit elkaar en deed, zo met zijn lange leren jas loshangend over zijn schouders en zijn linkerarm in een mitella, denken aan een gewonde piloot uit een oorlogsfilm. Oscar deinsde terug maar Jonkie bleef staan waar hij stond en keek hem, kin hooghartig in de lucht, met een brede grijnslach aan.

'Had ik niet van jou verwacht, Boktor. Echt niet. Niet zo bang kijken, ik ben heus niet boos dat ik dankzij jou huiswerk heb moeten doen. Nou ja, klein beetje dan.' Hij stak een hand in een zak van de jas, haalde er een metalen sigarettendoosje uit en reikte het Oscar aan. 'Kun jij er een voor mij uithalen. Gaat moeilijk zo met één hand.'

'Dat doen we hier niet, jongens,' klonk het naast hen. De lerares biologie. 'Niet op het plein, niet waar jongere leerlingen bij zijn.' Oscar gaf het blikje terug, Jonkie stopte het weg en zei heel beleefd: 'U ziet er prachtig uit vandaag mevrouw Stam, mag ik dat zeggen?' Mevrouw Stam schudde haar hoofd, maar met een glimlach, en vervolgde haar surveillance.

'Kom ja.' Jonkie knikte in de richting van het fietsenhok. Oscar aarzelde, liep toch maar mee. De afgelopen weken had hij nauwelijks nog aan zijn klasgenoot gedacht; misschien één keer – toen hij zich realiseerde dat het onwaarschijnlijk was dat Jonkie achter de drol op het bureau van de leraar Engels zat. Want Jonkie was opvallend schoon op zichzelf; hij douchte zich bijvoorbeeld altijd grondig na de gymles, waar anderen bezweet en al gewoon weer in hun kleren stapten. En dan zoiets smerigs doen als poepen op een tafel – dat paste niet. Het deel van hem dat dreiging uitstraalde, was steeds verder naar de achtergrond geschoven. Evenals de consequenties die het kon hebben zich bij zijn familie voor te doen als Jonkies vriend. Oscar merkte dat zijn lichaam zich schrapzette. Hij blikte in de richting van de drukte op het plein. Misschien moest hij het over zich laten komen, wat het ook was dat de ander nu met hem voorhad.

Jonkie haalde zonder iets te zeggen de sigaretten weer tevoorschijn.

'Heb je alleen maar je arm gebroken?' zei Oscar. 'Daarvoor hoef je toch niet in het ziekenhuis te blijven?'

Jonkie keek hem onderzoekend aan. 'Slim gedacht Boktor. Ik was even bij mijn boeng in Vught. Zullen wij het er verder niet over hebben?'

Oscar knikte. Jonkie begon opeens te lachen. 'Klopt het dat jij wel wilde weten wat er in de kist zat? Weet jij dat mijn vader mij een keer halfdood heeft geslagen nadat ik hem alleen maar even een centimeter had verschoven? Wat een grap als jij hem had opengemaakt en hij was thuisgekomen! Man, jij wordt helemaal rood. Zo erg is dat allemaal niet. Mijn vader krijgt er niks over te horen. En trouwens iets anders: jij komt bij ons eten, ik nodig jou uit. Zeg jij daarvan?'

'Nou –' begon Oscar, 'ik weet niet. Ik ehm, het is erg druk de laatste tijd. En mijn moeder –'

'Ik heb het niet bedacht, mijn vader wil het. Maar ik ook.' Hij zweeg even, keek Oscar met zijn scherpe donkere blik aan. 'Jij bent pela. Nou ja – niet echt natuurlijk maar zoiets, heel klein beetje. Vanaf nu. Haha.' Hij legde zijn hand op Oscars schouder en liet hem daar liggen, terwijl hij hem bleef aankijken. 'Kun jij nog eens helpen? Lucifers zitten in mijn jas, rechterzak.'

Ze had dus over hem gepraat, dacht Oscar terwijl hij een lucifer afstreek en de vlam bij Jonkies grijns hield. Misschien niet met haar vader maar in elk geval met haar broer. Hij kon zo gauw niet bedenken wat daar erg aan was – maar het voelde als een klein verraad. Hij vroeg zich af wat klasgenoten die hen van een afstand hier zo zouden zien staan, zouden denken.

'Jij ook,' zei Jonkie.

'Nou, liever niet. Ik rook niet.'

'Kom Oscar,' zei hij lachend. 'Beledig mij niet. Mijn vader heeft ze zelf gedraaid.'

Meer nog dan van Jonkies zachte dwang ging er dreiging uit van zijn fantastische humeur. En wat Oscar het meest verontrustte, was dat hij opeens bij zijn eigen naam was genoemd. Hij pakte de sigaret en stak die tussen zijn lippen. Ooit, als kind, had hij een paar trekken van een sigaar genomen maar hij had daar geen herinnering aan behalve dan dat het volslagen walgelijk was geweest. Hij streek een nieuwe lucifer aan. Het had een raar soort intimiteit, dit hier zo stiekem te doen met iemand die hij niet echt kende. Hij keek met schele ogen naar het puntje terwijl hij zoog en schoot het volgende moment in een hoestbui.

'Heel goed, Boktor!' lachte Jonkie. 'Ha, had ik niet van jou verwacht. Weet jij dat ik jou altijd maar zo'n saai studiebolletje vond – een echte bange schijterd. Nooit gedacht dat jij het lef zou hebben in jouw eentje bij ons thuis te komen voor dat stomme huiswerk.'

Hij keek Oscar weer aan, nam hem aandachtig op.

Oscar hield de sigaret van zich af. Hij voelde zich duizelig. Tegelijkertijd was het of alles zich scherper aan zijn zintuigen opdrong. Hij voelde de wind op zijn gezicht, hoorde de stemmen op het schoolplein. De klok van de Oude Kerk sloeg het halve uur. In zijn mond breidde zich een bitterheid uit die zich op zijn tong en in zijn speeksel nestelde. Hij likte langs zijn lippen, die opeens kurkdroog aanvoelden en vaag zoet smaakten – een beetje als appeltaart.

TWEE

I

Die stem – hadden andere mensen die ook? Hadden alle andere mensen die ook? En wat was ze, die stem – was je die zelf, of niet, of niet helemaal, of was je die alleen op momenten waarop je je niet van jezelf bewust was? Misschien was ze je spiegelbeeld en viel ze met je samen zodra je haar betrapte. Of was zij de enige die ertoe deed en was al het andere omhulsel, net als je lichaam. Misschien was ze iemand die zich onophoudelijk met je voedde zonder dat je het doorhad. Moest je haar haar gang laten gaan of werd je als je niet oppaste haar gedweeë slaaf? En betekende haar aanwezigheid dat je zo'n beetje voor je uit ging mompelen als je oud werd? Hoe dan ook was ze er geweest zolang Louise zich kon herinneren: de innerlijke monoloog die bij het ontwaken werd opgestart en almaar doorging met redeneren, argumenten vergaren en formuleren, herformuleren en herschikken, vaak in de vorm van haar kant van een discussie met iemand die iets had gezegd of gedaan dat haar dwarszat. Soms koos de stem een nieuwe gedaante: een binnenkort te voeren telefonade, een nog te schrijven brief. Ze had in zichzelf talloze tirades afgestoken tegen haar moeder, tegen klasgenoten, onrechtvaardige leraren, ouderlingen, verwaande winkelmeisjes, automobilisten die geen voorrang gaven, tegen een patser in een zwembad die de kleintjes terroriseerde, tegen allerlei figuren op de televisie – slechte Nederlandse acteurs, politici, kinderen die zich lieten gebruiken voor reclames – en de laatste jaren tegen studiegenoten, tegen docenten op de universiteit die haar teleurstelden, tegen de dief van haar fiets, tegen mannen die haar in treinen of op perrons quasi per ongeluk aanraakten, tegen vrouwen die luid praatten op een terras of in een museum omdat ze zichzelf mateloos interessant vonden, tegen haar minnaar. En sinds de nachtelijke ontmoeting bij de ijskelder redeneerde ze soms in geluidloze volzinnen tegen die Maarten of tegen wie ze dacht dat hij zou zijn, want ze wist tenslotte weinig meer van hem dan dat hij de zoon van een dominee was, de nieuwe dominee die zo in de smaak viel bij haar moeder.

Ook nu was zodra ze wakker werd de lopende band op gang gekomen. Maar ze zette hem stil, voor het moment. Ze had een venijnige hoofdpijn. Het stak en klopte tegelijk, ergens aan de binnenkant van haar schedel, net boven haar linkerwenkbrauw. Het was bovendien of van tijd tot tijd een stalen band om haar hoofd werd aangetrokken. Haar mond was droog en gevuld met een smaak die verwant leek aan de verschaalde lucht van het wijnglas dat naast haar bed op de vloer stond. Ze slikte een paar keer, het resultaat was dat haar tong zich als een klont gestold zelfbeklag aan haar verhemelte hechtte. Ze was moe maar wist dat ze niet meer kon slapen. Ze sloeg het laken van zich af, bleef op de rand van het bed zitten, staarde voor zich uit. Uiteindelijk zuchtte ze een keer diep, stond op en kleedde zich aan. Terwijl ze haar jeans om haar benen omhoogtrok, aarzelde ze – een rok kon ook. O ja, dat zou in goede aarde vallen. Hoewel: als haar moeder het doorzag (en ze ritste de broek dicht) was alle moeite voor niets.

Ze liep naar de spiegel, zei 'ugh', haalde een hand door haar haar, draaide zich om, greep haar aansteker en een half opgerookte sigaret van de asbak op de lage tafel. Bovenaan de trap gaapte ze zo uitbundig dat haar ogen vochtig werden en ze alles troebel zag. Tegelijkertijd realiseerde ze zich dat ze elke tree hier zo goed kende dat ze ook geblinddoekt niet zou misstappen. Ja – ze kon naar beneden gaan en alle kamers, het hele huis, met ogen dicht doorkruisen zonder zich ergens aan te stoten, behalve dan misschien aan nieuwe stapels boeken van haar vader. Ze zou van elk geluid de herkomst weten, even vanzelfsprekend als ze nu, nu ze in alle vroegte op blote voeten door de hal met de stenen vloer liep, wist dat het hier altijd koel was en dat er zelfs hartje zomer een kelderlucht hing. Vertrouwd was de lichtval – door het buitensporig grote roosvenster aan de voorkant van het huis. Vertrouwd waren de stoelen die tegen de varengroene muren stonden opgesteld als in een royaal uitgevallen wachtkamer, geen twee van hetzelfde model, met bekleding die eens intens van kleur was geweest – maar het licht van verglijdende seizoenen had kersrood vervaagd tot een uitgedoofd roze en Pruisisch blauw tot de tint van een schuwe winterhemel. En de hogehoedvormige ebbenhouten tafeltjes die een oudoom, die op elke foto zijn prachtig gekrulde snor etaleerde, lang voor haar geboorte uit een kolonie had ingevoerd: dat met het duifgrijze telefoontoestel en het telefoonboek erop en het tweede, naast de voordeur, waarop zolang ze zich kon herinneren goud-op-snee zakbijbeltjes, bloedkoraalkleurige liedboeken en het oude zwarte psalmboek van haar moeder in een keurig rijtje stonden te wachten – opdat er niet gezocht hoefde te worden wanneer de familie ter kerke ging.

Wat betekende het om alles hier zo goed te kennen, wat deed het ertoe? Er was iets veranderd door het bezoek van de man in de Mercedes, drie weken geleden. Wat ze sindsdien was gaan zien, was dat behalve de bibliotheek (domein van haar vader) en de moestuin (na Jezus Christus de grote liefde van haar moeder) al het andere in en om het huis jammerlijk werd verwaarloosd. Het liet zich raden hoe het zou verlopen binnenkort, op die Open Tuinendag waarvoor haar moeder zich had aangemeld: ze zouden uitvoerig worden begluurd door bezoekers, en in de nieuwbouwwijken van het dorp zouden vertelsels rondgaan over die rare familie, daar in het park net buiten de bebouwde kom, die aan lager wal was geraakt. En vanzelfsprekend kreeg mama van dat alles niets mee. Maar – waarom kon ze daar niet gewoon om lachen? Ze zou hier nooit meer echt kunnen wonen, dat veranderde niet; het leven zou ondraaglijk saai en ergerlijk zijn – alleen al, bijvoorbeeld, dat je boodschappen deed en elke keer tegen dezelfde zure middenstandskoppen moest aankijken.

Ze liep naar de keuken, legde sigaret en aansteker op het aanrecht, schonk water in een glas en dronk het achter elkaar leeg. Haar keel en haar ogen bleven schraal aanvoelen maar het geklop tegen de binnenkant van haar schedel nam af. Haar kater werd nog versterkt doordat ze veel te vroeg – en klam, beetje zweterig – uit haar storeloze vrede was gewekt door de vogels. Nu ja, dacht ze terwijl ze hoestte, een hand langs haar mond haalde en het glas neerzette, dat was je dan toch vergeten, dat je die in de stad nauwelijks hoorde maar dat hier vanaf een uur of vijf hele legioenen tekeergingen alsof ze de dageraad aanvielen. De anderen sliepen er kennelijk doorheen. Ze herinnerde zich een verhaal van haar moeder – dat vroeger in het dorp op lenteavonden de vogels met geweerschoten uit de bomen werden gejaagd omdat je elkaar anders niet kon verstaan. Misschien stond nog ergens in een kast de windbuks – tijd om ze hier ook een lesje te leren.

Terwijl ze zich strekte om een raam open te zetten, voelde ze hoe Doortje zich langs haar kuit duwde.

'Ach, u ook al op?' zei ze. 'En we hebben vast honger.'

Ze haalde een aangebroken blik uit de ijskast. Meer nog dan anders was de lucht van het geleivlees om van over je nek te gaan. Ze hield het blik van zich af terwijl ze de inhoud met een vork in het etensbakje hevelde en dat op de verweerde plankenvloer zette. Vervolgens legde ze de vork in de zwart-wit geblokte gootsteen, pakte het glas en vulde het opnieuw met water.

Ook hier kende ze alles: het zachte dreunen van de hoge

kast met servies toen ze er langsliep – een geluid dat zich leek voort te planten en haar het gevoel gaf dat ze het huis, log oerbeest, in zijn ochtendsluimer stoorde. En de deur naar de eetkamer die getergd piepte als je hem langzaam opende maar geen kik gaf als je dat met kracht deed. In de kamer zelf: roerloos afwachtend zondagslicht, gevuld met oud stof. Midden op de tafel stond al even onbeweeglijk en afwachtend een grote fonkelende vaas volgepakt met wat haar moeder 's zaterdags in eigen tuin oogstte – deze keer margrieten en ridderspoor. Er was iets in dit alles dat je de adem benam. Ze liep verder, de zitkamer in met de muren die ze als kleuter steeds opnieuw telde om te verifiëren dat het er inderdaad acht waren. Ze duwde de tuindeuren uit elkaar en stapte naar buiten. Een verblindende morgenzon had doorgaans geen grandioze uitwerking op haar humeur, maar nu was het of ze met de paar stappen naar de rand van het terras door een onzichtbare weerstand brak. Ze ging op de bovenste van de drie treden zitten, strekte haar benen. Ze trok haar schouders op, liet ze weer los. Draaide haar hoofd heen en weer. Voor haar, over het gazon, lag een glinsterend vliesje gevuld met de kleuren van de regenboog. Het zou een warme dag worden maar de lucht die ze insnoof was nog tintelend koel van de nacht. Doortje kwam ook het huis uitgelopen. Ze ging niet naast Louise liggen maar bleef recht op haar pootjes staan en keek geconcentreerd de tuin in, alsof ze een gezamenlijke onderneming verwachtte. Louise streek met een hand over haar rug.

'Lieve poes,' zei ze. 'Lieve ouwe poes. Lief oud huis.'

Ze dronk, zette het glas naast zich neer. Ja, ze voelde zich al beter – en bovendien, nog even niemand om je heen op zo'n ochtend, dat blies ook de schaduwen uit je stemming. Ze kreeg weer over zich wat ze als kind had ervaren wanneer ze de tuin instapte: een intense, gelukzalige gewaarwording van vanzelfsprekende overvloed. Alles rondom haar glansde, schitterde, ademde een atmosfeer vol zoemende geuren. De dag als een vrucht die op openbarsten stond. Ze zag hoe nevelsliertjes zich loswikkelden uit de bomen, en hoe een grote oranje-zwarte vlinder op een sering zijn vleugels traag bewoog en ze warmde voor de eerste vlucht. Het vogelgezang dat haar had gewekt was verdampt in het dauwige ochtendlicht. Ze ademde opnieuw diep in. Dit uur, dit tere moment op deze plek, had iets onuitsprekelijk zuivers en bevrijdends. Het scheen haar toe dat alleen dit al haast genoeg was om het leven de moeite waard te maken. En opeens was daar weer die jongen, die Maarten, en hoe had hij het precies gezegd? – 'ik zou het wel weten'. Maar niet alleen dat was haar opvallend helder bijgebleven; er was ook een grapje over haar gerook, waar een toegeeflijk vleugje blasfemie in leek te zitten. En er was nog iets, iets dat daarna kwam. Want hij had iets verlegens over zich gekregen nadat ze had geraden dat hij de zoon van de nieuwe dominee was – hij was met Johan meegekomen omdat hij zijn nieuwe buurjongen was en nog geen mens hier kende. Meteen had ze zich schrap gezet: zoon van een dominee! – voor zo iemand was het geen punt om tussen de geroepenen te wonen. Maar toen had hij haar zo verlegen aangekeken en dacht ze iets te herkennen in zijn ongemak. Ze zag weer zijn wijkende lach voor zich, waarbij alleen zijn bovenlip bewoog. Een moment later was het weg geweest; hij had ironisch opgemerkt dat het natuurlijk verrassend was kind van een dominee te zijn en Maarten te heten. Ze had vannacht trouwens over hem gedroomd – dat wilde zeggen toen de vogels in haar schedel begonnen te pikken ontwaakte ze uit een droom waarin hij aanwezig was geweest. Ze had ernaar gegrepen en geprobeerd meer boven te hengelen maar kon alleen terughalen dat ze zich heel voldaan had gevoeld – en toen brak het lijntje en ging de rest ten onder met het in daglicht verijlende rijk van de slaap. Waarom had ze zich zo goed gevoeld – was hij in haar droom een geestverwant geweest? Misschien bestond het dan toch: iemand die niet met alleen maar onbegrip reageerde. Die blik van hem kwam steeds terug. Misschien was hij al over de grens, misschien bijna. Beetje laat misschien maar dat was minder gek als je de zoon van een dominee was. Ja, wellicht was het de moeite waard daar achter te komen. Ze kon het dan beter wel voorzichtiger aanpakken dan ze doorgaans deed. Ze voelde iets kriebelen, blies een wesp van haar arm.

Ze stond op, liep over het verende gazon. Het gras was nat en koud onder haar voetzolen. Ze kwam bij de vijver, bij het deel dat nog niet was dichtgegroeid en nu volmaakt de hemel spiegelde; zo omringd met riethalmen leek het een groot blind oog met wimpers. Een waterjuffer kuste het oppervlak, schoot weer verder in haar gehoekte traject. Ze zag hoe die enkele vluchtige aanraking met het water cirkels voortbracht die zich onverschillig uitbreidden. Opeens betrapte ze achter de weerspiegeling een goudvis die haar aanstaarde.

Het probleem, het grote probleem, redeneerde haar innerlijke stem (maar ze liet begaan), was dat niets in en rondom haar geboortehuis, en geen enkele herinnering aan haar jeugd, onbesmet was. En dat ze dat bovendien aan geen mens goed duidelijk kon maken.

Met haar vader, een winterdag. Jaar of drie geleden, toen hij nog vaker buiten kwam. Ze herinnerde zich de knarsende sneeuw onder hun laarzen, de wolkjes van hun adem, zijn helblonde wimpers en roze jukbeenderen in het blauwbleke gezicht en hoe hij, zoals meestal wanneer hij buiten rondliep, zijn handen ineengevlochten op zijn rug hield. Het optimistische aroma van zijn scheerzeep kriebelde in haar neus. De hele ochtend hadden in zijn werkkamer de pianotrio's van Schubert opgestaan, wat zijn favoriete wintermuziek leek te zijn. Toen ze binnenkwam stak hij zijn duim tussen de pagina's, zoals hij altijd deed wanneer iemand hem stoorde. Onder zijn hoge voorhoofd lagen zijn leikleurige ogen met een vage, afwezige uitdrukking diep in hun kassen; zijn dunne wangen leken samen te komen bij de punt van zijn kin. En al die dingen die ze van hem kende en haar deden beseffen hoeveel ze van hem hield, wekten een plotselinge wanhoop in haar – dat het misschien haast te laat was want hij raakte met de dag ingekeerder – en ze probeerde hem tijdens de wandeling uit te leggen hoe ze zich als kind had gevoeld, en dat dat niet meer kon worden teruggedraaid.

'Religie,' zei ze, 'heeft me de gruwelijkste angsten bezorgd terwijl ouders toch zouden moeten proberen die bij hun kinderen weg te houden. De *vlammen waaraan geen doven is* – weet je dat ik daarvan jarenlang voor het slapengaan een duidelijk beeld voor ogen had? En herinner je je dat ik op mijn zesde longontsteking kreeg? Ik heb dit nooit iemand verteld maar ik heb het nog erger gemaakt dan het was. Het vroor en er lag sneeuw. 's Ochtends vroeg ben ik in mijn dunne pyjama in het raam van mijn slaapkamer gaan zitten omdat ik hoopte dat de vrieskou me zo'n koorts zou bezorgen dat ik zou doodgaan en des te vlugger wist of ik wel of niet in de hemel kwam!'

Zo had ze, ging ze verder, als kind veel meer stomme dingen gedaan, keer op keer gestuurd door haar blinde geloof. In die tijd had ze een boekje, dat ze was gaan bijhouden toen ze nog maar net een paar woorden kon schrijven. Het was eigenlijk geen boekje maar een schrift met op de voorkant: *Naar de hemel / in de hemel*. Draaide je het om dan stond op de andere kant: *Naar de hel / in de hel*. Het lag nog ergens in een doos onder in de kledingkast. Maar ze hoefde het niet op te zoeken om de rijtjes voor zich te kunnen zien. Bij het hemelgedeelte, in haar ronde kinderhandschrift: mama, papa, Here Jezus, Oscar, Doortje, Beertje, God, Heilige Geest, Noach, David, tante Lot, en wat kinderen uit de klas. De afdeling hel: Satan, Herodes, juf Conny, tante Margreet, Goliath en natuurlijk een paar vervelende jongens. Ze had het in potlood gedaan want zekerheid over de dingen had alleen de Here God Zelf. Soms veranderde iemand tijdelijk van afdeling, zoals Oscar, toen hij een keer boven op Beertje was gaan zitten. Ze had zijn naam in het hemelgedeelte driftig doorgestreept en hem onder aan het helrijtje toegevoegd. Maar 's nachts was ze opeens wakker geschrokken en had zich met afgrijzen gerealiseerd: als nu, vannacht, het moment van de Wederkomst aanbrak en de Heiland kwam inderdaad als een Dief terug op aarde – hier bij hun huis, en Hij zou misschien voor het gemak, omdat Hij het vreselijk druk had met het scheiden der zielen, haar boekje erbij pakken, dan stond Oscar aan de verkeerde kant en was hij verloren! In het donker op weg naar haar bureau was ze over Doortje gestruikeld en had er een bloedneus en een verstuikte pols aan overgehouden.

'En dan het moment,' zei ze, 'waarop je ontdekt dat het allemaal voor niks is.' Ze keek naar hem opzij. 'Zie je dat papa, zie je dat dat een van de smerige dingen is die religie met een kind doet: het mooiste van het leven afpakken, of verminken?'

Ze zag dat hij knikte maar met een naar haar idee weinig betrokken uitdrukking, hij had vooral aandacht voor een opgewaaide sneeuwhoop tegen de muur van de moestuin, met de afdrukken van vogelpoten en een gele plek waar een dier had geplast. 'Oké,' zei ze, 'stel je voor je zit in een huwelijk en je komt er opeens achter dat je vrouw al jaren een ander heeft en je gaat verlaten en dat je al je gevoelens, alle gedachten en alles wat je je van een gezamenlijke toekomst had voorgesteld net zo goed in een lege put had kunnen schreeuwen.'

Hij was blijven staan en had haar met een geschokte blik aangekeken.

Nee, zei ze meteen. Zoiets zou haar moeder nooit doen natuurlijk. En gedreven door de vrees hem verdrietig te maken redeneerde ze hardop dat het niet alleen ellende was geweest – de ontdekking dat er een wereld bestond buiten de religie was een bron van energie gebleken; het overwinnen van alle weerstand had haar enorm geholpen, haar vermogen zelfstandig te denken had een formidabele sprong vooruit gemaakt. Kende hij, vroeg ze, dat plaatje op de Karl May-deeltjes die op zolder stonden? Jarenlang had ze zich afgevraagd waarom er een oud vrouwtje op de ruggen van die boeken was afgebeeld, en opeens had ze gezien dat het een indiaan was. Wat raar dat ze daar nooit eerder aan had gedacht. Of de poster in de kamer van een van haar hoogleraren. Eerst zag je alleen de elegante jonge vrouw, en ineens zag je ook de heks met de kromme neus. En dan kon je niet meer terug. Precies zo zat het met religie. Er stond bijvoorbeeld dat God zei: 'Er zij licht.' Maar pas daarna schiep hij de hemellichamen. Waar kwam dan dat allereerste licht vandaan? En zo kon je van alles aanwijzen als je even wat beter keek. Zodra je zag dat het onzin was, zag je het voortdurend, zag je dat *alles* aan religie onzin en bedrog was en vroeg je je beschaamd af hoe je het ooit niet had kunnen zien. 'Ik herinner me nog,' zei ze, 'dat het uiteindelijk tot me doordrong; dat was zo'n speciaal moment! Ik stelde me voor dat Darwin het precies zo –'

Ze had ingehouden, gelachen om zichzelf, om het idee zich te vergelijken met Darwin, maar meteen corrigeerde ze ook dat: want daar was hij – de druk van haar opvoeding, van de kerk, het christendom, om maar niet hovaardig te zijn want dat was een van de ergste zonden die je kon begaan volgens die onderdanigheidscultus.

Ze stak de sigaret in haar mond en hield de aansteker erbij, maar aarzelde. Ze keek om naar het huis. Doortje had een zonnige plek op het terras gezocht en gaapte leeuwachtig. Louise liep om de vijver heen en langs het grind in de richting van de schuur. De ijzeren pal aan de onderkant van de grote deur schraapte over het gebarsten plaveisel toen ze die opentrok. Ze stapte het donker in, behoedzaam om niet met haar blote voeten in een splinter of verdwaalde spijker te stappen. Hier hing nog de warmte van de vorige dag. Het rook naar hooi en geteerd hout. Geluiden waren gesmoord, leken van ver te komen. Het zonlicht lag vanaf de deuropening als een gloeiende wimpel over de vloer en tegen de muur. In een hoek ritselde een muis.

Met de eerste trek kwam de kater terug. Haar hoofd veranderde even weer in een noot in een notenkraker die werd dichtgeknepen. Ze blies de rook uit, hield de sigaret van zich af en liet haar ogen wennen. Er stonden allerlei landbouwwerktuigen, sinds lang in onbruik, ruw en roodbruin van de roest. Aan de zijkant van de ruimte stond hun auto, een stoffige Simca die alleen nog nu en dan door haar moeder werd gebruikt wanneer ze haar liefdadigheidsrondje ging maken en het weer was, zoals ze op haar speciale toon kon zeggen, echt te bar. Daarachter kreeg een groter voorwerp gestalte: de vigilante, in geen halve eeuw bespannen. Het rijtuig was altijd al op sommige plekken vermolmd geweest, nu zou je je nek breken als je erin klom – wat ze vaak had gedaan toen ze een jaar of zes, zeven was. Ze had iets gevonden destijds, op het bankje. Of nee, niet zij maar een van de meisjes uit het dorp met wie ze hier speelde. Een dood, pasgeboren vogeltje, daar had het even aan doen denken vanwege de slapheid en de roze kleur. Maar er zat geen snaveltje aan en het vocht dat eruit liep was geen bloed. Ze herinnerde zich hoe ze er gedrieën mee naar haar moeder waren gehold, en hoe die van het ene op het andere moment knalrood was geworden, het ding in de prullenbak had gegooid en vervolgens haar handen en daarna die van zichzelf een kwartier lang onder de lopende kraan had schoongeboend. Kort daarop waren de tuinman en de vrouw die donderdags kwam strijken – mensen van de kerk, protégés van mama die om een baantje verlegen zaten – verdwenen en er kwam nooit meer iemand voor hen in de plaats.

Ze rookte de sigaret op, liet de peuk vallen. Wat zou ze van me vinden, dacht ze, mijn zevenjarige ik. Wat zou ze zeggen als ze nu uit de koets klom en voor me stond en hoorde hoe ik nu ben? Zou ze teleurgesteld zijn dat ik zo weinig opgeschoten ben, dat ik nog steeds een hoofd heb waardoor psalmen en Bijbelteksten ruisen zoals de zee in een schelp? 'Je hebt het verkeerd aangepakt,' zou ze misschien zeggen. 'Ik was veelbelovend, dat zag iedereen, zelfs de familie. En kijk nu eens. Hoe zie je jezelf over nog eens tien, twintig jaar – ga je er nog iets van bakken? Wat een afknapper, ik had verwacht dat ik trots op je zou zijn.' En wat zou zij dan kunnen aanvoeren? Dat ze in sommige opzichten wel degelijk was gegroeid en trouw aan zichzelf probeerde te blijven – want ze was gestopt met haar studie, en ze kon seks hebben zonder opgelegde schroom of schuldgevoel. En dat ze dagelijks en waar ze maar kon de kanker van de religie bestreed en dat ze ervoor ging zorgen dat in een toekomst geen kind die meer hoefde te overwinnen. Maar misschien zou de zevenjarige tegenover haar anders reageren dan zij dacht – zou ze meewarig corrigeren dat ze niet eenzaam was en ook niet zoveel angst had; werd ze juist getroost door het idee dat er een hemel bestond en koesterde ze zich in de bescherming van een Goede Herder, van de Schepper van hemel en aarde. Die angst, zou ze misschien zeggen, dat is wat jij er gaandeweg van hebt gemaakt. Je denkt dat je je mij zo goed kunt herinneren maar dat is onzin. Wat teleurstellend, je bent inderdaad nauwelijks verdergekomen, het wordt tijd dat je echt iets meemaakt.

Die twee vriendinnetjes met wie ze toen speelde – zouden die de indruk hebben dat ze verder waren gekomen, en waren ze tevreden en gelukkig? Waarschijnlijk al getrouwd, met jongens uit het dorp. Bezig met het eerste kind, herhalen wat generaties voor hen hadden gedaan. En misschien was dat genoeg. Een van de twee had later nog in haar catechisatieklas gezeten maar toen waren ze al uit elkaar gegroeid. Wat had die ervan gedacht – dat ze niet meedeed?

Ze was vijftien. In een kerkzaaltje, een aanbouwsel, onder onbarmhartig tl-licht en bij de stovende gloed van twee radiatoren die soms zo reutelden dat je ervan schrok, zaten ze het uur gezapig uit. Binnen hing de lucht van natte jassen, buiten schoten herfstbladeren als vleermuizen door het lantaarnlicht. Op de linoleumvloer stonden de tafels in een rechthoek. Aan het hoofd ervan de dominee, de vorige, gedrenkt in eigen lichaamswarmte, zwaar ademend door neusgaten waaruit plukjes zwart haar kropen, verwoed speurend in zijn bijbel. Hij zette steeds op dezelfde manier met duim en middelvinger zijn bril recht op zijn neus. Hij was zojuist een kwartier lang aan het woord geweest, met een stem die qua onstuimigheid de buiten langs de ramen suizende wind leek na te bootsen – over hoe de mensen deel uitmaakten van Gods plan en zich moesten schikken naar Zijn duistere en zelden aangename wegen – en zocht nu een passend fragment om af te ronden. Hij boog zich zo ver voorover dat ze op zijn kruin keek en zijn gelige hoofdhuid door zijn dunne haar zag schemeren, wat haar deed gruwen. Iets uit Job misschien, hoorde ze hem mompelen. Niemand zei iets, de klok boven aan de muur achter hem tikte hoorbaar. Nog vijf minuten en ze mochten naar huis. En opeens kon ze zich niet langer inhouden en zei: 'Ik vind dat vernederend – het idee dat je bestaat omdat je deel uitmaakt van een plan. Waarom zou je überhaupt willen leven als dat alleen maar is ter meerdere eer en glorie van een godheid?'

De dominee wachtte – of iemand uit de groep wilde reageren. Er kwam niets. Toen keek hij haar vriendelijk over de rand van zijn brillenglazen aan. 'Maar Louise, wil jij alleen maar leven voor jezelf? Wat is dat voor leven?'

'Nee,' zei ze, 'nou nee, natuurlijk niet, dat is ook niet wat ik bedoel.'

'Wat bedoel je dan, Louise?'

Ze bloosde. Ze had misschien toch gehoopt op bijval, maar niemand blikte zelfs maar in haar richting. Wel hoorde ze zuchten, en er werd schielijk naar de klok gekeken. Ze voelde zich woedend worden. Ach ja, stel je voor dat het een paar minuten uitliep. Iedereen zat hier verplicht, dat wist zij ook. Maar dat betekende toch niet dat je alles maar moest slikken? Ze keek naar de dominee. Ze had hem eens bij het binnenkomen van de ruimte betrapt – hij peuterde in zijn neus, haalde er iets uit en smeerde dat vlug onder de zitting van zijn stoel – en meteen gedacht: ik ben niet de enige, je God heeft het ook gezien, wat moet Hij wel niet van je denken, Hij ziet alles en zal Zich wreken tot in het derde en vierde geslacht.

Plots verloor een van de radiatoren zijn geduld en begon hevig te borrelen.

'Komaan,' zei de dominee gemoedelijk. Hij klapte zijn bijbel dicht, zette met duim en middelvinger zijn bril recht. 'Laten we afsluiten met gebed. Ik wil ook voor jou bidden, Louise. Dat je kracht vindt in je geloof.'

Onder de tafel had ze haar nagels in haar handen gedrukt. Ze had gewild dat ze het lef had op te staan, haar jas van haar stoel te rukken en zonder een woord voorgoed weg te lopen, de gang op en dan naar buiten, de koude herfstavond in. Maar ze durfde niet. Uiteraard greep de man het incident aan voor zijn gebed. Met zijn ogen stijf dichtgeknepen en zijn gevouwen handen zo in elkaar geperst dat de knokkels wit wegtrokken, had hij op gedragen toon gewaarschuwd: 'Alleen maar – alleen maar ter meerdere eer en glorie. Dat is niet zomaar iets. Alleen maar – dat is heel wat!'

Ze draaide zich om, staarde in het verblindende licht van de deuropening. En opnieuw, als zonet in huis, kreeg ze de gewaarwording dat er iets om haar heen hing wat ze zou kunnen verstoren. Tegelijk was het of alles naar haar keek en stil wachtte tot ze het begreep. Maar wat viel er te begrijpen? Alles hier was precies zo geweest voor zij binnenstapte, en zou zo zijn als zij weg was – dus deed haar aanwezigheid er niet toe. Of was het simpelweg dit: dat het even echt tot je doordrong dat alles voorbijging en dat je naar wat achter je lag niet kon terugkeren. De man met de Mercedes wist niks van deze plek of van de mensen hier. Hij zou zo'n oude schuur zonder meer laten slopen. Met zijn gewone kerk. Ze lachte even, hardop. Haar stem klonk haar lelijk en schel in de oren.

Ze dacht aan hoe ze eens samen met haar minnaar op een wintermiddag in bed had gepoogd lievelingsbeelden uit hun jeugd bijeen te rapen. Bij de dingen die zij had genoemd had ze zich laten gaan in nostalgie: de geur van een pan warme bramenjam, het geluid van een koekoek in een bosrand, nachtelijk weerlicht dat de horizon deed gloeien alsof er een lamp in de wolken zat. En wat, dacht ze, ging er verloren als ze zich gewoon deze plek en alle betovering van haar jeugd voorgoed bleef herinneren – niets toch. Maar waarom voelde dat dan zo armzalig?

Van buiten drong iets door – de gil van een fluitketel. In huis was iemand wakker. Ze kreeg een sensatie die ze de laatste tijd vaker had: dat ze als ze alleen was niet bestond, of alleen uit geest, gedachte, en pas door de aanwezigheid van anderen weer haar lichamelijke vorm kreeg. En het leek dan even heel vreemd dat een ander niets scheen te merken van de transformatie die ze zojuist had ondergaan.

Misschien, dacht ze terwijl ze de schuur uitliep en de deur achter zich dichtduwde, was je innerlijke stem de laatste waarmee je in je leven sprak. Als je doodging en je lichaam stopte ermee, had die stem het laatste woord en zou ze je vertellen dat je altijd met haar opgesloten was geweest en dat zij, en zij alleen, je zou vergezellen naar het eeuwige niets.

Een uur later liep ze met haar moeder en Oscar over de boslaan. Ze was zojuist nog even teruggekeerd om de kat, die hen op een verwachtingsvol drafje bleef volgen, naar binnen te dragen. In de keuken was ze haar vader tegengekomen en had hem betrapt op het neuriën van – ja, de *Radetzkymars*, terwijl hij met een onbewolkte blik koffie voor zichzelf zette.

Nu had ze haar moeder en Oscar weer ingehaald en bleef een paar meter achter om niet te laten merken dat ze van dat stukje rennen buiten adem was geraakt.

In het park aan weerszijden lagen hier en daar oude omgevallen bomen als kadavers te vergaan; misschien was een ervan wel degene die eens een zomermaand lang een schip was geweest vol wrede piraten (zij en Oscar) die de oceanen afstroopten. Uit een onzichtbare verte echode als een zacht geweersalvo de ratel van een specht. Druifkleurig licht verzamelde zich bij een groepje berken vol schuchter trillende blaadjes. Haar moeder leek onbuigzamer dan ooit. Het eerste dat ze, griezelig opgewekt, had geconstateerd toen Louise bij het ontbijt aanschoof: 'Ach, ben je er nog? Je houdt het goed uit hier.' Ze had haar gekookte ei nog kwieker dan anders de hersens ingetikt en toegevoegd: 'Wat zie je er slecht uit.' Waarop een terechtwijzing volgde over het glas water dat ze buiten op het terras had laten staan: met het oog op haar Open Tuinendag was het natuurlijk niet de bedoeling dat iedereen zijn rommel liet rondslingeren. En vervolgens begon ze over een verhandeling die ze voor die speciale dag voorbereidde: dat een huis als dit, inclusief alle grond eromheen, in vroeger tijden vrijwel zelfvoorzienend was – dat zouden de mensen beslist interessant vinden. Louise bedacht dat ze niemand kende met een stem als haar moeder: ze wist elke uitspraak, hoe onbekommerd ook, een berispende ondertoon mee te geven. Waarschijnlijk een van de redenen dat geen mens vat op haar kreeg.

Dat ze vrijwillig en te voet meeging leek alvast geen effect te hebben. De afgelopen dagen had ze zichzelf ervan verzekerd dat het allemaal wel zou loslopen als ze het moment goed koos, maar nu smolt haar optimisme per afgelegde meter. Misschien eerst nog een schijnbeweging – ze kon naar de nieuwe dominee vragen. Misschien ook niet; als ze een scheut sarcasme in het gesprek morste was alles bedorven. Over

Doortje dan? – want het was haar aan te zien dat ze oud werd: haar vacht werd mottig en bruin, ze bewoog zich stram. Eergisteren had ze gezien dat ze schrok van een houtduif die op nog geen twee meter afstand van haar landde. Maar hoeveel gaf haar moeder om de kat? Dat liet zich moeilijk peilen.

Ze versnelde haar pas. Ze passeerden twee brokkelige maar nog steeds overeindstaande zuilen – hier was vroeger een poort geweest – en liepen het open veld in, over een smal geasfalteerd weggetje. Aan één kant stonden op gelijke onderlinge afstanden telefoonpalen met glanzende draden die over keramieken geleiders liepen waarvan je er soms een in de berm vond. Ze had lang (en de herinnering gaf haar, bijna als een aanraking, een vluchtige gewaarwording van geluk) zo'n melkwit exemplaar in een doosje gekoesterd zoals andere meisjes kettinkjes en kralen. Hoog boven hen, schrille krasjes op de hemel, klonk het geluid van gierzwaluwen. Ze keek opzij naar haar moeder. Die leek opgetogen, op de manier waarop een ander naar een feest ging. Ze had bij het vertrek haar balpenblauwe hoed opgezet en droeg een jurk in dezelfde tint, die zedig ruiste in het briesje dat er stond. De meeste vrouwen van hun gemeente droegen al lang geen hoeden meer, en ook niet van die donkere kousen. Haar moeder bleef dat wel doen. En ze ging altijd te voet. Ze was opgegroeid in een veel zwaarder nest dan Louises vader, kerkte sinds haar huwelijk uitsluitend nog synodaal maar schepte er niettemin duidelijk eer in alles en iedereen in haar omgeving in conservatisme te overtreffen. Ze las liever de Statenbijbel dan andere vertalingen – een voorkeur die ze tot en met de eettafel handhaafde. Louise had eens gevraagd of ze niet soms overwoog zich bij een andere gezindte aan te sluiten. Het prompte antwoord: 'En deze dwalenden aan hun lot overlaten? Dát zou onchristelijk zijn!' Ze keek opzij naar haar moeder, realiseerde zich dat daar inderdaad consequentie in zat: de liefdadigheid waarvoor ze zich inzette – de mensen die ze onder haar hoede nam zou ze nooit in de steek laten. Tenzij ze de liefde bedreven op haar erf, natuurlijk. Haar grijze haar werd aan de achterkant door een zilveren speld in het gareel gehouden. Ze liep rechtop. Haar hakken klakten op het wegdek, haar ogen glansden heroïsch – ze zag iets in de verte wat voor gewone stervelingen onzichtbaar was. Voorwaarts Christenstrijders, drukt uws Konings Spoor.

'Mama?' begon ze.

Op dat moment zei Oscar: 'O, ik eet vanavond niet mee. Ga bij iemand van school eten.'

'Zo?' zei hun moeder. 'Iemand van school? Een vrindje?'

'Ja –' klonk het aarzelend.

'Kennen wij hem?'

Oscar schudde zijn hoofd. 'Hij is Ambonees. Ik heb huiswerk naar zijn ouders gebracht toen hij in het ziekenhuis lag.'

Dat viel in goede aarde. 'Wel, wel!' zei hun moeder. 'Je hebt dus iets van de barmhartige Samaritaan in je. Een goed hart is het belangrijkste in het leven. Als je nu ook nog eens zo vlijtig studeert als je zus, kom je misschien toch goed terecht.' Ze wendde zich tot Louise. 'Wat wilde je vragen?'

'Wat? O, niks bijzonders.'

'Jawel, je wilde iets vragen. Je praat al zo weinig dus ik wil graag weten wat je te zeggen hebt.'

'Hoezo praat ik weinig?'

'Kind, je taal. En je probeert van onderwerp te veranderen. Wat wilde je zeggen?' Ze bleef Louise aankijken, wuifde een paardenvlieg weg die steeds bleef terugkomen.

'Niets, ik heb gewoon een beetje hoofdpijn.'

'Zo – van het nadenken?'

'Misschien ja,' antwoordde ze. Ze dacht aan vanochtend, aan haar innerlijke stem – en of haar moeder die ook had. Misschien, dacht ze, overstemde haar moeder die bij het opstaan meteen met een psalm. Want vandaag was ze weliswaar gewekt door de vogels, de afgelopen twee jaar was het als ze in het weekend thuis sliep meestal haar moeder geweest, die psalmzingend door het huis liep. Langer geleden, als klein kind, had het haar vaak diep ontroerd als ze haar moeder hoorde zingen.

Ze naderden de nieuwbouwwijk. Tientallen ramen spiegelden een voor een allemaal even fel de zon. Overal stonden jonge boompjes die er zelf ook liever vandoor waren gegaan als ze niet vastgesnoerd zaten aan een blanke paal. Louise zag de berustende blik waarmee haar moeder alle uit de grond gestampte lelijkheid opnam. Geen spoor van verzet, laat staan woede. Maar waarom – waarom zo'n gedweeë berusting of zelfs het idee dat de dingen goed waren zoals de voorzienigheid ze liet gebeuren? Misschien, dacht ze even later, kon je gelovige ouders niets verwijten. Want ze gingen er zelf in mee, ze waren zelf ook slachtoffer en ze waren er niet bewust op uit geweest hun kinderen te bedonderen – dat hadden alleen de allereerste christenen gedaan, de bizarre fantasten die al die nonsens bij elkaar hadden geraapt en als een virus in hun nageslacht hadden geplant. En daarna de generaties pastoors en dominees natuurlijk, die hun broodwinning veilig moesten stellen.

'Hoe heet je vrindje?' vroeg haar moeder aan Oscar, die aan de rand van de weg liep en met een takje de ene na de andere paardenbloem onthoofdde.

'Jonkie,' zei hij zonder zijn zwiepritme te onderbreken. 'Jonkie Matupessy.'

'Jonkie – wat een bijzondere naam. Geen Bijbelse, of misschien toch – van Jona of Johannes. Dat zou je moeten vragen. Nodig hem maar uit ook een keer bij ons te komen eten. Wel zo netjes. Doe je dat?' Ze schikte haar hoed, Louise zag de onthutste blik waarmee Oscar naar haar opzij keek. Het verbaasde haar weer hoe serieus hij de laatste tijd scheen. Een jaar geleden zou hij tijdens zo'n wandeling bevlogen het ene na het andere Kijk-weetje hebben gespuid, zoals andere jongens van zijn leeftijd. Maar het leek of de stille ernst van de gereformeerden alsnog in hem neerdaalde. Hoewel de manier waarop hij reageerde toen ze hem uiteindelijk toch om wat geld had gevraagd juist weer verrassend nonchalant was geweest: geen bezorgdheid, geen vermaning, ook geen terughoudende zuinigheid – hij had haar gewoon vijftig gulden gegeven, met een gezicht alsof het hem allemaal niks kon schelen.

In het oude deel van het dorp was het druk. Overal mensen op weg naar hun kerk. Enkelen kwamen met de auto, stapvoets want op zondag waren de straten hier van de voetganger. Er werd gegroet en begroet, zij het vooral naar leden van gelijke gemeente – ten opzichte van andersgezinden werden blikken discreet ontweken; naar de al te gehaaste fietser en de te frivool gekleden werd wel weer gekeken maar met afkeuring. Misschien bezat van alle dorpen in het land Brevendal de grootste schakering aan geloofsgenootschappen. Naast alle denkbare smaken hervormd en gereformeerd was er een Molukse kerk, er waren doopsgezinden, er was een pinkstergemeente en sinds twee jaar een Koninkrijkszaal van Jehova's Getuigen. Alleen de remonstranten, een socialistisch stadsgeloof volgens mijnheer Westeneng, ontbraken. Ze liepen nu langs de Oude Kerk, het hart van het dorp; hier zetelde de Gereformeerde Bond, de Nederlands hervormden. De mooiste van alle kerken was de miniatuurkleine en schuchter tussen twee warenhuizen in de Johannes van Hackfortstraat ingeklemde rooms-katholieke, die Louise een keer van binnen had gezien door – het voelde als daad van verzet – met klasgenoten de mis op kerstavond te bezoeken. De meeste aandacht trokken de onbeminde papen met carnaval, als op een druilerige dag in februari of maart drie praalwagens even dapper als armetierig langs een enkele verbaasde dorpeling rolden.

Ook nu drong weer tot haar door hoe alles hier hetzelfde leek te blijven – de schuwe en achterdochtige meisjes met hun vale gelaatskleur en dikke vlechten en tuttige brillen; de mannen met hun norse boerse uitdrukking en bloempotkapsels, hun net te korte lange broeken, alles overwegend zwart en donkergrijs, alsof gisteren het staatshoofd was overleden. Brevendal lag midden in Nederland als een onslijtbare zwerfsteen die door zich terugtrekkende eeuwen aan de moderne tijd was nagelaten. Amsterdam en het God- en normloze westen waren al lang niet meer een paar dagreizen ver maar toch was een aanzienlijk deel van de Brevendallers er nooit geweest. En wat ging er in die mensen om? Hoe groot was het deel van hun brein dat in beslag genomen werd door kindoffers, stenigingen, uit te roeien volkeren, allemaal in naam van een naijverige god? Natuurlijk zou haar moeder de mensen hier nog beter dan zijzelf kunnen determineren naar kerksoort. Het zat in het wel of niet of maar een klein beetje opgemaakt zijn van de vrouwen, in de snit van de pakken van de mannenbroeders, in de manier van lopen, hoe iemand keek en uiteindelijk ook in de vorm en stand van de neuzen, de ogen, de oren, de frons. Ja – en ze dacht aan het etentje met haar minnaar – ze wist zelf vaak zodra ze een gezicht zag welke dosis bevindelijkheid erachter school. Ze had een vaste anekdote voor medestudenten die zich niet konden voorstellen wat dat was, een echt, levend geloof: hoe ze, op een verjaardag van een oom van moeders kant, opeens vlak naast zich naar aanleiding van een zakelijk probleem had horen opmerken: ‘Maar wat zou *Simson* doen in zo’n situatie?’ En niemand van de familie die daar zelfs maar bij glimlachte. Tegelijkertijd was ze zich tijdens haar studie gaan afvragen waarom precies diezelfde christenen zo vaak baden of God hen wilde sterken in hun geloof. Gaandeweg was ze dat een van de raarste gebeden gaan vinden. Want als je daarom bad, om kracht in je geloof, dan geloofde je toch eigenlijk al niet meer, dan wist je toch ergens diep in jezelf dat het flauwekul was? Alles waarin zijzelf geloofde kon ter discussie worden gesteld – graag zelfs. En als iemand haar in een laakbare overtuiging corrigeerde – prima.

Zou Pythagoras zijn Zeus of een van de andere Griekse goden hebben gebeden zelf rotsvast te blijven geloven in zijn a-kwadraat plus b-kwadraat? Ze kon zich dat van haar moeder niet voorstellen – dat die ooit smeekte *gesterkt* te worden.

Boven de daken hing de heldere hemel vol met bellen van geluid, waartussen ze nu ook (wat haar opnieuw, als een schokje, een geluksgevoel gaf) de klokslagen van hun eigen kerk ontwaarde. Toen ze de laatste hoek omsloegen zag ze voor de ingang, bij de wijd openstaande deuren, in zijn toga de nieuwe dominee, die gul iedereen die langs hem kwam de hand schudde.

'Wat heeft de Heer ons in Zijn oneindige goedheid een prachtige dag geschonken!' declameerde hij toen hij Louises moeder ontwaarde. Hij stapte naar voren, zijn hand schoot vooruit, Louise zag hoe de andere aansloot en even op haar moeders pols bleef liggen. Zo intens blij en innemend als hij erbij keek; je zou denken dat hij nooit in zijn leven zo'n plezier had gehad. Hij had te diep liggende ogen, net als zijn zoon. Haar moeder leek zich vooralsnog niet te storen aan zijn onorthodoxe manier van doen. Ze scheen zich ook allerminst te generen voor de voorkeursbehandeling en vroeg naar het onderwerp van de preek. Amos, hoorde Louise en in haar hoofd kwam het rijtje aan de rol – Amos-Obadja-Jona-Micha-Nahum-Habakuk-Zefanja... Ze nam de man van terzijde op. Hij zag er goedverzorgd uit, volmaakt gladgeschoren met kortgeknipt, nog nauwelijks grijzend haar; hij had schone, heel witte handen en brede, licht bollende vingernagels, zo gepolijst dat ze gelakt leken. Op het fluweel van zijn toga waagde zich geen stofje, zijn zwarte schoenen spiegelden haar tegemoet. Hij bleef zo bij hen staan, al zijn pauwenveren gespreid. De aandoening zelfspot zou hem weleens geheel vreemd kunnen zijn. Terwijl ze naar een minuscuul bloedkorstje op zijn zwoegende adamsappel keek, herinnerde ze zich wat Oscar over hem had verteld – hier stond ze dus, met een licht houten kop, naast iemand die anno nu nog tegen alcoholgebruik ten strijde trok. Maar lieve hemel, daar had je de farizeeër ook, op zijn oudemannenbeentjes die te dun leken om dat topzware lichaam te kunnen torsen. Ze maakte met haar vingers al het kruisje om Oscar te seinen maar het hoofd met weckpotglazen dat uilachtig alle kanten opdraaide vond, goddank, eerst mevrouw Van Laar van de veevoederfabriek.

'En wat een mooie opkomst,' zei de dominee. Hij keek Louise opeens aan, of hij een reactie van haar verwachtte. Zijn lippen weken vaneen en plooiden zich tot een innemende glimlach.

'Ja,' zei ze toen hij haar bleef aankijken, 'zul je altijd zien – hoe meer gelovigen, hoe voller de kerk.'

'Mijn oudste,' zei haar moeder. 'Ze kan toch niet helemaal zonder vitamine G. Ik ben verrast maar met Louise weet men nooit. Ze was al zo anders als kind. Op de allereerste schooldag –'

Alsof ze er niet was. Maar alle moeders deden dat: tegen vreemden of bijna-vreemden anekdotes over hun kinderen vertellen waar ze zelf bij stonden. Deze moest ze jaarlijks wel een keer aanhoren: hoe ze na de eerste ochtend op de lagere school niet naar huis wilde – ze had begrepen dat ze zou leren lezen en dat kon ze bij het rinkelen van de bel nog steeds niet en ze liet zich niet zomaar afschepen. 'Stelt u zich voor –' zei haar moeder, 'terwijl veel kinderen op de eerste dag hun moeder niet eens willen loslaten.'

Daar was Maarten. Hij kwam er zonder iets te zeggen bij staan.

'Mijn zoon Maarten,' zei de dominee. Er werd gegroet. De dominee vroeg Oscar iets over het godsdienstonderwijs op zijn school en raakte met hem en haar moeder in gesprek. Maarten zei tegen Louise: 'Ik vond het leuk pas. Een bijzondere avond.' Waarbij hij weer even dat verlegene kreeg.

‘Wat was bijzonder? Het gezelschap of de plek van mijn familie?’

‘Allebei,’ zei hij. Hij lachte: ‘Waarom heb je het steeds over je familie – jij woont er toch ook, je bent er toch opgegroeid?’

Ze knikte. ‘Ja. Natuurlijk.’ Toen hij afwachtend zweeg, voegde ze toe: ‘We hebben binnenkort een soort open dag. Als je echt belangstelling hebt – er is een rondleiding.’

Het klokgelui veranderde in een enkele noot die werd herhaald.

‘We mogen,’ zei de dominee zalvend. Hij strekte zijn arm als wilde hij hun hele gezin bij de elleboog pakken. Maarten verontschuldigde zich, een beetje vreemd onhandig, vond Louise – hij mompelde iets over ‘assisteren bij de kleuteropvang’, trok weer zo’n glimlach met zijn bovenlip en liep een andere kant op. Tegelijkertijd voelde ze zich half opgelucht dat haar moeder, want je wist maar nooit, niet had gezinspeeld op haar huwbare leeftijd of zo. Ze gingen het hoge, lichte portaal binnen waar ze zich gewoonlijk van jassen en paraplu’s ontdeden en waar haar moeder doorgaans nog even met iemand bleef keuvelen, vaak over de taak die ze al jaren met overgave verrichtte: eens per week alleenstaande ouderen van de gemeente afgaan en de boodschappen doen voor wie slecht ter been was. Nu liepen ze meteen door en toen, terwijl ze het schip van de kerk instapten waar de rijen lichtbruin gelakte banken al grotendeels bezet waren, werd ze acht jaar oud en liet ze zich meesleuren in de stroom van veilige warmte en vertrouwdheid van de gemeenschap. De organist strooide een koraal van Bach over de hoofden uit, de julimorgen schonk de gebrandschilderde ramen in de oostelijke muur een jubelende metamorfose. Het rook zoals het alleen in een kerk kon ruiken: een laag veranderlijke geuren van haarlak, schoenpoets en pepermunt boven op de permanent aanwezige van kaarsvet, hout, verpulverde mortel, koele steen. Haar moeder bewoog zich met zwaanachtige statigheid voor haar uit over het middenpad en ze voelde weer de trots die ze hierbij als kind had gevoeld. Ze had schone kleren aan voor de Here God. Ze had zich grondiger gewassen dan op andere dagen van de week. Ze klemde haar liedboek tegen zich aan. Ze had een lichtje in haar hart en dat was Jezus. En nu, nadat ze in een bank bijna vooraan waren gaan zitten, Oscar en zij aan weerszijden van hun moeder, dacht ze aan hoe eindeloos veel tijd ze hier had doorgebracht en hoe vaak ze al deze dingen had gezien, geroken, gehoord – dingen die, hoewel ze in de echte wereld waarin ze nu leefde niets meer betekenden, zich voorgoed bleven ophouden in een zijbeuk van haar geheugen.

Geborgen, dacht ze terwijl ze haar liedboek in de uitgespaarde ruimte van de rugleuning van de bank voor zich legde en naar de goudkleurige letters op de rug bleef staren. De keer dat er een verschrikkelijk noodweer losbarstte – het werd midden op de dag schemerdonker met opeens overal lichtflitsen en ze wist toen zeker dat het zo was geweest aan boord van de Ark, ze had haar ogen gesloten en voor zich gezien hoe buiten de kerk alle zondaren meedogenloos vergingen en de golven kwamen al tot aan de ramen met hun Bijbelse voorstellingen, de wrake Gods joeg over de wateren maar hier binnen was het veilig, iedereen zou behouden worden. En nu net als toen, alsof het afgesproken werk was: de samenzang – ze keek op en voelde haar borst gloeien toen om haar heen de hele kerk als uit één mond het 'U zij de glorie' aanhief.

Ze keek om zich heen, zong niet mee. Er was weinig veranderd. Nauwelijks hoedjes inderdaad. Veel permanent. De mannen kalend en bebrild. Jongeren zagen er overwegend braaf en niet al te snugger uit. Ook de inrichting was exact zoals die haar jeugd lang was geweest: midden voor, op een lichte verhoging, de meterslange avondmaalstafel met het witte damasten kleed eroverheen; links naast de preekstoel op reikhoogte het bord met de liturgie: houten letters (Ps en Gez) en cijfers op richels – wat haar ook nu weer deed denken aan een scrabbleplankje. Alles modern, praktisch ingericht, van een mentale steriliteit die nog werd benadrukt door de ramen waarop zich een kunstenaar met een sober-futuristische visie op de Bijbeldrama's had uitgeleefd. Het enige dat hier passie had was het woord, vooral als het werd gezongen – hoewel ze zich nu ook herinnerde dat de betekenis haar doorgaans ontging; het was de melodie waardoor je werd meegesleept en de tekst dreef daar min of meer op mee. En misschien gold die ervaring voor de meeste mensen.

Niet voor haar moeder, natuurlijk. Ze keek uit haar ooghoeken opzij. Haar moeder zong met een intensiteit of ze de woorden voor het eerst in haar liedboek zag staan en hun betekenis, hun prachtvolle openbaring, stuk voor stuk ten volle liet doordringen. Alles kwam er gedragen uit, of ze zich de Boodschap echt ter plekke eigen maakte. En dat niet alleen: haar stem was duidelijk te onderscheiden van andere doordat ze zuiverder was, een gouden draad in een onhandig geweven kleed. Mama's toonvastheid werd door alle dominees en ouderlingen geroemd.

Bij het laatste galmende *nu en immermeer* was de betovering goeddeels van haar afgegleden. Haar gedachten bleven bij haar moeder – die elke discussie tegemoettrad met zo'n halve glimlach op haar gezicht, alsof ze iemand voor zich meende te hebben die haar iets nutteloos probeerde aan te smeren. Nog altijd was het niet gelukt haar studie ter sprake te brengen. Misschien moest ze gewoon zonder iets te zeggen weer vertrekken naar haar kamer in haar studiestad en daar alles oplossen. Wat moest ze hier, de rest van de zomer?

De dominee begon aan zijn preek. Het viel haar op dat hij de woorden Jezus en God steeds met vibrato uitsprak, als wilde hij zo benadrukken dat het hem menens was met de verkondiging. Hij ging zich te buiten aan gebaren – zijn bleke handen fladderden om hem heen als duiven rond een goochelaar. Maar uiteindelijk, dacht ze nadat ze een tijdje naar hem had zitten kijken zonder dat een woord van wat hij zei tot haar doordrong, leek hij toch minder kwezelig dan de vorige. En er was nog iets dat anders was dan vroeger. In de jaren dat de betovering taande, vooral de laatste jaren van de lagere school, vond ze zo'n dienst eindeloos lang duren; het was een marteling je koest te houden – alles begon pijn te doen, vooral je rug en billen, en het werd een steeds grotere opgave niet te gaan wiebelen of om de minuut van houding te veranderen. Maar nu leek alles soepel voorbij te gaan. Lied, stukje tekst, weer een lied; het ging allemaal redelijk vlug, de preek was waarschijnlijk alweer halverwege. En wellicht was dat een van de wezenlijkste verschillen tussen de tijd dat je kind was en nu: dat toen niet alleen zo'n kerkdienst maar ook elke dag onafzienbaar scheen, en gevuld met belevenissen die zich nog niet in hoofdzaken en bijzaken lieten onderscheiden en geen einde leken te kennen. Misschien was het echte einde van je kindertijd wel de eerste keer dat je overvallen werd door de indruk dat de dagen zich aaneen hadden geregen.

De dominee sloeg zijn bijbel open en las: 'Zie, de dagen komen, luidt het woord des HEREN, dat de ploeger zich aansluit bij de maaier en de druiventreder bij hem die het zaad strooit; dan zullen de bergen druipen van jonge wijn en al de heuvelen daarvan overvloeien.'

Ze dacht aan vanochtend, aan de schuur met de roestige landbouwwerktuigen. Ze dacht aan de jongere versie van zichzelf. Wat herinnerde ze zich van hoe die het had ondergaan – dat je als kind de Bijbelse taal niet helemaal begrijpt maar je er wel door laat aanraken en dat je denkt dat het je later allemaal duidelijk zal worden, je vertrouwt daarop omdat je ook geen twijfel bij je ouders ziet. Later, denk je, zullen de ondoorgrondelijkheden begrijpelijk worden, zoals bij een ingewikkeld spel waarvan je de regels niet meteen kunt overzien: we moeten het blijkbaar eerst proberen, gewoon beginnen en dan zien we wel. En dus ga je erin mee.

Ja, zo was het gegaan. Maar je kon nog zo veel terughalen – en ze doorzag opeens dat dit het was, dat dit het wezenlijke was waardoor die herinneringen haar vanochtend ontoereikend en armzalig hadden toegeschenen: er zou altijd iets aan ontbreken en dat was de verwachting, de eindeloze mogelijkheden naar de toekomst die elk moment in zich had meegedragen. Herinnering had geen hoop, geen fantasie, geen spanning. Zelfs al lukte het je alles weer voor de geest te krijgen, elke beweging, kleur en geluid en elke geur van een bepaalde situatie, dat ene, de verwachting, was er voorgoed uit verdwenen – dat zou je, behalve misschien soms in een droom, nooit meer terugkrijgen.

2

Er was geen plek over, het tafelkleed stond tot het laatste ruitje vol. Hij telde vier schaaltjes sambal, elk een andere donkerrode kleur. Twee soorten pindasaus. Een pan met deksel waar, had hij zojuist gezien, witte rijst in stoomde. Een emaillen kom met lange bonen waar iets doorheen was gemengd dat ook al op sambal leek. Gebakken banaan, geroosterde ui, taugé, ananas, kokos. Rafelige brokken kip in een napruttelende saus. Gefrituurde visjes, zilvergeschubd en de ogen er nog in. Rundvlees, zo lang gestoofd dat het uit elkaar viel. Zich in kaneelachtig poeder wentelende gehaktballetjes. Kroepoek die er anders uitzag dan de kroepoek die je in de supermarkt kocht. Maar hij mocht dan in staat zijn het meeste dat hij zag te benoemen, de geuren die de gerechten verspreidden onttrokken zich aan de herinnering die hij aan alle voorgaande maaltijden van zijn leven bezat. Hij keek naar zijn hand die op tafel lag, met even de sensatie dat ook die een stuk bestek was, en realiseerde zich dat zijn hand er natuurlijk anders uitzag dan die van de anderen – en zouden zij dat ook zien, zouden ze zien dat hij dat zag? Maar ook buiten dat voelde hij zich misplaatst op deze plek – slungelig lang, vooral. Hij verschikte mes en vork, zoals hij voor een partijtje schaak de stukken altijd bezwerend aanraakte. Daarna bracht hij zijn vingers naar het bord en draaide het een kwartslag. Dat diepe bord was, bedacht hij nu, het enige op tafel dat echt Hollands aandeed. Er stonden er nog vier, elk eiwitkleurig met gentiaanblauwe bloemmotieven langs de rand. Hij bleef zo'n beetje naar die versiering staren, durfde niet goed op te kijken want hij wist alle aandacht op zich gericht. Onder andere die van Jonkie, die links van hem zat en vandaag een curieuze transformatie had ondergaan: er kwam geen vuiligheid of vloek over zijn lippen, hij deelde geen klappen op de schouder uit, bewoog zich geruisloos, zat recht in zijn stoel. Hij was inmiddels verlost van zijn mitella en leek nauwelijks nog pijn te hebben of te worden belemmerd in zijn bewegingen. Bij binnenkomst was het Oscar opgevallen dat Jonkie zijn schoenveters, die op school om de een of andere reden steeds loshingen, keurig had gestrikt. En hij was niet één keer Boktor genoemd. Het had er alle schijn van dat zijn gastheer hun kakelverse vriendschap niet alleen als voldongen feit zag maar die zelfs wilde etaleren. Hij had zojuist naar Oscar opzijgekeken en hem een soort geruststellende knipoog toegevoegd. *Jij bent pela*, herinnerde Oscar zich nu. Thuis had hij het woord onmiddellijk in de encyclopedie opgezocht maar het stond er niet in. Was het een zelfbedacht woord? Of had hij het verkeerd verstaan? Misschien was het iets wat op 'pela' leek. Maar waarschijnlijk was het toch allemaal ironisch bedoeld.

Aan het hoofd van de tafel was, nadat ze haar schort had afgedaan en weggehangen, de moeder gaan zitten. Een tengere kleine vrouw, kleiner dan haar kinderen. Ze had een lichtere huid dan de anderen – misschien kwam ze van een ander eiland, in een ander deel van Indonesië. Dat was een haast onvoorstelbaar groot land, was tot hem doorgedrongen nadat hij er in de atlas eens goed naar had gekeken – dus wellicht verschilden de mensen uit verschillende provincies qua uiterlijk net zo veel van elkaar als IJslanders en Grieken. Ze had haar koolzwarte haar strak opgestoken in een grote bolvormige knot. Ze droeg een witte kanten blouse met kleine metalen knoopjes aan de voorkant, een kledingstuk waarvan Oscar dankzij zijn naspeuringen inmiddels wist dat het een kabaja werd genoemd; ook wist hij dat de rok die ze eronder droeg en waarop zich in oker en zwart een jungle met vogelfiguren en palmbladeren liet onderscheiden een sarong heette. Ze had hem toegeknikt bij het kennismaken maar nog niets tegen hem gezegd, en hij vroeg zich af of ze überhaupt Nederlands sprak. Er ging een waardige rust van haar uit; ze had de regie en liep voortdurend, maar zonder haast, op de kleinste voeten die hij ooit bij een volwassene had gezien, heen en weer tussen tafel en keuken, daarbij geholpen door Dona, die nu schuin tegenover hem zat en hem al een keer of drie lang had aangekeken – niet met ergernis zoals hij de afgelopen dagen had gevreesd maar eerder nieuwsgierig. In de eerste minuten had hij verbaasd geconstateerd dat het weerzien hem een beetje teleurstelde. Want gedurende de laatste weken was ze in zijn voorstelling uitgegroeid tot een nobel, onbereikbaar hoogstaand wezen, iemand die in alle denkbare opzichten superieur was – en nu kwam ze haast gewoontjes op hem over. Hij vond haar knap, maar ook weer niet zó betoverend, en ze was ook niet zó veel ouder en volwassen als ze zich in zijn herinnering had gedragen. Het had hem doen terugdenken aan een eerdere ontgoocheling, al op zijn dertiende, met een klasgenote op wie hij een eenzame kerstvakantie lang steeds verliefder was geraakt maar bij wie ook het verheven beeld dat hij in afwezigheid had uitgebeiteld zo verschilde van de aardse werkelijkheid die hij na oudjaar op het schoolplein aantrof, dat hij uit frustratie en schaamte een paar weken lang haar en alle andere meisjes uit de weg was gegaan. Nu echter merkte hij dat de bekoring terugkeerde en dat hij net als bij de vorige ontmoetingen van alles aan haar begon te zien dat bijzonder was. Vooral sprong het ene na het andere detail aan haar gezicht naar voren. Haar scherpe en krachtige ogen als van een vogel. Haar volmaakt gevormde neus waarin een nauwelijks waarneembaar eigenwijs wipje zat. De volmaakt gave en haast lichtgevende huid bij haar jukbeenderen. En die zowel ernstige als hoogmoedige uitdrukking die in haar gelaatstrekken verankerd leek. Ze droeg geen Indische kleren zoals haar moeder maar gewoon een vale spijkerbroek en een wijde blouse die de glooiing van haar hals bloot liet. Om haar linkerpols droeg ze twee armbanden die zacht tegen elkaar tikten elke keer dat ze haar arm bewoog. Haar haar hing los, hij had toen ze zich even omdraaide gezien dat het breeduit over haar rug waaierde.

Naast Dona, recht tegenover hem, zat mijnheer Matupessy, die hem vanaf het moment dat hij de kamer was binnengekomen had bejegend met een spottende hoffelijkheid die hem in toenemende mate zenuwachtig maakte.

'Een moment stilte?' zei mijnheer Matupessy nu, met een zweem van ironie in zijn mondhoeken. Bij binnenkomst had Oscar zich door dat vreemde lachje afgevraagd of zijn gulp misschien openstond – maar dat had hij inmiddels vluchtig gecontroleerd. Iedereen vouwde de handen en sloot de ogen. Ook Oscar schoof zijn vingers in elkaar maar bleef naar de man kijken. De paar woorden die Matupessy tot dusver had uitgesproken deden nog sterker dan bij andere Molukkers die hij had horen spreken denken aan de formele deftigheid van de nieuwslezer bij oude journaalbeelden – bevrijding, watersnoodramp. Hij had een dunne, geknepen stem die elke klinker helder en elke lettergreep gearticuleerd voortbracht, met de afgemetenheid van een bevel. Ook hij had zo'n nadrukkelijk rollende r. Hij leek een stuk ouder dan zijn vrouw en was maar nauwelijks groter. Hij had rechte schouders en een brede nek met duidelijk afgetekende pezen. Zijn haar was met veel brillantine in model gewalst, met evenwijdige golfjes die van links naar rechts over zijn schedel vloeiden. Hij droeg geen militaire kleding, zoals Oscar had verwacht, maar een in puntplooi gesteven broek en een wijnrode spencer met een kraakwit overhemd eronder. Boven de kraag leek zijn tanige, gladgeschoren gezicht uit keihard materiaal gesneden. 'Matupessy' had hij daarstraks gezegd toen hij Oscar een hand gaf. Alleen 'Matupessy', verder niks. En daarbij had hij al meteen zo gekeken, met inquisitoire blik en die asymmetrische plooi in zijn voorhoofd. Bij de handdruk had Oscar hem ook geroken; heel fris, citroenachtig, wat hem een kortstondig visioen gaf dat de man zich 's ochtends van top tot teen met een staalborstel schrobde en daarna met ijswater afspoelde. Hij had geknikt, met de aanvechting iets te antwoorden als 'het is me een grote eer' – maar dat kon je moeilijk doen. Of toch wel, dacht hij nu, zou dat niet juist soldatentaal zijn? Hoe dan ook realiseerde hij zich dat de ontvangst een beetje in tegenspraak was met de aanleiding voor zijn bezoek: hij had Jonkie een dienst bewezen en daaruit was de uitnodiging voortgekomen – maar het leed geen twijfel dat hij juist degene was die zich vandaag bevoorrecht mocht voelen. Of had hij zonder het te weten iets doms of tactloos gedaan of gezegd en zich daarmee deze spot op de hals gehaald? In elk geval had hij de kist in het halletje niet aangeraakt, dat wist hij zeker.

Hij trok voorzichtig aan de kraag van het jasje dat hij speciaal voor deze gelegenheid had aangetrokken. Het knelde rond zijn schouders en de mouwen waren bij de polsen te kort. Niet eerder was hij alleen bij mensen te eten uitgenodigd, en op het laatste moment had hij zijn moeder gevraagd wat gepast zou zijn en zij was met dit kledingstuk van zijn vader aangekomen.

'Amen,' zei Matupessy. Ogen gingen open, handen kwamen in beweging. De moeder gebaarde vriendelijk dat hij zijn bord kon aangeven en schepte vlug en met vloeiende bewegingen uit de verschillende schalen en kommen op. Matupessy schonk zichzelf een glas bier in, de anderen dronken water. Toen Jonkie zijn vader om de ketjap vroeg, reikte die de fles met gestrekte arm aan maar hield opeens in, net zo dat zijn zoon er niet bij kon.

'Seram, nama toea?'

'Noesa ina, vader,' antwoordde Jonkie opgewekt, als was hij het welopgevoedste jongetje ter wereld. Hij kreeg de ketjap. Oscar vroeg zich af wat er gebeurde – misschien iets wat hij niet mocht horen, zoals zijn ouders vroeger wel Frans met elkaar spraken wanneer een onderwerp niet voor zijn oren bestemd was. Hij pakte het volle bord dat hem werd aangereikt. Hij nam kleine hapjes van alles, proefde aandachtig, vond alles even goddelijk. Hij prikte een beetje met zijn vork in het bolletje midden op zijn bord – rijst die niet droog was zoals de variant die hij thuis soms kreeg, maar kleverig. Op hetzelfde moment drong zich de voorstelling aan hem op dat nu in een ander huis in Brevendal een leeftijdgenoot, iemand die niet bij de wiskundeles door het lot was aangewezen, ongeveer zo in een klomp doodgekookte bloemkool porde dat op zijn bord was gelepeld.

'Jullie zijn kerkelijk thuis?'

Oscar hield de vork die hij naar zijn mond bracht stil. Matupessy, hand aan zijn glas dat op tafel stond, keek hem aan, één oog toegeknepen. Ook de anderen waren gestopt met eten en keken naar hem, alsof er aanzienlijk belang lag in wat hij nu ging antwoorden.

Hij knikte. 'Gereformeerd,' zei hij. 'Gewoon gereformeerd.'

'Aha!' Matupessy klakte met zijn tong. 'De gereformeerden. Ruggengraat van de natie!' De man bleef hem aankijken, Oscar knikte maar. Toen er niet meteen iets volgde, sloeg hij zijn ogen neer en stak een stukje gebakken banaan in zijn mond. Er zat honing op, proefde hij. En die zaadjes, dat was sesam. Matupessy liet zijn glas los en leunde naar achteren, de stoel waarop hij zat kraakte benauwd.

'Mag ik weten of jij vanochtend naar de kerk bent geweest?'

Dit werd een wel heel vreemde ondervraging. 'Ja. Met mijn moeder en mijn zus.'

'Vertel mij eens,' zei Matupessy terwijl hij zijn armen over elkaar deed, waardoor de punten van de kraag van zijn overhemd vooruit kwamen te staan, 'werd daar gebeden voor Israel? Voor de Joodse staat, daar collecteren ze bij jullie toch ook voor?'

De moeder zei iets, maar zo zacht dat het niet te verstaan was. Matupessy schonk haar geen aandacht en bleef Oscar aankijken.

'Ja jongen,' zei hij. 'Ik kom overal. Dat doen de meesten van ons niet maar ik wel. Ik ben in alle kerken hier geweest en het is mij opgevallen dat er zo vaak wordt gebeden voor Israël. Toch?'

'Ehm, ja,' zei Oscar. 'Denk het wel. Ja – dat is zo.' Hij probeerde een glimlach.

'Maar wat ik mij afvraag,' vervolgde Matupessy terwijl zijn ogen zich vernauwden, 'bidt jullie dominee weleens voor de Ambonezen? Bidden jullie dat wij weer terug mogen naar ons land en dat we daar in vrede kunnen leven?'

'Nee... Ik geloof van niet.'

Matupessy veerde vooruit, handen plat op tafel. 'Maar is dat niet vreemd? Jij moet het zeggen als het onzin is wat ik zeg ja? Wij wonen hier, niet ver weg in het Midden-Oosten zoals de Joden van Israël, maar midden tussen jullie in, midden tussen de Nederlanders, en wij willen óók terug naar het land waar wij vandaan komen. Als jouw kerk zo betrokken is bij mensen die zijn teruggekeerd naar het land waaruit zij waren verdreven, zelfs al was dat tweeduizend jaar geleden, dan mag ik toch verwachten dat zij vooraan staat om ons, jullie trouwste bondgenoten, te helpen. In dit dorp woont niet één Jood maar wij wonen hier met honderden, hier gewoon om de hoek ja, waar jullie ons iedere dag kunnen zien. Wij drinken water uit dezelfde waterleiding, wij ademen dezelfde lucht – en wij knijpen net zo hard als jullie onze neuzen dicht wanneer de boeren weer eens hebben gegierd en de wind komt uit de verkeerde hoek. Toch? Er wordt toch zeker in jullie kerk ook gepredikt over de naastenliefde?'

Oscar knikte. Hij dacht aan zijn zus. Die zou zich hier op haar plek voelen, vermoedelijk.

'Ja,' zei Matupessy. 'Dat lijkt mij ook.' Hij snoof verontwaardigd, keek naar zijn bord, nam een paar happen en legde zijn mes met een harde tik weer neer. 'Ge*woon* gereformeerd. Dat is de A van CDA als ik het goed heb – de aa-er-pee. Antirevolutionair, leve de konigin! Maar dan weet jij zeker wel wie dat is?' Hij keek langs Oscar heen, zijn felle blik op het portret dat Oscar bij zijn eerste bezoek al had zien hangen.

'Koningin Wilhelmina?' zei Oscar, zich ervan bewust dat hij 'koningin' uitsprak met 'ng' waar Matupessy zojuist duidelijk een 'g' had gebruikt.

'Zeer goed jongen,' zei Matupessy, 'konigin Wilhelmina. Dat portret hing vroeger bij de ouders van mijn vrouw. In Indië. Mijn schoonvader zat bij het KNIL. Net als ik later. En toen werd het oorlog. En toen kwam de Jap bij hem thuis, en die zei dat hij dat portret van de muur moest trekken. Mijn schoonvader weigerde. Nooit zou hij zijn konigin verraden. De Jap zette een pistool tegen zijn hoofd en zei nogmaals dat hij dat portret van de muur moest halen. Mijn schoonvader weigerde. En de Jap schoot. En nu hangt zij hier, in een klein huis in Nederland, waar ik haar elke dag zie. Maar als hier morgen een Jap binnenkomt met een pistool die mij zegt dat portret weg te halen, wat moet ik dan doen?'

Oscar keek hem aan. Hij voelde zich rood worden en realiseerde zich dat zijn mond openstond.

Matupessy lachte. 'Excuseer jij mij,' zei hij. 'Maar begrijp toch – jij bent de eerste. Er is in alle jaren dat ik in dit land woon niet één Hollander over de drempel van mijn huis gestapt. En niet omdat ik dat niet wil, helemaal niet. De Hollander is van harte welkom, wanneer hij maar wil! Maar ik loop al meer dan tien jaar rond in dit dorp en er is nooit één keer door een Hollander aan mij gevraagd hoe het met mij gaat, of hoe het mij hier bevalt. Of vind jij het vervelend dat ik zo praat?'

Oscar schudde zijn hoofd. 'Nee mijnheer,' zei hij en keek Matupessy aan. 'Nee, helemaal niet.' En op het moment dat hij dat zei besefte hij dat het inderdaad zo was: want hoewel hij zich vreselijk onhandig voelde onder de vragenvloed van zijn gastheer, drong tegelijkertijd iets anders tot hem door, iets dat hij ook had ervaren toen hij hier de eerste keer kwam met het huiswerk, toen alleen Dona thuis was: dat hij nooit zo iemand had ontmoet. Dona, haar vader, moeder en misschien zelfs Jonkie bezaten iets wat andere mensen in het dorp misten. En het was of dat, wat het ook was, hem had aangestoken, want hij voelde zich wezenlijk anders dan een paar uur eerder – alsof hij vrijer en scherper ademhaalde, hoorde, proefde.

'Kijk eens,' lachte Matupessy om zich heen terwijl hij zijn hand weer aan zijn bierglas sloeg. 'Een Hollander die luistert. Een wonder!'

De anderen lachten mee, en Oscar moest zelf ook lachen. En ook dit verschilde van wat hij gewend was: als hij bij klasgenoten thuis kwam en een van de ouders vroeg hem iets of begon over zichzelf te vertellen, dan keken de kinderen, tenminste die van zijn eigen leeftijd of ouder, vaak algauw verveeld en rolden met hun ogen, en konden nauwelijks wachten tot ze weer onder elkaar waren zonder die vervelende oude mensen erbij. Maar Dona en Jonkie leken zich geen moment te generen voor hun vader. Matupessy pakte zijn mes en vork weer op. Hij zei iets in het Maleis tegen zijn vrouw – complimenteerde haar met het eten, zo scheen het. Nu de aandacht afdreef, viel het Oscar op dat Jonkie en Dona keurig met mes en vork aten, een kunst die, zo had hij gezien bij de meerdaagse schoolreis, het grootste deel van zijn klasgenoten niet beheerste. Hij realiseerde zich dat Matupessy steeds over Indië sprak en vroeg zich af of het woord Indonesië taboe was. Hij geloofde zonder meer dat het waar was wat Matupessy beweerde – dat nooit iemand had gevraagd hoe het met hem ging. Voor de meeste Brevendallers, had Louise eens gezegd, was een andere kerkelijke gezindte al reden de hand op de portemonnee te leggen en de dochters binnen te houden. Ze hadden een soort instinct voor hun eigen leven, om hun eigen leven te leiden – ze verbonden zich nooit met iets wat buiten henzelf lag. Wat van over de gemeentegrens kwam was verdacht of onzinnig, op vrijwel alles wat nieuw en origineel was werd schamper gereageerd. Op de lagere school, toen hij zijn elfde verjaardag vierde, was er onder de jongens uit zijn klas die hij thuis had uitgenodigd een zoon van een varkenshouder die niet wist wat macaroni was en dat ook absoluut niet wilde eten toen hij het voorgezet kreeg.

'Ik moet jou trouwens wel eerlijk zeggen,' zei Matupessy op dat moment, 'dat er in het dorp één persoon is die mij altijd vriendelijk en beleefd groet als wij elkaar tegenkomen. Altijd.'

'O – ja?' zei Oscar. Hij zag dat de anderen niet naar hun vader maar weer naar hem keken, met een ingehouden glimlach.

'Wie denk jij – jij kent hem wel.'

'Het spijt me,' zei Oscar, zo'n beetje zijn hoofd schuddend. 'Ik heb echt geen idee.'

'Jeetje. Altijd.'

'Ah, ja natuurlijk. Ja – ha...' Hij lachte halfslachtig met Matupessy mee, vroeg zich af of die het niet ook eerder pijnlijk vond dan grappig. Hij zag Jeetje voor zich – de dorpsgek, een bejaarde man die gewoonlijk op een bankje onder een van de linden bij de Oude Kerk zat en iedereen die langskwam groette. Hij had het hele jaar door een flonkerende druppel onder zijn neus. Als kind kreeg je een speciale behandeling: dan stond hij op, vroeg ongeacht het geslacht of je een 'lekker deerntje' was, waarop hij met een buiging zijn pet afnam, waar sigarenbandjes in bleken te liggen waaruit het 'deerntje' er een mocht kiezen. En op het moment dat je je hand in de pet stak, joeg hij je schrik aan door opeens met zijn gebit te klapperen.

Oscar keek om zich heen, herkende voorwerpen die hij bij zijn eerste bezoek had opgemerkt. De leunstoel bij het raam. De foto's van oudere familieleden, als in permanente vergadering samengeschoold. Misschien waakten hun geesten vanuit Indië; zouden hun nazaten er zo tegenaan kijken? Het schilderij met de tropische baai – wellicht was het Ambon. De televisie tussen de woekerende planten; het leek ondenkbaar dat daar dezelfde stompzinnigheid uit kon tetteren als uit alle andere toestellen in Nederland – de quizzen en *Pisa* en *Toppop*, de idiote tronies van Mien Dobbelsteen en Ron Brandsteder. De trots van zijn gastheer, die in hem over leek te vloeien en hem een lichte roes bezorgde, maakte dat hij zich wezenlijker voelde – een gevoel dat nog werd versterkt doordat Matupessy hem aanviel zoals een Brevendaller nooit zou doen. Die hield zich als het niet over geloofszaken ging op de vlakte en probeerde in elk gesprek de lieve vrede te bewaren. Deze mensen *zagen* hem, zagen hem echt, in tegenstelling ook tot bijvoorbeeld zijn eigen familieleden – als die hem zagen, vonden ze hem hooguit schattig en ze vroegen nooit naar zijn mening.

Hij keek tersluiks naar Dona. Eigenlijk kwam het goed uit dat Matupessy zich zo op hem richtte en hem uithoorde. Want anders had hij de hele tijd zijn best moeten doen niet te veel in haar richting te kijken, iets dat waarschijnlijk vroeg of laat even niet zou lukken – en stel dat hij dan betrapt werd en bloosde, en dat Jonkie of een van de ouders daar een opmerking over maakte! Dona leek in het geheel niet geërgerd door zijn komst. Misschien had ze gehoord hoe het was gegaan, en begrepen dat hij niet had kunnen weigeren. En, dacht hij nu, ze had hem bij zijn laatste bezoek weliswaar verzocht niet meer te komen, maar de keer daarvoor had ze hem toch duidelijk in vertrouwen genomen over van alles – zelfs over haar broer, die misschien wel drugs gebruikte.

Door deze bespiegelingen heen begon Matupessy een ander verhaal te vertellen – over de kist in het halletje bij de voordeur, die ingepakt klaarstond met precies de spullen die er meer dan dertig jaar geleden ook in zaten, op de heenreis van Surabaya naar Rotterdam. Want waarom zou hij ze uitpakken? Hij was hier op doortocht. Zodra de situatie in Indië rustig werd, zouden alle Molukkers teruggaan. De Nederlandse regering, zei hij, had hem verzekerd dat zijn verblijf hier tijdelijk was en dat hij zich *permanent gereed diende te houden* voor de terugkeer. Dat deed hij nog altijd, want wie was hij om te twijfelen aan die belofte? Hij bleef een militair, ook al hadden ze hem en alle anderen meteen bij aankomst uit Indië ontslagen; hij was bereid geweest te sterven voor Nederland, voor de driekleur. Bovendien wist de regering ook dat Nederlanders en Molukkers vrienden zijn, al eeuwen.

'De Hollander en de Molukker,' zei Matupessy terwijl hij een gespreide hand voor zich omhoog hield, 'dat is vinger en nagel. Zo was het in Indië. De een kan niet zonder de ander, de ander kan niet zonder de een. Tijdens de oorlog vertrouwde de Hollander de Javaanse KNIL-soldaat voor geen cent maar de Ambonees vertrouwde hij als was het zijn broer. En er is mij nooit gezegd dat het nu anders is. Dus die kist blijft daar staan tot ik hem weer oppak en meeneem omdat de Nederlandse regering haar belofte is nagekomen. Jij hebt misschien wel gezien dat er iets op staat, op mijn kist?'

'Uw naam,' zei Oscar. 'En... Kota Inten?'

Matupessy barstte uit in een schaterlach. 'Zoon,' riep hij uit, 'zijn al jouw klasgenoten zo oplettend?'

'Zeker niet, vader,' antwoordde Jonkie. 'Oscar haalt de hoogste cijfers.'

Nu dacht Oscar toch spot in Jonkies woorden te horen. Hij keek opzij, Jonkie keek terug met een gezicht waarop niets af te lezen viel. Oscar strekte zijn hand naar een schaaltje sambal maar Jonkie was hem voor en schoof een ander naar hem toe. Oscar aarzelde, lepelde vervolgens toch wat van de bruinrode substantie op zijn bord en probeerde die uit met een beetje rijst. Van het ene op het andere moment vulde zijn mondholte zich met een schroeiende hitte, hij moest zich inhouden om niet alles over de tafel uit te spuwen. Tranen sprongen in zijn ogen. Hij kreeg het ontzettend warm.

'Lekker?' hoorde hij naast zich.

'Hm-hm,' mompelde hij met een knik. Toen hij slikte was het of een stuk prikkeldraad door zijn slokdarm omlaag werd getrokken. Meteen daarna voelde hij dat zijn neus begon te lopen.

'Mijn vaders lievelingssambal. Mijn moeder maakt die iedere dag voor hem.'

Matupessy, die zijn beproeving met goedkeurende blik had gevolgd, zei nu plechtig: 'Inderdaad. De Kota Inten. Daarmee ben ik naar Nederland gekomen.'

Achteraf zou Oscar zich Matupessy's beschrijvingen met een wonderlijke scherpte en helderheid herinneren. Er was iets in zijn manier van vertellen dat hem de indruk gaf er zelf bij te zijn geweest. Hoewel hij de zee nooit anders had gezien dan vanaf het strand van Scheveningen of Zandvoort en stoomschepen alleen kende van zwart-witfoto's uit oude tijdschriften en kranten uit de verzameling van zijn vader, scheen hem nog lange tijd daarna toe dat hij de zoute golven rook, de scheepshoorn hoorde toeteren en de Kota Inten voelde rollen op de deining zodra hij zich een van de anekdoten van de overtocht uit Indië voor de geest bracht.

Hij was nog geen twintig jaar geweest, zei Matupessy. Een van de jongsten onder de militairen. Zijn vrouw had hij pas later hier in Nederland, in het kamp, leren kennen. Dankzij de kist herinnerde hij zich de reis zodra hij zijn huis in of uit stapte. En elke keer dacht hij dan aan iets dat hier anders was dan in Indië. Dat de maan hier nooit op zijn kant lag, bijvoorbeeld. En dat het 's nachts nooit echt pikdonker werd, ook niet in de winter, heel verschillend van de tropen waar je soms letterlijk geen hand voor ogen zag. En de eerste zomer hier de ervaring dat de dagen onwaarschijnlijk lang duurden, waardoor iedereen constant uitgeput was. De eerste herfst – dat de bladeren verkleurden en vielen tot de bomen kaal werden alsof ze dood waren. Van de reis zelf waren hem allerlei voorvallen bijgebleven. 's Nachts op de Indische Oceaan, toen hij gewoon buiten op het dek ging slapen en eerst nog op zijn rug lag te roken met zicht op een duizeligmakende sterrenhemel – en dat plots vanuit de mess de klanken van een piano kwamen langsdrijven. De Rode Zee met aan weerszijden woestijn en elke ochtend vliegende vissen op het dek. En later op de Middellandse Zee, ze hadden de voorgaande nacht het Suezkanaal achter zich gelaten, die plotselinge kou – hij had nooit zoiets meegemaakt, begreep niet goed waar het vandaan kwam en kon zich niet voorstellen dat mensen in zo'n ijzig klimaat konden overleven. Hij wist nog dat hij aan de reling stond en dat een jongetje tegen zijn moeder zei: 'Ik heb zo'n raar gevoel in mijn vingers, wat is dat?' Het kind had de handen bang voor zich uit gehouden – het wist niet wat kou was. Maar het werd nog veel erger. Toen ze begin februari in Rotterdam aankwamen, ze hadden de zon al dagenlang niet gezien, hagelde het. Hij zag nog voor zich hoe mensen zich bukten en die witte steentjes op het dek voorzichtig aanraakten en hun handen meteen terugtrokken zodra ze de kou voelden. En vooral de vrouwen hadden het vreselijk koud, want die droegen natuurlijk niet de lelijke trainingspakken die ze onderweg uitgereikt hadden gekregen, dat kon niet bij het hartelijke welkom dat hun te wachten stond; ze hadden hun mooiste sarong aangetrokken! Velen van hen hielden er een longontsteking aan over. Wat hem ook had verbijsterd bij aankomst in de haven van Rotterdam, was dat hij daar op de kade blanken zag die werkten – ha, dat was nooit vertoond: blanken in overalls die spullen optilden en rondsjouwden, blanken die zich vuilmaakten! Hij herinnerde zich nog dat hij en zijn maten er dekstoelen bij hadden gehaald om dat eens op hun gemak te bekijken. En er was nauwelijks sprake van een welkom; ze werden zo vlug mogelijk in bussen geladen en naar plekken ergens op het platteland gereden.

Nederland, zei hij, was schatrijk geworden van de Molukken. Alle prachtige grachtenhuizen in Amsterdam waren gebouwd met specerijen uit de Molukken. Maar toen hij hier aankwam werd hij niet ondergebracht in zo'n grachtenpand, wat historisch gezien rechtvaardig zou zijn geweest, maar in een barak waar hij moest slapen op een strozak en waar alles onder de vlooien en ander ongedierte zat! Oscar hoorde zijn ademhaling, hij leek een beetje te hyperventileren en zijn neusvleugels trilden even.

Maar waarom ja, wilde Matupessy opeens weten, waarom waren zij zo, als in het geniep, naar die koude kampen gebracht bij Westerbork, Vught, Rouveen, Brevendal – ver weg van de steden, ver weg ook van Den Haag, waar veel meer mensen wisten wie zij waren en wat zij voor Nederland hadden gedaan? En Matupessy gaf zelf meteen antwoord, op een manier die duidelijk maakte dat hij de vraag eindeloos vaak aan zichzelf en zijn gezin moest hebben gesteld: er moest snel gehandeld worden, Nederland had niet zomaar woonruimte ter beschikking, het land was in de wederopbouw. Maar was dat wel zo? Was dat de reden? Men wist dat zij zouden komen, er had toch wel iets beters kunnen worden geregeld dan achter het prikkeldraad van de nazi's? Of was dat precies wat men wilde – voelde de Nederlandse regering aan dat er onvrede zou ontstaan als aan de belofte van terugkeer niet werd voldaan en was het in dat geval wel zo handig als de Molukkers waren verdeeld over een aantal geïsoleerde plekken op het platteland? Want die kon men eenvoudig met een politiemacht omsingelen als het uit de hand liep – wat inmiddels ook een paar keer was gebeurd. En dan bleek bovendien dat het nuttig was voor de regering dat zij tussen de simpele boeren zaten – die zouden beslist geen partij kiezen voor buren die zij alleen maar beschouwden als luie werklozen en die niet eens wisten, niet wisten ja, dat het de Molukse mannen in het begin sterk ontmoedigd werd te werken, zij kregen immers *zakgeld* van de overheid.

Maar het was nog steeds zo, zei hij, dat zij werden geminacht. Daar kon hij een dozijn voorbeelden van geven. Laatst nog, hij ging geld halen bij de bank. Hij stond te wachten op zijn beurt naast een vrouw uit het dorp, bepaald niet miss Holland – en opeens merkte hij dat zij van hem wegschoof, voetje voor voetje. Dus had hij zich naar haar toe gedraaid en kalm gezegd: 'Dag mevrouw.' Zij had hem aangekeken of hij haar ter plekke de kleren van het lijf zou rukken. Alsof hij een of ander wild beest was, gedreven door primitieve instincten! Terwijl – en hij lachte geringschattend – hij onlangs in de krant had gelezen dat juist onder die zwartkousen op het platteland het aantal tienerzwangerschappen het hoogst was.

Nee, vervolgde hij, het was eerder andersom: de Molukkers konden maar beter uitkijken dat zij niet te veel door de Hollanders werden beïnvloed. Want dat gebeurde al. Hijzelf hield de opvoeding en de orde nog hoog maar hij was een van de weinigen, de jongere generatie begon het al te verliezen – de discipline, die eens de trots van de Ambonees was. Sommigen maakten er een rommeltje van, Oscar hoefde hier maar door de buurt te lopen en hij kon het zelf zien: zij zetten hun auto's overal neer, ruimden hun tuin niet op, hingen hun was zelfs op zondag gewoon voor de huizen te drogen.

'In de eerste de beste kampong op Ambon,' zei hij, 'zou men zich kapot schamen als het zo'n zootje ongeregeld was!'

Hij keek opzij naar Dona, die onrustig op haar stoel schoof. Haar armbanden tikten tegen elkaar.

'Jaja, ik houd mij koest.' Hij zweeg even, keek naar zijn lege bierglas. 'Laten wij het over vrolijker zaken hebben,' zei hij. 'Oscar, jij haalt dus hoge cijfers –'

Toch kwam hij nog een keer terug op zijn kwestie. Bij het dessert, een soort stijve pudding met stukjes peer erdoorheen en op de schotel rondom allerlei vruchten, zei hij opeens, vork in zijn linkerhand geklemd, tegen Oscar: 'Maar wat ik zal aantreffen als ik daar terugkom? Ambon? Nee, dat bestaat niet meer. Ik kom daarvandaan maar ik ben daar niet meer thuis, en hier ook niet.' Hij leunde naar voren, keek Oscar aan met een verbeten trek om zijn mond en wijd opengesperde ogen en bewoog de vork een paar keer fel richting zijn hart. 'Het enige Ambon dat ik heb, is hier, hier, hier!'

Oscar wist niet hoe hij moest reageren. Ook de anderen zeiden niets. In Matupessy's linkeroog, zag hij, was een bloedvaatje gesprongen. De plooi in zijn voorhoofd leek dieper te zijn geworden en zijn ademhaling ging nu echt tekeer. Dona schoof met een ruk in haar stoel naar achteren, stond op en begon af te ruimen. Haar vader stond ook op, hij liep naar de keuken. Even later klonk het geraas van een elektrische koffiemolen.

'Hij maalt kretek,' zei Jonkie. 'Voor de sigaretten. Kom, wij gaan naar mijn kamer.'

Ze gingen via de open trap in de hoek naar boven. Jonkies slaapkamer lag aan de achterkant van het huis, met een raam dat zo breed was als de kamer en voor de helft opengeschoven kon worden. Het keek uit over smalle, langwerpige tuinen met schuurtjes aan het eind. De schuurtjes hadden deuren die uitkwamen op een steeg en daarachter lagen weer identieke schuurtjes en tuinen van een parallelstraat. Aan de muren van de kamer hingen posters – Massada, Jimi Hendrix. Op een kastje in de hoek stond een stereotoren, drie even hoge stapels cassettebandjes waren ertegenaan geschoven. Op de vloer, tegen een van de muren, stond schuin overeind een strakke rij langspeelplaten, met ervoor een stuk of twintig al even keurig gestapelde singles. Het bureau, onder het raam, was leeg op een dolfijnkleurig vloeiblad en een schemerlamp met oranje kap na. Alles heel schoon en netjes. Kamers van andere klasgenoten waren doorgaans rommelig: kleren lagen waar ze waren uitgetrokken, overal slingerden sportspullen, snoepwikkels, schriften, schoolboeken en het rook er onfris, naar sokken en natte schoenen – om nog maar te zwijgen van beerdoekjes. De orde die beneden werd gehandhaafd strekte zich blijkbaar uit tot het hele huis. Door het raam zag Oscar Matupessy achter in de tuin, hij liep in gedachten heen en weer en rookte.

Jonkie deed de deur dicht. Hij gebaarde naar de stoel bij het bureau, zei 'ga zitten' en liet zich in zijn bed vallen maar stond meteen weer op, stak zijn hand onder de matras, trok er iets onder vandaan en reikte het Oscar aan. 'Iets voor jou?'

Het was een *Penthouse*. Oscar keek naar de topless vrouw op de voorkant, knikte en gaf het tijdschrift weer terug.

'Vroeger dacht ik dat zij mij konden zien,' zei Jonkie terwijl hij het opensloeg en bladerde. 'Dat zij terugkeken als ik keek. En dat zij riepen: vuile viezerik!' Maar ja, ging hij verder terwijl hij het blad een kwartslag draaide om de pin-up op de middenpagina's goed voor zich te hebben, zelfs al zou zij hem kunnen zien dan nog zou hij niks met haar mogen want hij mocht van zijn vader geen Hollands meisje. Dan raakte de zaak vertroebeld en hoe moest dat dan als zij teruggingen? 'Toch jammer,' mompelde hij met zijn blik op het model. 'Alleen maar kijken.'

'Wat was dat nou met die ketjap,' vroeg Oscar. 'Toen je vader die gaf, waar ging dat over?'

'O dat,' zei Jonkie. 'Ha – niks bijzonders.'

Het bleek dat Matupessy bloedfanatiek was als het op kennis en studeren aankwam. Want dat hadden zijn kinderen nodig, daar konden ze hun voordeel mee doen hier in Nederland en vooral als ze naar Indië gingen. Hij controleerde vaak of ze hun huiswerk hadden gedaan. Ze moesten iedere dag de krant lezen. En hij onderwierp zijn kinderen aan allerlei testen. Jonkie had afgelopen winter eens de huissleutel vergeten – nadat hij had aangebeld, had zijn vader hem door de deur heen gevraagd naar de geboorte- en sterfdata van Pattimura, de held die in de negentiende eeuw een opstand leidde tegen de Hollanders, en toen hij die niet onmiddellijk kon geven ook naar die van een hele reeks anderen uit de Molukse geschiedenis; hij had Jonkie een half uur in de vrieskou laten staan tot hij er voldoende had kunnen reproduceren. Een andere keer waren het alle eilanden van de Molukken met de belangrijkste steden. Of bomen, vruchten, bloemen, dieren die op Ambon en de andere eilanden voorkwamen. Maar soms ook gewoon rekensommen of spreekwoorden. Het vaakst gebeurde het op de trap – als hij naar beneden ging en hij kwam zijn vader tegen die hem niet wilde laten passeren. Oscar knikte, werd tegelijkertijd bekropen door de gedachte dat Jonkie dan toch wel hogere cijfers moest kunnen halen op school, als hij zo veel wist – of kwam daar juist zijn onverschillige hooghartigheid vandaan?

'Die crossmotor,' vroeg Oscar, 'had je die echt gestolen?' Hij zag dat Jonkie vluchtig naar de deur keek, als om te verifiëren dat die dicht zat. Nee, zei hij. Iemand uit de wijk had dat al een paar jaar geleden gedaan. En niemand zou er nog achtergekomen zijn als hij dat stomme ongeluk niet had gehad.

'Begin er niet over waar mijn vader bij is, svp.'

'Nee natuurlijk niet,' zei Oscar. Waarop Jonkie met een grijns zijn duim naar hem opstak, precies op de manier waarop hij dat op school deed naar iemand – die zich dan afvroeg wat hij zojuist voor ontzettend doms had gezegd om zich die spot op de hals te halen.

Er klonk een helder, doordringend geluid. Hij herinnerde zich de gong die hij bij zijn eerste bezoek had gezien.

'Ben zo terug,' zei Jonkie terwijl hij opstond en de *Penthouse* naast Oscar op het bureau legde.

Nadat Jonkie de kamerdeur achter zich had dichtgetrokken, draaide Oscar rond op de bureaustoel, stond op en keek uit het raam. Matupessy liep niet meer in de tuin. Oscar keek over de platte schuurdakjes naar de achterzijde van de andere, identieke nieuwbouwhuizen. Tientallen huizen waarin ook Molukse gezinnen woonden.

Zou hij echt zelf geloven, vroeg hij zich af, dat hij eens nog terugkeerde naar Indië? Dat was toch moeilijk voorstelbaar. Hoelang leefde hij nu in Nederland – dat moest zo'n dertig jaar zijn. Of ging dat zo, dat als je blind vertrouwde op het geweten en de goede bedoelingen van anderen – dat je je dan gewoonweg niet kon voorstellen dat het niet ooit nog goed zou komen? Het leek alsof er maar één ding in zijn bewustzijn leefde, één ding dat hem volkomen in beslag nam en hevig aangreep, en dat was rechtvaardigheid voor de Molukker. Hij zag Matupessy voor zich die Jonkie op de trap tegenhield en hem als in het verhaal van Jacob en de engel niet doorliet voor hij het goede antwoord gaf. Maar die laatste opmerking dan, toen hij die vork zo naar zijn hart had gestoken, wat betekende dat?

Hij keek naar het tijdschrift, pakte het op. Hij probeerde zich voor te stellen hoe het was om Jonkie te zijn en zo geruisloos in en uit een rol te stappen. Hier op zijn slaapkamer was hij, op de afgedwongen orde na, weer de Jonkie die hij van school kende – die een meisje en een jongen in de klas die een stel werden voortaan alleen nog 'klefke en befke' noemde en die sinds de verhelderingen van mevrouw Stam over de voortplanting geen les voorbij liet gaan zonder een keer vanuit de achterste rij te zoemen: 'Wij egeltjes, wij doen het héééél voorzichtig.' Hij herinnerde zich de keer dat Jonkie, gewoon zonder dat het ergens op sloeg, midden onder een godsdienstles door de klas riep: 'Boktor, heb jij nog glijmiddel?' De hele klas had gelachen – om hém. En ze moesten allebei nablijven, wat hij vreselijk vond en voor Jonkie routine was. Hij dacht opeens aan thuis, en dat zijn moeder hem vlak voor vertrek nog eens had laten beloven dat hij Jonkie bij hen thuis zou uitnodigen.

Hij had twee bladzijden omgeslagen toen de deur openging en Dona de kamer in stapte. Met een onhandig, bruusk gebaar gooide hij het tijdschrift van zich af, het kwam op de rand van het bureau terecht, gleed opzij en kwam op de vloer terecht, opengevallen met zicht op een veelvoud aan borsten van de pin-up van de maand. Hij voelde dat hij een knalrode kop kreeg en begon te stamelen dat het niet zijn tijdschrift was – maar Dona negeerde alles, ze schoof haar armbanden over haar pols omhoog en snauwde hem toe: 'Waarom heb jij dat gedaan?'

'Gedaan,' zei hij, 'ik heb toch niks gedaan?'

'Ja, wel. Jij hebt precies het ergste gedaan door zo naar hem te luisteren en zo enthousiast te doen. Jij weet toch dat hij ziek is? Wat denk jij – wil jij bij de RMS of zo? Als hij in het ziekenhuis komt, weet ik niet hoe wij dat moeten betalen en hoe dat allemaal moet thuis. Wij zijn niet verzekerd. Wij hebben niet eens een echt paspoort. Heb jij daar al eens over nagedacht?'

'Ja maar –' Overdrijf je niet een beetje, wilde hij toevoegen, wat had ik anders kunnen doen, ik luisterde toch gewoon? Maar ze keek hem zo ernstig aan dat hij zijn woorden binnenhield. Wat wilde ze, wat kon hij zeggen dat haar gerust zou stellen? Ze bleef hem aankijken, liet haar mond demonstratief openvallen en spreidde haar handen met de palmen naar hem toegekeerd in een gebaar van onbegrip – alsof ze toch een verklaring verwachtte.

'Ik bedoelde het goed,' mompelde hij. 'En ik vond het...' – echt interessant wat je vader vertelde, wilde hij zeggen. Maar ze had zich al omgedraaid en verliet de kamer. Hij hoorde haar de trap aflopen.

Hij bleef zitten, staarde naar de vloer tussen zijn voeten. Hij slikte moeizaam. Een wee, misselijkmakend gevoel zakte vanaf zijn schouders door zijn borst omlaag.

Maar waarom toch? was alles wat hij kon denken. Waarom – wat had hij haar misdaan?

Toen het een uur later tijd werd naar huis te gaan en hij met Jonkie weer naar beneden ging, was alleen Matupessy in de kamer aanwezig. Hij zat in de stoel bij het raam dat op de voortuin uitkeek. De krant die hij las ging naar beneden, hij vouwde haar op, legde haar opzij en sloeg in een typisch gebaar zijn handen op de leuningen alvorens te gaan staan. Hij knikte en zei: 'Het is bijzonder, wat hier is gebeurd. Een Hollander in mijn huis – wie had dat nog gedacht! En dat niet alleen –'

Hij deed een stap op Oscar toe, legde een hand op zijn schouder als betrof het een militaire plechtigheid, keek hem indringend aan en zei: 'Zo Oscar – Oscar de Vree. Ik ben onder de indruk van jou, jongen – het doet mij goed, wat hier vandaag is gebeurd. Het ontroert mij. Dat jij jou uit vrije wil aanmeldt om jouw zieke Molukse klasgenoot bij te staan, dat jij die opdracht aannam zonder belang, zonder er iets voor terug te willen, bovendien niet één keer maar meerdere keren, zo veel onbaatzuchtigheid –'

Matupessy's ogen waren een beetje vochtig, en bij de laatste woorden leek hij zelfs een brok in zijn keel te krijgen. Dat scheen hij zelf ook te beseffen want hij trok zijn hand met een ruk terug en zei, met plots weer zijn halfsardonische toon: 'Nou jongen, doe jouw best.' Waarop hij zich tot Jonkie wendde, zijn elleboog vooruit zette en zijn hand omhoog: 'Zo, anak doerhaka! Hoe gaat het met jouw kwetsuur, kunnen wij alweer armpje drukken?'

'Ik win nog steeds,' zei hij tegen Oscar. 'Zo oud ben ik toch nog niet, dat ik van mijn zoon verlies!'

3

Ze liep naar het raam en trok het zware gordijn met een ruk opzij.

'Hij maakt dus de hele dag door aantekeningen,' zei ze terwijl ze zich omdraaide en haar voet net naast een stapel *National Geographics* zette. 'Dat is wat hij doet, zijn beroep kun je zeggen – aantekeningen maken. Alles staat er vol mee. Doet er niet toe wat: hij heeft het gelezen en er iets over bedacht. En als hij iets van Oscar of mij te pakken krijgt doet hij het ook. Ik heb boven een *Suske en Wiske* met zijn commentaar op de titelpagina.'

Ze trok een boek uit een kast, een willekeurig exemplaar dat op ooghoogte stond, en sloeg het open. Terwijl ze naar de bladzijden keek, en naar een potloodkrabbel in de kantlijn die was gemarkeerd met twee diep in het papier gekerfde uitroeptekens, voegde ze toe: 'Maar ik weet niet hoe hij van plan is er nog wat mee te doen. Een systeem kan ik er niet in ontdekken. Soms denk ik dat hij een lezende eekhoorn is die voorraden aanlegt voor later en dan vergeet waar hij ze heeft verborgen.'

Ze klapte het boek dicht en duwde het op zijn plek tussen de andere op de plank. '*Decline and Fall of the Roman Empire*,' zei ze. 'Toegang tot het wereldraadsel. Tsja.' Ze keek langs de rijen vol waardig versleten banden, die niet op alfabet gerangschikt waren, niet op onderwerp, jaartal, land – zelfs niet op kleur, zoals ze had gezien bij een studiegenoot die ook zijn hemden van licht naar donker in de kast had hangen.

'Nog nooit zo veel vreemde boeken bij elkaar gezien,' zei

Maarten terwijl hij met gekanteld hoofd de ene na de andere titel las. 'Waar is hij eigenlijk?'

Ze haalde haar schouders op. 'Gevlucht. Misschien op zolder. En dat –' ze knikte naar de opgezette ransuil die vanuit een andere hoek met zijn felle haatblik elk bezoek leek te willen afschrikken, 'is Potifar. Niet aanraken want de veren vallen er zo af. Wie schiet er nou een uil, hè. Wel het bewijs dat er al lang gekte in de familie zit.'

Ze was een beetje verbaasd over zichzelf. Ze hoorde zichzelf babbelen, in het meeste dat ze zei zat een opschepperig toontje – alsof ze haar vader en alles hier zo interessant mogelijk wilde laten uitkomen. Het kon niet anders of ze gaf hem de indruk dat achter het idee hem mee naar binnen te nemen eerder het verlangen zat iets te laten zien waarop ze trots was dan de reden die ze had aangevoerd: even weg van haar opgewekt despotische moeder met haar kan vlierbloesemlimonade en weg ook van de drukte in de tuinen, de groepen dorpsbewoners die langs de kassen en rozenperken schuifelden. Ze keek naar het venster, dat uit vier losse ruiten bestond. In een ervan zat al jaren een barst. Een schacht antiek zonlicht gleed door het bovenraam, schuurde langs de vensterbank en boorde zich in de vloer. Erachter, in een wazige verte achter een voile van spinrag, was beweging. Indrukwekkend wat mensen meenamen op een dagje uit – hun picknickmanden en boodschappentassen, hun kroost, opvallend veel bejaarden, hondjes, driewielers, speelgoedtractoren en kinderwagens en rolstoelen die scherpe voren trokken in het grind dat zij gisteren keurig had aangeharkt. En nu was hij ook nog gekomen, op zo'n onhandig moment. Waarom had ze hem uitgenodigd – omdat ze had verwacht dat hij er toch niet op in zou gaan? Maar misschien had hij zich juist verplicht gevoeld. Nu stapte hij behoedzaam langs het bureau, dat schuilging onder een berg vergeelde kranten, naar de hoge piano in de hoek achter de deur. Alsof bescheidenheid hem weerhield voor de vleugel te kiezen die uitnodigend midden in de ruimte stond te blinken. Hij voelde aan het ivoorkleurige stompje in een van de kaarsenstandaards die aan de klankkast waren bevestigd. Vervolgens ging hij met zijn hand over de klep boven de toetsen, strelend haast, alsof het instrument een dier was dat op zijn gemak gesteld moest worden. Hij droeg een donkere katoenen broek en een wit overhemd en had een lange nachtblauwe zomerjas bij zich die hij met enige regelmaat van zijn linker- naar zijn rechterarm verplaatste. Zijn haar zat vandaag in een scheiding. Hij deed haar denken aan een butler zoals je ze in films zag – inclusief de licht geamuseerde gezichtsuitdrukking van iemand die ondanks zijn dienstbaarheid alles onder controle heeft.

'Je mag erop spelen hoor,' zei ze. 'Moet wel zeggen dat hij lang niet is gestemd. Mijn vader speelt alleen op de vleugel, elke dag. De piano staat daar al mijn hele leven maar niemand doet er iets mee.'

Hij opende de klep, sloeg enkele van de schots en scheve toetsen aan. Ook de klank zelf scheen uit balans en nogal dof – een aarzelend en gedempt gezoem ontsnapte, alsof de piano gewikkeld was in sluiers van tijd. Tegelijkertijd wekten die paar kreupele noten haar ontroering. Misschien was er vaak een bepaald deuntje op gepingeld toen ze heel klein was en resoneerde dat in haar. Ze hoopte opeens dat hij zou spelen en dat daardoor de herinnering terugkwam. Maar hij ging niet verder en bleef zo staan, de vingers van zijn rechterhand stil op de toetsen.

'Op wie lijk je het meest,' vroeg hij zonder op te kijken, 'op je vader of je moeder?'

'Op mijn vader...' zei ze. 'Hoewel –'

Nu draaide hij zich om, raakte daarbij de kranten op het bureau waardoor een lawine op gang kwam, die hij meteen met gespreide armen probeerde tegen te houden.

'Laat maar, joh,' zei ze. Toen hij kranten van de vloer begon te rapen, deed ze een stap naar hem toe: 'Laat toch, laat in godsnaam.' Ze schrok zelf van die plotselinge felheid, zei er vlug overheen: 'Ja, dat heb ik me pas onlangs voor het eerst afgevraagd – of ik op mijn ouders lijk.' En überhaupt, vulde ze aan, was ze zich pas sinds ze op kamers woonde bewust geworden van haar ouders als mensen met eigenschappen. Daarvoor waren ze er gewoon altijd geweest, maakten ze deel uit van de omgeving zoals de tuin of het meubilair. Pas de laatste tijd kwamen er vragen in haar op – wat haar vader van zijn huwelijk dacht, en of hij zo excentriek was geworden doordat hij ongelukkig was. Vond hij het raar dat ze zo over haar ouders praatte?

'Nee,' zei hij.

'Goed,' zei ze. 'De meeste mensen hier praten niet. Tenminste niet degenen die ik ken.'

'Hoe bedoel je?'

'Gewoon,' zei ze, 'over van alles.'

'Maar wát dan?' Er zat iets provocerends in zijn stem.

Nou, zei ze, ze was in Brevendal bijvoorbeeld nooit iemand tegengekomen bij wie thuis werd gesproken over relaties. Of over seks. Alleen al van het woord werden de meeste volwassenen acuut zenuwachtig. Je kon je nog beter schor vloeken dan over seks beginnen. Voorlichting bestond ook niet; als kind deed ze alle kennis op uit verhalen op straat en grappen van oudere jongens. Hij knikte naar haar idee begripvol, wat haar verder deed gaan: 'Ik heb mijn ouders nog nooit bloot gezien bijvoorbeeld. De eerste keer dat ik erachter kwam hoe een bloot volwassen mens eruitzag was op mijn tiende of zo, toen ik met Oscar in de bosjes een plastic tas vol vieze boekjes vond. Die hebben we een hele middag rustig samen doorgenomen en daarna bij mensen in de buurt in hun brievenbussen gedaan. Want ze moesten van iemand hier zijn, hadden we bedacht, iemand die ze had verloren, en die zou zich dan vast erg schamen en zich zo vreselijk zondig voelen dat hij nooit meer iets zou laten rondslingeren dat kleine kinderen zomaar bij het buitenspelen konden vinden.'

Maarten glimlachte voor zich uit, weer met alleen zijn bovenlip. Hij stond bij het schaaktafeltje waarop haar vader partijen tegen zichzelf speelde als hij haar of Oscar niet kon strikken, pakte een stuk op, woog het in zijn hand. Ze kreeg het gevoel dat ze hem over zichzelf moest laten vertellen, vroeg wat hij studeerde.

'Bosbouw,' zei hij, 'in Wageningen. Als kind wilde ik boswachter worden en later heb ik niet meer over iets anders nagedacht. Of nou ja, er is niks anders voor in de plaats gekomen, iets wat ik per se wilde. En het is nu handig in verband met de zorg voor mijn oma, want ik kan vanuit huis op en neer reizen. Mijn moeder leeft niet meer – of wist je dat al?'

'Och. Nee,' zei ze, 'dat wist ik niet.'

Hij deed iets met zijn hoofd – trok het een beetje scheef, een berustend gebaar dat samenviel met een trekje in zijn kaak. Zijn ogen leken zich nog dieper in hun kassen terug te trekken. Terwijl hij het schaakstuk terugzette zei hij: 'Ik was drie. Ze moest voor iets simpels naar het ziekenhuis, een kleine ingreep, en liep toen een nare infectie op waaraan ze uiteindelijk bezweek.' Hij staarde voor zich uit, naar een punt ergens bij het raam, vulde aan: 'Ik denk weleens dat je actieve herinneringen aan iemand moet hebben om die persoon ook echt te kunnen missen. Die heb ik nooit gehad. Het zou waarschijnlijk veel erger zijn als ik tien was geweest toen ze overleed. Nu is het toch een beetje abstract.'

Ze wist niet goed wat ze daarop kon zeggen.

'Hoe dan ook,' zei hij, haar aankijkend, 'het gaat best zo. Ik kan goed overweg met mijn vader en mijn oma. En we beginnen aardig te wennen in het dorp.'

'Echt?' lachte ze. 'Maar ze zijn hier knettergek. Ze denken en geloven de raarste dingen, daar heb je toch zeker wel iets van meegekregen?'

'Vertel,' zei hij ironisch.

'Nou – zoals dat je van lippenstift en make-up kanker krijgt en dat dat Gods straf is voor de ontucht. En dat vrouwen die de pil hebben gebruikt alleen nog maar homoseksuele kinderen kunnen krijgen. Ze laten hun hele gebit trekken omdat dat uiteindelijk voordeliger is dan een leven lang tandartsbezoek – zoiets gebeurt in de stad al lang niet meer, maar hier wel. En niemand denkt dat er een mens op de maan is geweest; het idee alleen al getuigt van *hovaardij* – heeft onze oude dominee letterlijk zo gepreekt.'

'O, maar mijn vader –'

'Wacht – deze moet ik je ook vertellen. We hebben een fietsenmaker, Oraanje. Zo heet hij, met twee a's. Die is van de echte bevindelijken, je weet wel: op elke straathoek wacht de verdoemenis. En hij is tegen sport want sport is voor de lichtzinnigen. Maar ja, er zijn nogal wat fietsmodellen waarbij ergens op het frame het woord *sport* voorkomt. Weet je wat hij doet? Hij maakt er *spurt* van voor hij ze in de etalage zet, door de bovenkant van de o weg te krassen. Ga maar kijken, het is echt waar. Of laten we samen gaan, weet je wat hij zegt als we binnenkomen? Dag jongeman, en dag meisje in jongenskleren. Vanwege mijn spijkerbroek. Heb ik met Oscar meegemaakt. En hij keek erbij of ik de hoer van Babylon was – krijgen we nou?'

Vanuit de hal kwamen geluiden. Louise liep naar de deur. Ze zag een aantal vrouwen rondlopen die elkaar wezen op van alles – een ornament in het stucwerk onder het plafond, een plek naast de trap waar het behang was losgekomen. En op de groeiende hoeveelheid dozen vol oude jaargangen van kranten en tijdschriften van haar vader, overal voor en op de stoelen die tegen de muren stonden. Een van hen had de telefoon en het telefoonboek op de stenen vloer gezet en draaide met belangstelling het tafeltje van de overzeese oom in haar handen.

'Sorry!' zei Louise met een schelle stem waar ze zelf van schrok. 'Dit is niet de bedoeling.' Ze liep naar de vrouw met het tafeltje, nam het uit haar handen en zette het op zijn plek. 'Het huis is gesloten voor publiek, u mag hier niet komen.'

Ergens was een deur niet op slot gedaan. Niet de voordeur want die, zag ze, zat dicht. Ze hoorde nu ook geluid in de keuken. Ze dirigeerde het troepje onbekommerd doorkoutende bezoekers die richting uit, zag een echtpaar voor de geopende servieskast staan – de man had er een soepterrine uit gehaald. Op de vloer duwde een peuter met toegewijde precisie zijn vinger tussen twee planken. Een vrouw met blauwig permanent bekeek gefascineerd de gebruikte koffiefilters die op het aanrecht lagen te drogen – haar moeders zuinigheid was weer tot een nieuwe dimensie gevorderd. Ze wierp een blik in de eetkamer en zag dat daar ook mensen belangstellend rondliepen.

'Dames en heren!' riep ze, handen op elkaar klappend. 'Het huis is verboden toegang. Wilt u zo goed zijn de spullen terug te zetten en naar buiten te gaan?'

'Is er een folly?' vroeg een vrouw met een kraakstem toen Louise de groep richting zitkamer voerde, waarvan de tuindeuren wijd openstonden. 'Elk landgoed heeft toch een folly? Anders stelt het weinig voor.'

'Mijn moeder is buiten,' zei ze. 'U kunt haar alles vragen. Gaat u maar – zo ja.'

Nadat ze de deuren had dichtgetrokken en op slot had gedaan, liep ze terug. In de keuken dreef nog de lucht van goedkope parfums. Ze duwde in het voorbijgaan een bestekla en de klep van de houtoven dicht. Maarten stond bij de deur van de bibliotheek. Hij keek haar aan met een vreemde uitdrukking – bewonderend, zou ze haast denken. Maar ze had toch niet bepaald de tollenaars uit de tempel geranseld.

'Kun je wachten hier? Even kijken of er niet iemand naar boven is gegaan.'

Halverwege de eerste trap zag ze de kat, die natuurlijk was geschrokken van het lawaai en al het volk in huis, verder naar boven schieten.

'Kom maar Doortje,' zei ze. 'Ze zijn weg, het is veilig.'

Ze vond Doortje in Oscars kamer, op de vensterbank. Louise bleef haar geruststellend toespreken terwijl ze op het raam toeliep. Het lukte haar op te pakken. Terwijl ze de kat tegen haar schouder hield, streelde en kalmerende woordjes sprak, keek ze rond. Het was een bende, nogal ongewoon voor Oscar – hoewel het een afspiegeling leek van zijn stemming van de laatste tijd. Op een hoek van zijn bureau stond zijn oude kinderspaarpotje in de vorm van een minireclamezuil. Nu voelde ze zich, terwijl ze met haar vrije hand de oranje dop met gleuf aanraakte, toch een beetje schuldig dat ze van hem had geleend. Er lagen twee delen van een encyclopedie. Ze keek naar de schriften en papieren ernaast en erbovenop. Zijn handschrift werd er niet beter op. Het was al nooit beeldschoon geweest – het helde niet naar links of rechts zoals bij de meeste mensen die vloeiend hebben leren schrijven maar alle kanten uit alsof de letters dronken waren. En waar had hij zo'n rare t aangeleerd. Tussen de encyclopediedelen stak een vel ruitjespapier tevoorschijn. Er was een aantal malen hetzelfde woord op geschreven, een naam. Ze trok het naar zich toe terwijl ze de kat tegen zich aan gedrukt bleef houden.

Och, dacht ze, het eniggeboren broertje heeft een lief. Maar ze dacht het zonder vertedering, zonder geamuseerdheid ook – eerder met doffe verbazing. Ze bleef nog staan, keek rond. Op de wastafel lag een gebruikt scheermesje; aan de binnenkant van de wasbak zat een rand van ingedroogde haartjes. Ook dat was nieuw. Doortje wilde los, begon te spartelen en Louise zette haar weer op de vloer.

Toen ze beneden kwam, wachtte Maarten niet meer in de deuropening. Ze liep haar vaders kamer binnen, zag hem voor een kast staan met een boek opengeslagen in zijn handen.

‘Nou, bosbouwer,’ zei ze. ‘Wil je het park zien? Ik heb een beetje genoeg van de rommel hier. En ik wil zo even roken.’

Hij knikte, bleef nog lezen.

‘Wat is dat?’ vroeg ze. Hij sloeg het boek dicht, liet haar de voorkant zien. *Doctor Faustus* van Thomas Mann.

‘Ah,’ zei ze. ‘Weleens in begonnen. Gaat over Nietzsche. Ik haat romans over beroemde mensen of gebeurtenissen.’

Hij knikte, keek naar de opengeslagen pagina’s. ‘Ik zou het toch willen lenen, als dat tenminste mag van je vader.’

‘O ja hoor. Geen probleem. Laat maar hier liggen, we komen straks terug. Ga je mee?’

Ze gingen via de voordeur naar buiten. Louise keek rond; haar moeder viel nergens te bekennen. Maartens degelijke schoenen kraakten op het grind. Louise raapte een verloren knuffeldier op, een pluchen eendje, en zette dat op een van de bloembakken waarmee ze samen met haar moeder het terrein voor vandaag had afgesloten. Verderop stond de boslaan zo ver ze kijken kon vol geparkeerde auto’s. Via de notengaard kwamen ze in het park. In de groene schemer onder de bomen was het rumoer van de Open Dag algauw niet meer hoorbaar. Het was drukkend geworden, benauwd. Ze had het gevoel dat ze onder een stolp liep.

‘Prachtig hier,’ zei Maarten, doelend op de overkoepeling van een paar rode beuken. Hij bleef staan en keek met zijn hoofd in zijn nek omhoog. ‘Net een zaal.’ Ze knikte, keek mee. Uit grote hoogte dwarrelde nu en dan, wentelend om een onzichtbare as, een blad omlaag dat de strijd tegen de warmte had opgegeven. Nu bleef hij staan bij een grote gitzwarte kever die statig, met uitstaande pootjes als een sumoworstelaar, over het zanderige pad waggelde en een route van rode bosmieren kruiste die hem onmiddellijk, als kleine vurige draakjes, van alle kanten belaagden. Maarten pakte een dor blaadje, lepelde de spartelende kever op en zette hem een paar meter verder neer.

'Hoe is het om de zoon van een dominee te zijn?'

'Niet zo heel bijzonder, geloof ik,' zei hij terwijl hij zich oprichtte. Nou ja, hij was wel opgegroeid in een huis waar het altijd druk was. Er kwamen veel mensen over de vloer, zijn vader had een spreekkamer net als een dokter en dagelijks zaten er mensen in de keuken te wachten – mensen van de kerk die iets van hem wilden of juist aanboden ergens mee te helpen.

'Ben je nooit bang geweest voor je vader?'

'Hè? Bang? Hoezo? Eerder trots. In elk geval toen ik klein was. En nu ook nog, vaak.'

Hij zweeg, leek er niet op te willen doorgaan. Ze dacht hem even geërgerd te horen snuiven, een blaasgeluidje met zijn neus. De stilte die volgde, voelde ongemakkelijk aan. Ze sloeg een steekvlieg plat die op haar arm was geland. Misschien was ze te direct, voelde hij zich aangevallen en kreeg hij het idee dat ze hem peilde – wat ook zo was. Ze dacht aan haar eigen vader. Nadat ze als kleuter bij de Bijbellezing aan tafel voor het eerst het Genesisverhaal hoorde van Abraham die veel van zijn zoon Isaäk hield maar hem desondanks met een vies leugentje meelokte om hem, als een dier uit zijn kudde, de keel door te kunnen snijden en aan God te offeren, was ze wekenlang op haar hoede geweest. Toen haar vader in haar bijzijn een groot mes uit de keukenla trok, zorgde ze ervoor dat ze in de buurt van de deur bleef. En Abraham was niet de enige vader in de Bijbel die er gewelddadige plannen tegenover zijn kroost op nahield. Pas veel later kwam ze er tot haar verbazing achter dat Oscar en ook andere kinderen helemaal niet zo onder de indruk waren van al die gruwelijkheid.

Ze haalde haar sigaretten tevoorschijn.

'Kun je roeien?' vroeg ze. 'Of wil je terug?'

Hij lachte. 'Nee, en ja, ik denk van wel – iedereen kan toch roeien?'

'Mooi,' zei ze, en ging hem voor, over een pad dat omlaag naar het riviertje liep, naar een dode zijarm waar hun oude houten roeiboot aangemeerd lag. De riemen staken bij de boegpunt onder het verweerde dekzeil uit.

'Geluk dat het droog was de laatste tijd,' zei ze terwijl ze het met groene aanslag bedekte zeil naar zich toe trok en op de oever legde. 'Anders stond hij vol. Ga maar zitten, ik duw wel af.'

Ze wachtte tot hij de riemen in de dollen had gestoken en klaarzat, draaide de boot een beetje, duwde en stapte erin. Het best konden ze eerst stroomopwaarts, zei ze. En hij moest de buitenbochten nemen, de binnenkant was soms zo ondiep dat je vastliep. Ze veegde dood blad opzij en ging zitten, zag hoe hij met een geconcentreerde trek op zijn gezicht de boot in gang trok. Ze stak een sigaret op, leunde achterover, liet de rook zonder te blazen uit haar mond wellen. Hij leek zich toe te leggen op het zo beheerst en regelmatig mogelijk aantrekken en duwen van de riemen. Ja, hij zat heel rechtop en deed alsof het geen moeite kostte – nu was hij het die indruk probeerde te maken. Ze keek naar de kleine kolken die bij elke riemslag in het water achterbleven en naar de glinsterende snoeren die van het blad liepen elke keer dat de riem opdook en door de lucht schoot. Ze zag de rusteloze reflecties van het wateroppervlak tegen de onderkant van het gebladerte van een grote kastanje. Die stokoude wilg daar, precies in een bocht, was een bekende – het leek of hij zich, verontrust door zijn spiegelbeeld, met zijn diep gerimpelde stam elk jaar verder vooroverboog. Nu dreven ze de warrelende schaduw binnen van een rij populieren, die zelfs bij het geringste zuchtje wind leefden met al hun bladeren. Een ronddobberende zwaan week humeurig uit en siste hen in het voorbijglijden met gestrekte hals toe.

'Ik heb hier vaak een ijsvogel gezien,' zei ze. 'Die zijn zo prachtig mooi. Metallic blauw, knalblauw, ze vliegen keihard voorbij en maken een heel scherp hoog geluid.'

Hij knikte, scheen zich nu op zijn gemak te voelen. Ze bracht de sigaret naar haar mond, hield hem daar, voelde zich opgaan in de trage voortgang van de boot en van het landschap dat haar steeds opnieuw omsloot en dan opeens weer achter haar wegdreef. Het bos trok zich terug, de hemel spande zich weids en leeg boven haar. Aan weerszijden schoven de oevers kalm voorbij, vol gezoem en vlinders en bloeiende kruiden en zo dichtbegroeid dat alles wat zich erachter bevond verborgen bleef. Ze sloot haar ogen even. Luisterde naar het zachte ritmische geklok en geplons van de riemen en ver in de hoogte het ijle gegil van gierzwaluwen. Het leek lang geleden dat ze dit had ervaren – dat de wereld nergens zo vredig was als op een boot in het water. De zon drong met een karmozijnen gloed door haar gesloten oogleden; soms veranderde de tint – als ze door de koele schaduw onder overhangende takken schoven.

'Jij doet dus Engels?' zei hij. Ze keek hem aan. Hij kneep zijn ogen samen tegen de zon, die recht in zijn gezicht scheen. 'Dat zei Johan.'

'Ja. Maar ik stop ermee.' Ze drukte haar sigaret naast zich tegen de bovenrand van het boord uit en liet de peuk op de bodem van de boot vallen. Ze had toen ze begon, ging ze verder, gedacht dat ze in een walhalla van eruditie en vrije geesten terecht zou komen. Maar het was alleen maar een exameninstituut. Met name de professoren vonden niets vervelender dan een student die met een originele opvatting op de proppen kwam. Vooral als die student een vrouw was. Ze schoof op de zitting naar links, stak haar arm uit en liet haar hand met gespreide vingers naast zich in het water hangen. Ze was het gaan doen, zei ze, omdat ze zo veel mogelijk wilde lezen en onder mensen wilde zijn die boeken vraten net als zij, maar in twee jaar tijd had ze slechts één keer een docent gewoon horen zeggen dat hij iets mooi vond – een paar regels van Dylan Thomas. Nu, achteraf, zag ze dat die mensen daar helemaal niet van hun vak of van literatuur hielden; ze waren ambtenaren die alleen maar voortdurend iets in elkaar probeerden te kneden tot wetenschappelijk hanteerbare materie. Ze waren als de dood dat ze om een of andere reden de veilige grijsheid van hun academische bestaan zouden moeten verlaten. En het allerergste was nog dat ze alles smoorden in jargon. Dat begon al bij de basis; je kon niet aankomen met dat de plot goed in elkaar zat of dat metaforen origineel of scherpzinnig waren of iets over de melodie van de zinnen – nee, je moest vragen: welk spel speelt de auteur hier met de lezer?

'Ik ging op het laatst over mijn nek als ik iemand dat weer hoorde zeggen.'

Ze voelde zich ontspannen, het deed haar goed dit te vertellen aan iemand die haar niet kende. Ze trok haar arm terug, wapperde het water van haar vingers. Op het oppervlak rond de boot schoten schaatsenrijders op hun dunne pootjes schoksgewijs alle richtingen uit. 'Mijn ouders weten nog van niets,' zei ze. 'Wil je trouwens dat ik een tijdje roei?'

Hij schudde zijn hoofd. 'Ik vind het wel leuk. En ik doe het goed, toch?'

'Ja,' lachte ze. 'Je doet het uitstekend.'

De zon verdween achter een wolk. Ze voeren dicht langs de oever, passeerden een inham die was volgegroeid met riet en lissen. Hoge pluimen wuifden tegen de wind. Overal op en tussen de stengels krioelde het, en ook de lucht was vol zwemmende insecten. Het zoete water verspreidde een sterke geur. Het riviertje was hier breder, bij de andere oever zag ze een duikende en steeds op onvoorspelbare plekken weer tevoorschijn ploppende fuut. Ze glimlachte onwillekeurig, sprak haar herinnering uit: dat ze met Oscar soms had geprobeerd te raden waar zo'n fuut omhoogkwam en dat ze dat spelletje wel een half uur lang konden volhouden, en wat heerlijk als je je zo kon vermaken zonder een besef van tijd.

'Hoezo,' zei hij. 'Je kunt het nu toch ook doen?' De vogel dook, Maarten hield de riemen stil en wees – en zat er volkomen naast. Ze lachten allebei.

Ze keek naar de oever, het leek of de pluisjes en bladeren die op het water dreven nu sneller voorbijschoven. Ja, de stroming was hier sterker, hij moest meer kracht zetten om ertegenin te komen. Hij hijgde ook een beetje.

'Geloof je nog?' vroeg ze.

Hij lachte, schudde kort zijn hoofd zonder zijn roeibeweging te onderbreken.

'Heb ik iets geks gezegd?'

'Nou – dat *nog* verraadt al alles.'

'Zoals?'

'Dat jij het normaal vindt om niet te geloven.'

'Maar het is natuurlijk ook veel normaler,' zei ze. 'Het grootste deel van de wereldbevolking is geen aanhanger van het christelijk geloof.'

'Wel van andere geloven.'

'En ook die hebben een minderheid. Gek hè, dat na duizenden jaren de mensheid er nog niet uit is welk geloof het beste is. Misschien moet daar eens een oorlog over gevoerd worden.'

Hij ging er niet op in, glimlachte alleen weer zo. Ze zocht naar iets om hem door te laten praten, iets wat niet al te militant overkwam. Haar aandacht werd afgeleid doordat rietstengels die zojuist nog lui en met tegenzin hadden bewogen in een halfslachtige bries, zich nu allemaal dezelfde kant op kromden. Een felle windvlaag drukte als een onzichtbare hand rimpels in het water en op hetzelfde moment hoorde ze ergens achter zich gerommel. Naast hen op de oever stond een enorme es die opeens bewoog met zijn hele kruin. Ze kwam overeind, keek over haar schouder achterom. Aan de horizon welden blauwgrijze wolken. Daarboven leek de zon weg te zinken in een parelmoeren holte.

'Misschien tijd om terug te gaan,' zei ze terwijl ze met een hand het haar dat voor haar gezicht woei opzijveegde.

'Ja, misschien wel een goed idee,' zei hij. Hij trok de neus van de boot rond door met één riem een paar krachtige slagen te maken en de ander in de blokkeerstand te houden. Er volgde geen nieuwe donderslag, het onweer leek niet door te zetten, maar een paar minuten later begonnen er dikke druppels te vallen. Op het water verschenen bellen.

'Met de stroom mee gaat veel vlugger,' zei hij optimistisch. Hij rechtte zich weer, trok de boot nog eens extra in gang. In zijn overmoed nam hij de bocht van een meander te scherp, kwam in ondiep water en een paar meter verder liep de kiel knarsend vast. Hij probeerde zich vrij te duwen door de tegengestelde kant op te roeien maar het haalde niets uit. De regen raasde nu neer, op de bodem van de boot groeide een plas. Overal om hen heen klokte, spatte, bubbelde het. Louise rilde, ging meer in elkaar gedoken zitten en wreef haar handen over haar natte bovenarmen. Hij pakte zijn jas en reikte die haar aan.

'Maar nu word jij nat!' riep ze.

'Ik kan wel tegen een stootje. Kom, trek aan.' Ze verbaasde zich over zijn plotselinge besluitvaardigheid, keek half geamuseerd toe hoe hij nog eens probeerde de boot op gang te trekken. De riemen schepten knarsend door het zand en de kiezels maar ze kwamen niet in beweging. Hij stond opeens op en sprong met een plons in het water. Hij waadde naar de punt, duwde uit alle macht tegen de boeg, en kreeg de boot los. Daarna zette hij zijn handen op het boord, werkte zich omhoog. Hij kwam weer tegenover haar zitten en roeide. Zijn overhemd en broek waren doorweekt, het sopte uit zijn schoenen, zijn haar plakte aan zijn hoofd. Louise trok de jas strakker om zich heen en hield de kraag tegen haar keel gedrukt. Ze kreeg druppels in haar mond die een metaalachtige smaak verspreidden. Ze bedacht dat het zinvoller zou zijn, ook in verband met bliksem, om hier bij de eerste de beste boom naar de oever te varen en onder het bladerdek te schuilen tot het ergste voorbij was. Maar hij deed zo zijn best en leek dat ook zo graag te willen laten zien dat ze de suggestie voor zich hield. Terwijl ze hem een beetje bemoedigend toelachte, was ze zich ervan bewust dat hij op haar vraag zijn hoofd had geschud maar dat niet duidelijk was of ze dat als antwoord moest opvatten – en dat dat ook zijn bedoeling leek te zijn. Maar, dacht ze nu, een rigide gelovige zou anders hebben gereageerd.

Ze kwamen bij de inham waar de boot had gelegen. Hij gleed nog uit toen hij haar op de kant hielp, zijn broek zat tot aan de knieën onder het kroos. Ze renden in de richting van haar huis. Het park was gevuld met het geruis van de neerstortende regen en wild zwiepende takken; de wind sloeg er in luid sissende vlagen doorheen. Een wrange geur steeg op van natgeworden bladeren op de bosgrond. Overal ontstonden poeltjes vol koffie-met-melkkleurig water. Opeens namen het lawaai en de beroering in kracht af en toen ze even later het park verlieten en onder de notenbomen liepen, vielen er alleen nog druppels van de bladeren. Toen ze nog wat verder waren, bij het glanzende grind voor het huis, werd boven wolken als uitgetrokken, verblindend witte watten alweer fris gewassen blauw zichtbaar. Louise zag dat het speelgoedbeest dat ze in een bloembak had gezet was verdwenen. Ze deed Maartens jas uit en gaf die terug. Terwijl hij hem aannam, bleef hij haar aankijken, op een vreemde manier.

'Dat was bijzonder!' zei hij. Hij leek helemaal te gloeien.

'Ja,' zei ze. 'We zijn niet eens door de bliksem getroffen.'

Hij reageerde niet, bleef haar zo aankijken. Ze liet zijn blik los en liep verder maar bleef na twee stappen abrupt weer staan.

'O nee,' zei ze terwijl ze in een reflex haar hand opzij bewoog om hem tegen te houden. 'Die wilde ik echt niet zien vandaag.'

Voorbij de uiterste hoek van het huis, bij de vijver, stonden te midden van een groepje bezoekers die bezig waren hun paraplu's in te klappen haar moeder en mijnheer Westeneng.

'Bedoel je die ouderling?' vroeg Maarten.

'Als hij erachter komt dat jij hier bent, wil hij vast over je vader praten en komen we niet meer van hem af. Waar staat je fiets?'

'Daar.' Hij keek opzij in de richting van de laan, waar alle geparkeerde auto's met afgerukte bladeren waren beplakt. Tegen een boom bij de laatste bloembak leunde een herenfiets.

'Is het goed als we even naar jou gaan? Of ben je zo nat dat je je eerst moet afdrogen?'

'Nee,' zei hij, 'ik droog vanzelf wel.'

'Oké,' zei ze. 'De mijne staat achterom, bij de keuken.'

Haar haren waren nog niet helemaal droog toen ze bij Maartens huis aankwamen. Het asfalt van de straten dampte.

'Mijn vader is zo druk dat hij alles vergeet,' zei hij met een knik naar de voortuin, waar een zwenkende sproeier steeds opnieuw een spectrum boven het gazon deed verschijnen.

Het was een bungalow, met aan weerszijden als tuinafscheiding een manshoge ligusterhaag. Vanuit het aangrenzende huis, waar Johan woonde, ontsnapte dunnetjes vioolmuziek – een toonladder. Op de lege oprit stapten ze van hun fiets. Maarten zette de zijne op de standaard, liep over het gazon naar een kraantje dat onder aan de gevel uit de muur stak. Hij draaide eraan tot de waterwaaier in het gras neerzeeg en zei: 'We gaan achterom.'

Toen ze voor de open deur van de keuken op een rubberen mat haar schoenen afstampte, hoorde ze hem 'vader!' door het huis roepen – wat ze nogal stijf vond. Er kwam geen reactie. Hij kwam terug en zei: 'Ik zou je graag aan iemand voorstellen.'

'Ja – prima.' Ze was een beetje verbaasd, zag hem zijn jas over een keukenstoel hangen en volgde hem naar de hal, waar een rolstoel stond, en vervolgens door een smalle gang naar een gesloten deur aan de zijkant van het huis. Hij draaide zich om, keek haar aan terwijl hij de klink omlaagdrukte.

De kamer was licht en warm. In het midden was een bed geplaatst met stalen relingen aan weerszijden, als in een ziekenhuis. Tegen het voeteneind was een met bruin ribfluweel gestoffeerde leunstoel met hoge rug geschoven. Van een televisiemeubel in een hoek stond een deurtje open. Verspreid over een buffet en verschillende tafeltjes prijkten allerlei voorwerpen, souvenirs zo te zien – een glazen sneeuwglobe met het Vrijheidsbeeld, een presse-papier in de vorm van een zittend nijlpaard, twee enorme papieren waaiers met Chinese berglandschappen, een paar flinke brokken fonkelend bergkristal, een miniatuur Toren van Pisa. Tegen één muur waren met spelden tientallen kleurige ansichtkaarten geprikt. De vloer werd voor de helft bedekt met een groot Perzisch tapijt dat boven op de gewone vloerbedekking lag. Door een raam dat op de haak stond, drong het verre gedreun van een vliegtuig naar binnen. Het enige andere geluid was het gezoem van een traag maar volhardend nee schuddende ventilator op een kastje. Pas toen ze al even in de kamer stond, drong tot haar door dat er iemand in de stoel zat – roerloos, zonder boek of iets anders om zich mee bezig te houden, handen los van elkaar in de schoot: een kleine oude vrouw in een dunne gebloemde jurk. Ze staarde voor zich uit naar buiten, naar een plantsoen met hier en daar een spar en verderop een singel waarin eenden dobberden. Ze droeg iets om haar haar, een kapje, wit – het leek een soort klederdracht.

'O – dag mevrouw,' zei Louise.

'Ze hoort je niet,' zei Maarten. 'Ze is bijna doof, je moet echt schreeuwen.' Hij liep tot bij de stoel en riep: 'Dag oma!' Hij bukte zich en drukte een kus op haar hoofd. Ze ontwaakte uit haar trance, draaide haar hoofd in zijn richting. Op haar expressieloze gezicht was een intens liefdevolle uitdrukking verschenen. Maarten deed een stap opzij. 'Dit is Louise!'

Louise boog zich ook voorover en pakte de voorzichtig in haar richting bewegende hand van de vrouw, mager als een vogelpootje en overtrokken met een huid als crèpepapier. De arm die eraan vastzat was zo dun dat hij leek te kunnen losbreken onder een stevige handdruk. Ze keek Louise belangstellend aan, met grote waterige ogen waarvan het wit was verkleurd naar iets tussen roze en beige.

'Heeft u al thee gehad, oma?' riep Maarten. 'Dan maak ik dat even.'

Op gedempte toon zei hij: 'Ze komt haast nooit buiten deze kamer. De wereld komt naar haar toe – alle kinderen en kleinkinderen. Arme oma, ze heeft een heel simpel leven.'

Louise keek rond, dacht aan de kamer van haar vader, die ook zo'n eigen klimaat bezat – deze ruimte leek echter niet volgens de smaak en bezigheden van de bewoner zelf ingericht maar met wat toevallig naar binnen werd gebracht.

'Ze heeft,' zei Maarten, 'alleen belangstelling voor God en de Bijbel en de familie.' Zolang het daarover ging, zei hij, was ze helder maar bij alles daarbuiten haakte ze af. Of nee – ze kreeg er gewoon geen vat meer op. Hij keek soms samen met haar naar een film op de televisie. Ze had dan altijd achteraf over alle acteurs een mening.

'Tijdje geleden was *Soldaat van Oranje* erop, je weet wel, en nu zegt ze elke keer als Rijk de Gooyer in een programma voorbijkomt: bah, daar heb je die vuilak weer!' Hij lachte, voegde toe: 'Ze trekt er ook zo'n gezicht bij – alsof die man in het echt wel net zo walgelijk moet zijn als in de film.'

Hij kreeg opeens een hevige rilling en klappertandde.

'Goed,' zei hij. 'Ik trek iets droogs aan. Mag ik je hier achterlaten?'

Toen hij de kamer uit was, zag ze dat zijn grootmoeder net zo in haar stoel zat als tevoren, met een wazige blik op het plantsoen en de verte met het water en de eenden. Misschien was ze Louises aanwezigheid al vergeten. Ze was bleek, haar gezicht was wasachtig wit, ze had alleen wat kleur op haar grote oren en het puntje van haar neus. Er zat een beetje dons op haar bovenlip en kin. Het leek erop dat Maarten en zijn vader hun oogkassen van haar hadden geërfd. Normaal gesproken zou Louise een druk voelen iets te zeggen of te doen – een soort gezelligheid in stand houden. Maar er hing een vredigheid om de vrouw heen die zoiets overbodig maakte. En wat merkwaardig: je zou rondkijkend niet zeggen dat ze hier nog maar net woonden, alles zag eruit alsof het al jaren niet van zijn plek was geweest. Louise bleef staan kijken naar een schilderij, een zeegezicht met een vliegende storm en een zeilschip in nood. Het perspectief klopte niet, en de wanhopige figuurtjes op het schip waren niet in proportie. Misschien gemaakt door een dierbaar familielid en generaties lang meeverhuisd. Ze hoorde de penduleklok op de schoorsteenmantel tikken. Een vlieg tekende steeds opnieuw hetzelfde trapezium onder de plafondlamp. Ze voelde de passerende bries van de ventilator, die als een oog heen en weer door de kamer speurde maar haar om de een of andere reden niet scheen te kunnen zien. Ze kon zich indenken dat het Maarten als kind gelukkig had gemaakt in haar nabijheid te zijn – in deze sfeer van onvoorwaardelijke genegenheid. Ze dacht aan haar moeder toen zijzelf klein was, en bij wie ze zich ook zo gekoesterd voelde; veel uit die tijd was met een sprookjesachtig aura omgeven. Ze keek weer naar de vrouw, dacht dat hier iemand zat die waarschijnlijk haar tegenpool was: iemand die de wereld zoals ze was aanvaardde en er niets meer aan wilde veranderen. Ze stelde zich voor dat alles wat deze vrouw eens had gedacht en meegemaakt weldra zou opgaan in de stilte die nu al om haar hing. Van alle liefde die ze had gevoeld in haar leven had ze, zoals dat altijd ging, maar een miniem deel uitgesproken en ook dat zou binnen niet al te lange tijd vervagen. En Louise kreeg een vluchtige voorstelling dat zij nog eens, over tientallen jaren als ze zelf stokoud was geworden, zou terugdenken aan deze middag en aan deze vrouw, en dat met het voorbijgaan van die herinnering dan het laatste spoor van haar aanwezigheid op deze wereld verdween.

Maarten kwam terug. Hij had andere kleren aangetrokken. Hij droeg een dienblad en zette dat op een tafeltje naast het bed. Uit de tuit van de theepot steeg een dampsliertje recht omhoog. Maarten schonk zijn oma in, zette het kopje bij haar neer. Even later zei hij, weer zo gedempt dat zij het niet kon horen: 'Ze is al jaren zo. Ze zegt minstens eenmaal per dag dat dat het ergste is dat een ouder kan overkomen: dat je kind vóór jou overlijdt. Het belangrijkste waarnaar ze nu uitkijkt is dat ze mijn moeder zal terugzien.'

Hij keek haar plotseling recht maar niet onvriendelijk aan en zei: 'Daar moest ik straks in de boot ook aan denken. Jij vindt het volgens mij raar om te geloven. Maar voor mensen als mijn oma is dat het enige waaruit ze hoop putten. Dat zie ik dagelijks. Dat heeft toch ook zijn waarde?'

Louise dacht even na, schudde langzaam haar hoofd. 'Nee,' zei ze. 'Ik zie dat niet. Ik hoop tenminste niet dat ik ook maar een millimeter toegeef als ik bijna doodga. Dat zou mijn leven alsnog tot een leugen maken.'

Hij tuurde naar de vloer voor zijn voeten en zei, met iets verbetens in zijn stem: 'Het is gemakkelijk intellectueel zuiver en kritisch te zijn als je je aan niemand verbonden hebt; maar niet iedereen zit in die positie.' Het volgende moment keek hij haar een beetje verlegen aan, alsof hij schrok van zijn eigen felheid. Hij dacht, ging hij op een andere toon verder, dat iedereen of hij dat wilde of niet een verhaal van zijn leven probeerde te maken. 'Jij denkt misschien dat jou iets is aangedaan omdat je als kind hebt geloofd en daar later van afgestapt bent. Maar stel je voor hoe het moet zijn als je veel ouder bent. Als je voorbij een bepaald punt bent, is het waarschijnlijk niet meer op te brengen om dat verhaal nog te herschrijven.'

Hij keek opzij. Zijn grootmoeder was in slaap gevallen. Haar hoofd was opzijgezakt en ze snurkte een beetje.

4

Ze stonden naast elkaar, op dezelfde manier voorovergeleund, hun onderarmen op de metalen rand van een van de reclameborden die het sportveld begrensden. De rook van Jonkies kreteksigaret dreef steeds in Oscars gezicht en prikte in zijn neus en keel – maar hij onderging het zonder iets te laten merken. De riemen van zijn rugtas trokken in zijn oksels en hij voelde de ontoegeeflijke bolling van een fles in zijn rug. Hij aarzelde of hij de tas zou afdoen; hij wilde hier niet te lang blijven. Het was vrijwel donker nu, ongeveer half tien. Voor hen, onder het bitse schijnsel dat uit de lichtmasten omlaagstortte, schenen de kleuren van het kortgeschoren gras, de kalklijnen en de tenues van de spelers van een onwezenlijke felheid. Het veld was in vakken verdeeld, in elk vak stond een paal met bovenin een rieten mandje. Over het gras renden jongens en meisjes in uiterste inspanning en met opperste ernst door elkaar – meisjes bij meisjes en jongens even strikt alleen bij jongens. Het fluitje van de scheidsrechter schoot steeds schril door de lome, augustuswarme avondlucht. Soms werd er gejuicht, soms weerklonken kreten van teleurstelling, soms kwamen er aanmoedigingen of aanwijzingen vanaf de overkant van het veld, uit de verzonken hokjes waarin de trainers en reservespelers van de ploegen zaten. Er stond daar meer publiek. Jonkie tikte een paar keer met zijn metalen sigarettendoosje tegen het reclamebord, stak het in zijn achterzak. Oscar gaapte en verschoof zijn arm omdat de harde rand in zijn vel begon te drukken.

'Bin jie lekker deerntje?' zei Jonkie opeens, in een tamelijk volmaakte imitatie van de dorpsgek. 'Hep jie moi rokje an?'

Hij gaf Oscar een duw met zijn elleboog. Hij grinnikte schunnig en Oscar lachte mee, al even vet – maar voelde zich meteen ongemakkelijk over de gekunsteldheid van zijn poging. Hij verlegde opnieuw een arm en tuurde voor zich uit.

'Ken jij de regels eigenlijk?' vroeg hij even later.

Jonkie schoot in de lach, en blééf lachen. Hij scheen Oscars vraag als een enorm goede grap te beschouwen. Oscar lachte mee – en voelde zich opnieuw onzeker, ongeveer zoals hij zich in de klas onzeker voelde wanneer Jonkie een ondoorgrondelijke nadruk op een woord legde. Het schelle fluitje knipte door zijn gedachten, de thuisclub had gescoord.

Het was Jonkies idee geweest hiernaartoe te gaan. Jonkie maakte werk van hun vriendschap. Hij gedroeg zich of hij er echt plezier in schepte Oscar zo'n beetje als boezemvriend te behandelen. Oscar veronderstelde dat Jonkie dacht hem iets verschuldigd te zijn na zijn inspanningen rondom het huiswerk, en waarschijnlijk speelde ook de manier waarop de ontmoeting met de vader was verlopen een rol. Misschien, dacht hij terwijl hij de rugtas alsnog afschudde en tussen zijn voeten neerzette, was het zelfs allemaal op bevel van de vader. Of misschien zagen Molukkers het wel als een erezaak iemand die belangstelling voor hun politieke kwestie aan de dag legde zo kameraadschappelijk te behandelen. Hoe dan ook was dit sinds het etentje bij de Matupessy's de derde keer dat ze hadden afgesproken en steeds was het initiatief van Jonkie uitgegaan. Hij stelde voor 'iets te gaan doen' – wat betekende dat ze elkaar ergens ontmoetten en daar dan een paar uur lang rondhingen. Oscar had telkens ingestemd, aanvankelijk omdat hij nog op zijn hoede was en het hem beter leek Jonkie niet tegen zich in het harnas te jagen. Maar tijdens de vorige afspraak (ook bij een sportveld, van Madju Maluku, de Molukse voetbalclub) had hij zich plots gerealiseerd dat na het wegvallen van zijn taak als huiswerkkoerier het enig overgebleven lijntje naar Dona via haar broer liep. Hij had even weer een lichte wanhoop gevoeld bij de voorstelling haar niet meer te zullen zien of spreken – maar was geruster geworden bij het besef dat het lot hem, nadat het eerste draadje uit zijn handen was getrokken, feitelijk niet alleen genereus een nieuw had toegeworpen maar ook nog eens één dat sterker was en helemaal niet hoefde te knappen; Dona kon hem toch moeilijk verbieden met haar broer om te gaan. Nu bedacht hij nog iets: dit lijntje mocht dan, als hij tenminste niet iets doms deed, steviger zijn – veel had hij daar vooralsnog niet aan. Want er kwam, hoewel mijnheer Matupessy hem zo ongeveer geridderd had, met die hand op zijn schouder, geen tweede uitnodiging om bij de familie te komen eten. Bovendien leek Jonkie zelf bij alles wat hij deed liefst zo veel mogelijk afstand tot ouderlijk toezicht te bewaren. En dus leek het enige dat hij kon doen geduld oefenen en ervoor zorgen dat Jonkie zich niet met hem verveelde. In het allergunstigste scenario zou Jonkie een positief of interessant beeld van hem krijgen, dat vroeg of laat doorsijpelde en Dona kon laten inzien dat hij toch niet zomaar een onhandige jongen in de klas van haar broer was.

'En onder die rokjes – zitten broekjes,' hoorde hij naast zich.

Oscar grijnsde maar. Inmiddels raakte hij gewend aan Jonkies manier van doen. Zelfs begon hij er plezier in te scheppen – hoewel ze op een zeker niveau onvergelijkbaar zouden blijven – overeenkomsten tussen hem en zijn zus te zien. Hun blik, waar zowel iets triests als hooghartigs in zat. De plotselinge felheid, die ze waarschijnlijk van hun vader hadden geërfd – hoewel Dona haar in grotere mate leek te bezitten dan haar broer. En dat ze beiden soms opeens zo'n speciale trant van praten hadden, een voor hun leeftijd merkwaardig mengsel van ernst en gezag. En er waren overeenkomsten in uiterlijk, houding en gewoonte die Oscar, elke keer dat hij Dona in Jonkie ontwaarde, een niet onprettig soort melancholie bezorgden.

De bal kwam hun kant op gestuiterd. Jonkie stak zijn sigaret tussen zijn lippen, boog zich op het laatste moment over het reclamebord en wist hem met twee handen net boven het gras te vangen. Een meisje kwam op hen toe gerend en vroeg hijgend: 'Kom, geef die bal eens?'

'Eerst zeggen hoe jij heet,' zei Jonkie terwijl hij met een hand de bal tegen de bovenrand van het reclamebord hield. Het meisje, met een groene knie en een kous half afgezakt, bleef op een paar meter afstand staan. Haar lange lichtbruine haar zat in een paardenstaart.

'Johanna,' zei ze. 'En mag ik nu de bal?'

'Mag ik jouw telefoonnummer, Johanna?'

Het meisje wriemelde met twee handen aan het elastiekje boven op haar hoofd dat haar staart op zijn plaats hield en zei met het begin van een glimlach: 'Eerst de bal.'

'Eerst het nummer.'

Ze liet haar haar los en zette – maar zo te zien niet echt geïrriteerd – een hand in haar zij. Oscar zag achter haar andere korfballers toekijken. Twee jongens maakten zich los uit de groep en kwamen hun kant op gelopen. Jonkie leek het niet te zien, had alleen oog voor het meisje. Opeens gooide hij de bal met een inschikkelijk boogje naar haar toe, ze ving hem en hij zei streng: 'Ik krijg jouw nummer nog, Johanna.'

Ze lachte opnieuw, een beetje smalend, draaide zich om en holde terug. Een van de jongens was blijven staan. Hij nam hen aandachtig op. Hij had rossig haar en overal in zijn gezicht sproeten, zo veel dat zijn echte huid nauwelijks zichtbaar was. Er zat beweging in zijn mond, alsof hij op het punt stond iets te zeggen. Jonkie keek nu terug, pakte zijn bijna opgerookte sigaret tussen twee vingertoppen en schoot hem in de richting van de jongen. Die liep weg, Jonkie lachte en leunde weer met zijn armen op het reclamebord.

Oscar kreeg een stijve rug van het gebogen staan. Hij drukte zijn schouders naar achteren, legde zijn hoofd in zijn nek en probeerde door de laag kunstlicht heen sterren te ontwaren. Hij mijmerde – over hoe hij haar eens weer te spreken kreeg en haar dan vóór alles duidelijk zou maken dat hij (en hij kneedde de formulering) besefte dat hij te enthousiast had gereageerd op de verhalen van haar vader maar dat het toch erger was geweest als hij dat niet had gedaan, want dan had de man zich opnieuw onbegrepen gevoeld door een Hollander en had dat niet veel meer kwaad gedaan? En dan zou hij meteen toevoegen dat hij ook wel inzag dat een meisje, nee een vrouw als zij niet viel op iemand die zo'n stuk jonger was, iemand die nog op school zat, en dat dat ook helemaal niet hoefde, niet in zijn gedachten speelde, want het zou hem al genoeg zijn als... hij haar van afstand mocht bewonderen. Het was waarschijnlijk niet verstandig dat laatste ook uit te spreken. Toch was dit precies wat hij wilde: hij zou alles voor haar doen en er niks voor terugvragen. Wat een mooie bestemming voor zijn saaie en nutteloze leven. In een andere tijd had hij haar ridder kunnen zijn – dergelijke fantasieën kreeg hij de laatste tijd in bed net voor het slapengaan. Voorheen, wanneer hij zich voelde wegzinken in bewusteloosheid, had hij zichzelf wel gezien als ontsnappend uit een krijgsgevangenenkamp, als scorende spits van Oranje, eerste bedwinger van een bergtop in de Himalaya of iets anders uit een reeks heldenrollen. Nu had hij al wekenlang alleen deze fantasie – hij de ridder, zij de boven alles verheven jonkvrouw. Hij herhaalde dan in zichzelf haar naam, die hem nobeler en welluidender toescheen dan alle andere namen die hij kende, en zag haar voor zich in het decor van de middeleeuwse ridderroman die het voorbije schooljaar tijdens de Nederlandse les was besproken en waarbij hij van verveling haast uit zijn stoel was gevallen. Nu kreeg dat verhaal met terugwerkende kracht zijn volle belangstelling. Had hij maar beter opgelet! – want het ging ook daar over onbaatzuchtige opoffering en trouw en het beste teken dat zo'n houding helemaal niet zo dwaas was, was wel dat dat boek na eeuwen kennelijk nog steeds werd gelezen.

'Weet jij waarom ik hier ben?' vroeg Jonkie opeens.

'Voor de rokjes?'

'Haha – ja. Nee, niet echt. Ik ben hier om te sarren.' Die korfbalsukkels, zei hij, voelden zich vreselijk ongemakkelijk als hij hier alleen al stond te kijken. Hij ging elke paar weken wel een keer. Ze ergerden zich kapot aan hem, aan zijn aanwezigheid. Maar er was er niet één die het lef had naar hem toe te komen en te zeggen dat hij moest opdonderen. Zoals die eikel net, zei hij, die hen zo stond aan te gapen met zijn arrogante harses – je zag dat hij dacht wat doen die klootzakken hier – maar hij deed niks, hij durfde niks. Schijthuis.

Hij haalde het sigarettendoosje weer tevoorschijn en nam er een vers exemplaar uit. En hij lachte ze niet eens uit, ging hij verder, terwijl korfbal toch de idiootste sport was die hij zich kon voorstellen. Het was ook een bepaald soort, zei hij – korfbaljongens. Was Oscar dat al eens opgevallen? Allemaal van die weeïge eikels, de meesten speelden vast gevoelige liedjes op de gitaar. En dan die club: OMIK – Ons Motto Is Korfbal. Oscar lachte. Jonkie draaide zijn hoofd en keek hem aan terwijl hij in dezelfde houding voorovergeleund bleef staan. Het enige, zei hij, dat hem een tijdlang had verbaasd, was dat het gemengd was. Jongens en meisjes samen op één veld, nounou, toemaar – dat paste ergens niet, niet hier in dit dorp. Tot hij had ingezien dat het juist goed paste. Het was slim bedacht, zei hij, het was allemaal verrot slim bedacht. Eerst verzonnen ze iets voor jongeren, een sport – maar eentje die nooit echt populair zou worden, en dan zorgden ze dat jongens en meisjes met zo'n beetje dezelfde geloofsachtergrond ook bij het sporten met elkaar omgingen – en die zouden dan later met elkaar blijven omgaan. Net zoals alle kakkers op hockey gaan om de mensen met geld bij elkaar te houden.

‘Is dat zo’n dure sport dan?’ zei Oscar.

‘Vast wel,’ zei Jonkie. ‘In elk geval zullen zij jou wegtreiteren als jij niet bent zoals zij.’

Oscar bedacht dat die redenering misschien ook prima toe te passen viel op Madju Maluku. Maar dit was niet het moment voor een discussie. Hij pakte de rugtas op, stak zijn hand erin en haalde tussen de andere spullen die hij speciaal voor vanavond had meegenomen een grote, zware sleutel vandaan. Hij stak hem vooruit zodat Jonkie hem kon zien.

‘Waar is die voor?’

‘Wacht maar,’ zei Oscar.

‘Oké...’ Jonkie trok een frons.

Na afloop van de wedstrijd liepen ze om het terrein heen, naar de spelers die het veld verlieten. Jonkie zocht het meisje van wie hij het telefoonnummer wilde. Oscar, die aarzelde en op een paar meter volgde, verwachtte dat ze hem nu wel zou ontwijken of negeren, dat zou elk meisje doen als hij zelf zo deed, maar ze leek het helemaal niet vervelend te vinden weer door Jonkie te worden lastiggevallen. Ze had geen pen bij zich, zei ze, maar als hij het zo graag wilde hebben kon hij het toch wel uit zijn hoofd leren? Natuurlijk, zei Jonkie, en herhaalde haar nummer hardop. Het ging zo eenvoudig bij hem, dacht Oscar – gewoon aanspreken, en op een toon die hij zelf nooit zou kunnen aanslaan.

Nu kwamen er opnieuw enkele jongens bij, in hetzelfde clubtenue als het meisje. Een van hen was de jongen met het rossige haar. Hij legde zijn hand op haar bovenarm. Kwam ze mee naar de kantine, vroeg hij. Ja, zei ze vrolijk en draaide zich om. De jongen draaide zich nog niet om. Hij keek eerst Jonkie en toen Oscar aan, met een blik vol kille, ingehouden haat.

‘Ja?’ zei Jonkie, kin in de lucht. De jongen zei niets. Hij bleef hen nog aankijken, liep toen opeens weg.

‘Een winkeljongen,’ zei Jonkie. ‘Ken hem wel.’ Terwijl ze

terugkeerden naar hun fietsen, begon hij te vertellen wat hij al lang geleden van zijn vader had gehoord: dat de winkeliers in Brevendal allemaal familie van elkaar waren, de Van Griekens en de Goudriaans en de Beusekommen, en samen een monopolie hadden en de prijzen opdreven. Het dorp groeide geweldig de laatste jaren maar er kwamen nauwelijks winkels bij, hoe kon dat? Dat was toch vreemd? Een neef van zijn vader wilde een winkel beginnen, met kruiden en zo – begreep hij ja? Net zo'n toko als er al was maar dan veel groter en uitgebreider want de Molukkers uit Brevendal moesten nu vaak het halve land afreizen om de etenswaren te vinden die ze wilden hebben. Maar, zei hij op een toon alsof hij zijn vader citeerde, dat hadden die schooiers jarenlang tegengewerkt – zijn oom kon bijvoorbeeld geen lening krijgen bij de Rabobank om zijn zaak te financieren, terwijl hij al veel had gespaard en het duidelijk was dat de hele Bloemenbuurt meteen vaste klant bij hem zou worden. Wat bleek: de directeur van de bank hoorde ook bij die familiekliek!

'Precies de VOC, zegt mijn vader, het zit gewoon in de Nederlandse genen!'

'Niet in de mijne,' wierp Oscar tegen.

'Oké, niet in die van jou. Maar begrijp jij het? Het is allemaal maffia. Boerenmaffia. En dan zeggen ze dat Molukkers crimineel zijn en elkaar de hand boven het hoofd houden.'

Oscar knikte. 'Zullen we naar het dorp?'

Bij de provinciale weg moesten ze even wachten voor ze konden oversteken. Oscar keek opzij, zag Jonkies gezicht scherp afgetekend in het oranje schijnsel van een lantaarn. Hij leek nog steeds vol verontwaardiging over de Brevendalse winkeliers en staarde voor zich uit in de richting van het station en de altijd stinkende graansilo van Van Laar, de rijkste familie van het dorp.

'Denk je dat het echt haar nummer was,' vroeg hij toen ze weer verder fietsten, 'dat ze je gaf?'

'Nee joh,' zei Jonkie. 'Interesseert mij ook helemaal niet. Ik wilde gewoon weten wat zij zou doen.' Hij lachte opeens, alsof de herinnering aan het meisje al zijn boosheid liet verdampen.

Ze reden het dorp in. Er was vrijwel geen verkeer, in de winkelstraat kabbelde vergeetbare muziek uit kleine luidsprekers en staarden verlichte etalages roerloos in elkaars eenzaamheid. De deur van de glazen telefooncel halverwege was weer eens ingegooid, een diamanten glinstering lag over de stenen. Jonkie leek het wel interessant te vinden dat Oscar ook eens iets had verzonnen: hij vroeg niets en zigzagde op zijn fiets, trok soms opeens een scherpe bocht rond een bloembak en floot voor zich uit alsof hij tegelijkertijd de spot dreef met Oscars geheimzinnigheid. Oscar redeneerde in zichzelf dat zijn idee toch echt goed was: het was een familieverhaal en Molukkers, of in elk geval de Matupessy's, leken belang aan zulke dingen te hechten.

Hij had al een paar keer uitspraken gedaan waarvan hij hoopte dat ze tot een nieuwe uitnodiging in de Violenstraat konden leiden. Over de wajangpop bijvoorbeeld die hij thuis in een kist op zolder had gevonden en die hij graag aan mijnheer Matupessy zou geven, want die had er meer recht op zoiets te bezitten. En hij had opmerkingen gemaakt over de treinkapingen en over Indonesië, waaruit niet alleen zijn betrokkenheid bleek maar ook dat hij de laatste tijd veel las over de onderwerpen die mijnheer Matupessy tijdens het etentje had aangeroerd. Maar dat waren woorden, verder kwam het niet. Vanavond zou hij Jonkie verrassen, en na afloop of wanneer Jonkie er zelf naar vroeg zou hij het uitleggen: hoe hij al jaren geleden had gezien dat in de kamer van zijn vader boven op een kast een groenige glazen pot stond met daarin een forse sleutel; en hoe hij onlangs zijn moeder had gevraagd of die sleutel echt was en ja, had ze gezegd, o ja zeker, en ze had verteld dat hij van de toren van de Oude Kerk was en sinds generaties in de familie werd bewaard. Het was een dankbetoon, zei ze, net zoals een ereburger soms de sleutel van een stad kreeg, omdat een paar eeuwen geleden een voorzaat, zijn voorzaat dus ook, de restauratie van de kerk had gefinancierd nadat bij een noodweer een deel van het schip was ingestort. En vanochtend, toen zijn vader er even niet was, had Oscar een stoel voor de kast geschoven, de pot gepakt en omgekeerd en was de sleutel op de vloer gevallen. Hij had hem opgeraapt, was ermee naar de bureaulamp gelopen om hem goed te kunnen bekijken. Hij was van dofzwart ijzer en had een brede platte baard met drie rechthoekige tanden.

Hij remde. Ze stonden op het kerkplein, tussen het beeld van de geharnaste Johannes van Hackfort en de waterpomp met het bankje erachter. Hij wachtte even om er zeker van te zijn dat er niemand anders was. Naar één kant werd het zicht geblokkeerd door de schutting die was opgetrokken rondom het bouwterrein dat ontstaan was op de plek van het pand van Been. Wat verder zag hij het kruispunt met de stoplichten, die op dit uur voor niemand op groen en rood bleven springen. De lantaarns bij de kerk leken, halfverborgen in het gebladerte van de zacht ruisende linden, op lampions die een geheimzinnig beweeglijk schijnsel op de muren wierpen. Ze liepen met hun fiets verder om de hoek van de kerk, naar de kant van het plein waar geen winkels waren maar een hoge blinde muur met een tuin erachter. Ook de kerk was aan deze kant vrijwel zonder opening, er was alleen tussen een zijbeuk en de toren een lage, half in de grond verzonken deur met ijzerbeslag zichtbaar. Oscar zette zijn fiets tegen de tuinmuur en deed hem op slot. Toen hij zich omdraaide werd hij gegroet – van zo dichtbij dat hij schrok: Jeetje. De man bracht twee vingers naar zijn pet, haalde de rug van zijn hand langs zijn neus en sloeg verderop de hoek om. Nu hoorde hij vanuit een andere richting stemmen; er kwamen twee meisjes langsgelopen, gereformeerde gemeentemeisjes met stijve rokken en blouses met opstaande kraagjes, die geen acht op hen sloegen. Oscar werd onrustig – wat als er voortdurend mensen langs bleven komen? Ze mochten in geen geval gezien worden bij het naar binnen gaan.

Jonkie, die zijn fiets verderop had neergezet, keek de meisjes na terwijl hij zijn fietssleutel in zijn broekzak liet vallen.

'Hoe langer de rok, hoe natter het hok!' zei hij, zo luid dat ze het zeker konden horen. 'Die tweede is wel leuk,' voegde hij toe toen hij bij Oscar stond. 'Al heeft ze misschien dikke benen – zie je niet goed.'

Oscar lachte maar mee. Dit kwam niet uit nu – dit was niet de stemming die paste bij zijn expeditie en het was ook niet de bedoeling dat Jonkie ging lopen klieren. De meisjes reageerden niet en verdwenen uit het zicht. Oscar knikte naar de deur bij de toren.

'Aha,' zei Jonkie.

'Ben jij er al eens op geweest?' vroeg hij terwijl ze ernaartoe liepen.

'Nee, jij?'

'Bij de Boeren Streekmarkt. Dat kon toen een keer. Maar toen was ik heel klein. Kan ik me niks van herinneren.'

Een paar meter voor de deur bleven ze staan en keken omhoog. De kerktoren stak donker en massief af tegen de avondhemel. Oscar keek nog eens of er niet opnieuw mensen op het plein waren verschenen en pakte zijn rugtas. Opeens realiseerde hij zich dat hij helemaal niet wist of de sleutel paste. Hij had het verhaal voor waar aangenomen maar misschien was het toch een fabel, of klopte het verhaal maar was de sleutel alleen symbolisch, een mooie grote sleutel om tentoon te stellen en verder niet – en dan stond hij voor paal. Jonkie wachtte vlak naast hem, hij hoorde hem ademen. In het schijnsel dat een lantaarn over hun schouders wierp was het gat in de klinkloze deur duidelijk zichtbaar – het was groot, dat klopte in elk geval. Het metaal voelde koud in zijn handpalm toen hij de sleutel als een mes vooruitstak, in de opening, een beetje wrikte, en met kracht draaide. Er klonk geknars, en een droge klik. Hij liet los, legde zijn handen tegen het hout en duwde – de deur week zwaar naar binnen, in het schemerdonker werd een hoge ruimte zichtbaar met kale muren, een stoffige stenen vloer en achterin de onderste treden van een wenteltrap. Ze moesten bukken. Toen de deur achter hen dichtviel werd alles zwart en zag hij niets meer.

Jonkie streek een lucifer af, de vlam verlichtte voor ze wegkromp even het hele vertrek.

'Wacht,' zei Oscar. 'Ik heb hieraan gedacht.' Hij haalde de zware zaklamp waarvoor hij gisteren nieuwe batterijen had gekocht uit zijn tas. Hij knipte hem aan, woog hem in zijn hand en liet het licht, terwijl hij zelf langzaam om zijn as draaide, rondgaan als de straal van een vuurtoren. Niets drong van buiten door, er hing een stilte alsof de eeuwen tegen je oren drukten. Jonkie hoestte opeens, het geluid leek tienvoudig weerkaatst te worden en nog een tijdlang vanuit alle hoeken verder te fluisteren. De zwavelgeur van Jonkies lucifer werd verdrongen door een lucht die Oscar deed denken aan de hal thuis.

Ze liepen naar de trap, die uit holgelopen baksteen bestond. Oscar legde een hand op de muur, die koel aanvoelde, en hield met de andere de zaklamp voor zich uit. Toen ze een paar meter hadden geklommen, gleed Jonkie weg op een tree. Hij grinnikte terwijl hij zijn evenwicht hervond.

De trap draaide en draaide. Het geluid van hun voetstappen stootte tegen de gekromde muur en viel in het achtervolgende donker omlaag. De vochtige gruisgeur werd dunner terwijl de lichtbundel van de zaklamp hen door de spiraal naar boven trok. Oscar was zijn idee van hoogte aan het kwijtraken toen hij opeens voor een deurtje stond. Hij moest er met kracht tegen duwen voor het openzwaaide, en kwam in een ruimte vol schuine hanenbalken. Hij bleef staan, draaierig nog van het schroefsgewijs lopen. Hier bevond zich op een houten vloer het klavier van het carillon, met de stokken waar hij bij zijn eerdere bezoek de beiaardier wild met zijn vuisten op had zien slaan. En er hing vanuit de hoogte een vuistdik touw neer. Hij scheen er met de lamp langs naar boven en zag, roerloos als een antracieten beeld, een immense klok hangen. Hij liet zijn arm zakken, verderop was nog een kleine deur zichtbaar. Jonkie liep erheen, trok hem open en de frisse avondlucht drong binnen. Hij stapte over de hoge drempel en verdween.

'Gaaf!' hoorde Oscar hem zeggen.

De omgang had een borstwering die tot Oscars ribben reikte. Heel diep opeens lag daar het dorp, een teer web van licht over een geplooide duisternis. Daarbuiten was de aarde woest en ledig, met hier en daar een flonkering als een dolende geest – een lamp bij een boerderij, een lantaarn op het kruispunt van twee landwegen. Voorbij het station rees uit de velden en sloten als een zwartfluwelen wolk het Hackfortse Bos op. Rechts daarvan bevond zich ergens het sportpark maar de lichtmasten waren inmiddels gedoofd. Naar links, op de plek waar de zon was ondergegaan, bezat de horizon nog een vaag, diepblauw schijnsel. Er stond een bries die de verzadigde geuren van de zomerdag meevoerde. Een van Oscars ogen begon te tranen. Ze bleven minutenlang kijken zonder iets te zeggen. Ergens blafte een hond. Oscar zoog de lucht diep in zijn longen en lachte, zomaar – want dit overtrof zijn verwachtingen. Ja, hij zou zelf zeker onder de indruk zijn geweest als het omgekeerd was gegaan, als Jonkie degene was geweest die hem met een geheime sleutel hiernaartoe had meegenomen. Van beneden, uit een van de gekromde straten die uit de voet van de toren leken weg te stromen, kwam een geluid – iemand op een fiets met een aanlopend spatbord.

'Hee,' zei Jonkie. 'De Graaf.' Hij boog zich verder over de

balustrade en maakte met zijn mond een scheetgeluid maar de leraar leek het niet te horen. Jonkie deed het nog eens en nu blikte de man, inmiddels bijna recht onder hen, links en rechts om zich heen maar hij kwam niet op het idee omhoog te kijken. Jonkie lachte gesmoord.

'Heb trouwens nog iets bij me,' zei Oscar. Hij bukte zich naar zijn tas en haalde er twee beugelflessen uit.

Ze plopten de flessen open. Jonkie tikte zijn fles op die van Oscar en zette hem aan zijn mond. Ze gingen weer tegen de balustrade staan. Een kat sloop beneden langs een gevel. Af en toe liep er een miniatuurmens voorbij; sommige van die mensjes keken omhoog – niet naar hen maar naar de wijzerplaat met zwakjes verlichte armen en vijfminutenstrepen die zich een paar meter boven hun hoofden tegen de leistenen spits van de toren bevond. Oscar voelde zich al na twee slokken anders in zijn hoofd – vooral werd zijn optimistische stemming verdubbeld. Hij keek omhoog, zag hoe de wind een nagelvormig maantje naar het westen blies en herkende de patronen van enkele sterrenbeelden. In een impuls zei hij: 'Heb jij dat ook, dat als je een tijdje naar de sterren kijkt, ze aan je beginnen te trekken net zoals een diepte je omlaagtrekt als je erin kijkt?'

Jonkie reageerde niet. Misschien, dacht Oscar, klonk het opschepperig wat hij had gezegd. Een Boktoropmerking. Misschien was Jonkie minder onder de indruk van deze plek dan hijzelf en was zijn opmerking net genoeg om hem te doen besluiten dat hij Oscar niet interessant vond. Misschien moest hij er iets aan toevoegen waardoor het leek alsof hij het ironisch bedoelde, zoals dat ging op school, wanneer je je in een onbewaakt moment iets serieus of persoonlijks liet ontvallen waarmee je de hoon van de klas over je afriep. Hij zag dat Jonkie zijn fles al bijna had leeggedronken.

'Er is nog meer,' zei hij. Hij bukte zich, trok een van de twee flessen die nog in zijn tas zaten tevoorschijn en reikte die Jonkie aan. Jonkie opende hem, leek afwezig. Misschien, ging het door Oscar heen, werd hij stil van drank – zijn moeder had dat eens over zijn vader gezegd.

Jonkie zette de fles met een harde tik op de balustrade. Hij hoestte, kortaf alsof hij tegelijkertijd zijn keel schraapte.

'Kijk,' zei hij. 'Een Ambonees op een kerktoren. En dan heb ik ook nog naar korfbal staan kijken. Daar heeft in heel Indonesië niemand van gehoord. Hollandser kan ik niet meer worden.' Oscar knikte. Er zat iets in Jonkies stem dat nieuw was, een soort weemoed.

'Weet jij waarom ik hier ben?' ging hij verder, nog steeds met die vreemde ondertoon. 'In Nederland, bedoel ik.'

Oscar, die net een slok nam, haalde zijn hand langs zijn mond. 'Ja, tuurlijk weet ik dat,' zei hij. 'Doordat je vader bij het KNIL zat.'

Jonkie schudde zijn hoofd. 'Mijn vader zal dit nooit zeggen en hij zal mij doodslaan als hij mij hoort – nee, zij hebben ons christelijk gemaakt. Wij zitten hier door het geloof van de Blanda. Anders had niemand van ons ooit van Brevendal gehoord of van kamp De Oever.'

Hij pakte zijn fles van de balustrade maar zette hem weer terug, leunde met twee handen tegen de rand en liet zijn hoofd hangen alsof hij een moment op adem moest komen. Vervolgens zocht hij een sigaret en streek, toen deze zich vanwege de wind niet meteen liet aansteken, met ongeduldige, abrupte bewegingen een stuk of drie lucifers achter elkaar af. Terwijl hij toekeek scheen het Oscar toe dat hij, in weerwil van de opmerking over doodslaan, in Jonkies woorden de ernst van de vader hoorde, en van de zus. In het schaarse licht kon hij zonder veel moeite Jonkies gezicht in dat van een van de anderen laten overgaan.

'Ja,' zei hij toen Jonkie een kom van zijn handen maakte en zo de sigaret op gang kreeg. 'Ik heb daar pas een stuk over gelezen. Hoe de Molukken met grof geweld zijn bekeerd, eerst door de Portugezen –' Hij hield de rest van zijn woorden binnen. Hij kon Jonkies gezichtsuitdrukking niet goed zien maar dat was niet nodig, hij hoorde zelf ook wel hoe wijsneuzig hij klonk. Hij lachte verontschuldigend, zette zijn fles voor zich neer en leunde ook op de balustrade. Terwijl hij geconcentreerd in de verte tuurde, naar een oranje straatlantaarn aan de rand van het bos die zich dapper weerde tegen de duisternis, kwam het gelezene hem alsnog voor de geest – hoe de Molukkers eerst door de Portugezen waren gedwongen katholiek te worden en later door de Hollanders protestant, allemaal omdat er op hun eilanden specerijen groeiden die nergens anders ter wereld voorkwamen. Door die bekering waren de Hollanders hen gaan zien als geschikte soldaten voor hun KNIL en als instrument voor hun verdeel-en-heerspolitiek in de koloniën. Toen het de Engelsen in de negentiende eeuw lukte kruidnagelen te telen in India, waardoor de wereldmarkt voor specerijen instortte, gaf Nederland de Molukken evenwel geen toestemming iets anders te verbouwen, waardoor de eilanden straatarm werden. Niemand durfde tegen het gezag in te gaan want iedereen wist wat er vroeger voor gruwelijks op de Banda-eilanden was gebeurd en zo bleef er zoetjesaan maar één manier over waarop de Ambonees zijn gezin van de ondergang kon redden, en dat was in dienst gaan bij het KNIL.

Op dat moment zei Jonkie, alsof hij misschien deels dezelfde gedachtegang had gevolgd: 'Tijdje geleden heeft zo'n sukkel uit het dorp mij een landverrader genoemd. Zo'n winkeljongen. Zei dat ik mijn eigen soort heb verraden en dat Ambonezen niet zo moeten piepen. Vuile klootzak. Ik had hem afgemaakt als ik daar niet opeens mijn vader had zien lopen.'

Hij draaide zich naar Oscar toe.

'Elke keer als iemand uit het dorp mij aankijkt,' zei hij met een stem die nu toch vooral weer somber klonk, 'denk ik: jullie kunnen mij haten maar ik ben hier. En ik ben hier niet door mijzelf of door mijn vader maar door jullie. Zonder jullie was ik misschien ook niet vrij geweest in mijn eigen land en was ik onderdrukt door de Indonesische regering – maar dan wel dáár, en ik zou ervoor kunnen kiezen mijn bloed te laten vloeien in de aarde van mijn eigen vaderland.'

Oscar knikte, wist niet meer te zeggen dan: 'Ja.'

Maar uiteindelijk, ging Jonkie verder, was het niet genoeg om op de boeren hier te spugen. Wat hij wilde, dat was iets doen voor zijn ouders. Elke dag moest hij toekijken hoe die hier in Holland wegkwijnden van heimwee. Hun halve leven was afgepakt en alles wat hij kon doen, was laten merken dat hij dezelfde idealen had als zij. Maar al met al hielp dat niks en daar werd hij gek van. Dat was er ook aan de hand geweest toen hij dat ongeluk kreeg met die motor: hij reed maar en reed maar, hij crosste als een idioot door het bos – om af te reageren.

Oscar verroerde zich niet. Hij merkte dat hij onwillekeurig zijn adem inhield – alsof hij Jonkie zou kunnen storen. Het vage schijnsel van de torenklok verlichtte alleen de contouren van Jonkies gezicht – zijn glanzende jukbeenderen, zijn voorhoofd.

Achter hen klonk plotseling stroef geratel van kettingen, en een slijpend lawaai van tandwielen en stalen veren. De klok sloeg, vlakbij en oorverdovend. Ze keken elkaar aan – Jonkie lachte, op een verbaasde manier. De laatste slag gonsde voor Oscars gevoel minutenlang na. Het leek of door deze afleiding Jonkies stemming wat van hem afgleed. Verontschuldigend zei hij: 'Ik moet jou hier niet mee lastigvallen. Jij hebt gelijk: jij bent niet zoals de anderen.' Voor Oscar iets kon inbrengen voegde hij toe: 'Het is prachtig, bedankt dat jij mij dit laat zien. Jij bent een goede vriend.'

Ze liepen nog rond over de trans. Van boven was goed te zien dat op het terrein achter de schuttingen de bouw van de nieuwe Rabobank vorderde: er stonden inmiddels kale betonnen muren opgesteld als bij een doolhof. Oscar pakte zijn lege bierfles, mikte en smeet hem midden op het terrein. De fles spatte met een scherpe, verrassend luide klap uit elkaar. Jonkie lachte en gooide ook de fles die hij in zijn hand had.

Toen ze een halfuur later weer afdaalden, voelde Oscar zich opeens opgelaten en een beetje beschaamd. Want een deel van hem vroeg zich alweer af wat hij kon doen om nog eens bij de Matupessy's uitgenodigd te worden.

Ze kwamen beneden. Oscar opende de deur, langzaam en zo stil mogelijk, en gluurde door de ontstane kier om te zien of er niemand op het plein liep.

'Veilig,' zei hij en trok de deur verder open.

'Tot ziens,' zei Jonkie even later. Hij gaf Oscar een zachte stomp op zijn schouder. 'En bedankt.'

Oscar keek hem na, stak de zaklamp en de sleutel bij de laatste bierfles in de rugtas, hees die op zijn rug en liep naar zijn eigen fiets. Toen hij het ringslot liet openspringen, realiseerde hij zich dat hij was vergeten het verhaal over de herkomst van de sleutel te vertellen.

Bij het opstappen merkte hij meteen dat zijn achterband plat was. Hij stapte weer af, bleef even staan kijken. Hij legde zijn hand op de stuurpen en nam de fiets mee. Bij het passeren van de schutting om het bouwterrein hoorde hij achter zich stemmen. Er kwam een groep jongens aan, op de fiets, sporttassen over het stuur. Ze waren hem al gepasseerd toen een van hen riep: 'Hee, dat is die sneue die bij die blauwe hoort!' Als vissen zwenkten de fietsen, het volgende moment werd hij omringd door vier jongens van wie hij er een, de jongen met de sproeten, van het korfbalveld herkende. Hij bleef doorlopen alsof hij hen niet echt opmerkte, zijn fiets tussen zichzelf en de anderen in houdend. Een van hen reed hem voorbij, stapte af, liet zijn fiets vallen en kwam voor hem staan, hij greep Oscars stuur vast en plaatste zijn benen aan weerszijden van het voorwiel.

'Zo,' zei hij kalm. 'Vind je het wel gezellig, met zo'n Zuid-mislukker?'

Oscar herkende ook de anderen, het waren winkeljongens. Hij kreeg een duw tegen zijn schouder maar reageerde niet.

'Kijk maar uit,' klonk het terwijl hij opnieuw een duw kreeg, 'misschien heeft ie wel pentjak silat geleerd.'

'Hoe heet die blauwe? Sjonnie toch? Echt zo'n schooiernaam.'

'Goeie naam voor een pinda,' zei een ander vlak achter hem. 'Ken z'n zus wel. Werkt bij Breugem in de zaak. Echt een hoertje.'

Oscar draaide zich om en haalde uit naar de jongen die dat laatste had gezegd.

'Wooo!' klonk het enthousiast. Meteen werd hij van alle kanten geduwd en gestompt. Zijn fiets werd van hem weggetrokken. Hij dook in elkaar, greep gelijktijdig zijn rugtas bij een van de schouderriemen, zwiepte er uit alle macht mee naar degene die het dichtst bij hem stond en raakte hem op zijn schouder.

'Au! Vuile teringlijer!'

Hij werd tegen de grond gewerkt, de tas werd uit zijn hand gerukt. Ze schopten hem terwijl hij tussen hen in lag. Hij hoorde hoe zijn zaklamp tegen de kerkmuur kapot werd gesmeten. Hij verweerde zich niet langer tegen de stompen en trappen die op hem neerkwamen. Terwijl zijn lichaam veranderde in een grote klomp pijn, ontsprong ergens in zijn gewaarwordingen ook een gevoel van opluchting – dat Jonkie niet kon zien hoe zwak hij zich verdedigde.

Ze stopten. Het was voorbij. Hij zei niets, maakte geen geluid, keek niet op. Hij voelde geen woede meer, ook geen angst. Hij proefde bloed. Terwijl hij zich zonder op te kijken moeizaam oprichtte, kwam het beeld van de ridder in zijn gedachten. Hij had het wel voor haar opgenomen. Ja, dat had hij gedaan.

Op dat moment stompte iemand hem vol in zijn gezicht en werd alles om hem heen helwit – alsof hij op een mooie middag achterover in het gras lag en in de zon staarde.

DRIE

I

Aanhoudend gerinkel, van beneden. Haar vader hoorde het waarschijnlijk niet, die schoot voort in de galop van een Chopinsonate. En haar moeder zou al wel – op rubberlaarzen, tuinhandschoenen aan – in de tuin aan het snoeien of verplanten zijn. Louise lag op haar rug, keek naar de barst die als een bliksemschicht in het plafond hing en riep: 'O-os!'

Geen reactie. Zeker zijn walkman op. Een paar dagen geleden was ze erachter gekomen dat hij steeds hetzelfde bandje in zijn cassetterecorder beluisterde; zodra het laatste nummer afgelopen was draaide hij het om en drukte weer op *play*. Op beide kanten Nick Drake, zelfs voor zijn doen nogal melancholisch. Ze zag Doortje, die naast de openstaande deur bij de wastafel bezig was haar pootje te likken. 'Neem jij eens op, lieve poes,' zei ze. 'Kleine tegenprestatie, is dat zo veel gevraagd? En breng dan ook even mijn sigaretten.' De kat keek zowaar haar kant uit, kneep de ogen filosofisch samen en ging verder met haar zelfreiniging.

De telefoon stopte met rinkelen.

'Toen was het avond geweest en het was morgen geweest,' zei ze voor zich uit, 'de luiste dag.'

Ze draaide zich op haar zij, strekte haar benen, duwde behaaglijk haar schouders naar elkaar toe. Voelde het gladde laken tegen haar huid. Trok het kussen onder haar hoofd. Vlak voor haar neus lag Beer, die vroeger toen ze allebei kind waren nog Beertje heette. Je moet maar weer eens wit en zuiver worden, zei ze in gedachten. Als je zoet bent, houd ik het bij een handwas. Terwijl ze naar hem bleef kijken, luisterde ze met haar onbedekte oor. Het pianospel van beneden klonk opeens gedempt – haar vader had de deur van de bibliotheek dichtgedaan, misschien vanwege de telefoon. Door het open raam, langs het in- en uitademende gordijn, dwaalde geruis van de bomen naar binnen, getjilp van mussen. Een amechtig loeiende koe, ver weg. En met de geluiden kwamen geuren van de nazomer: zondoorstoofde akkers, gemaaide weiden, dorrende bosbodem, het warme woelende zoetwater van het riviertje. Ze merkte dat de ontspanning van haar afgleed, zoals vaak wanneer iets buiten haarzelf haar lome gedachten had aangeraakt en ze te wakker werd. Ze wreef met haar knokkels in haar ogen. En nu maakte dat waarin ze graag wegkroop – een rustig, zacht kabbelend geluk, uit hetzelfde gebied als de gewaarwording die plots zo intens was geweest pas, toen ze de kerk in liep (haar moeder weer de zwaan voorop, Oscar en zij als babyzwaantjes volgend, zigzaggend soms van ongeduld) – nu maakte dat onafwendbaar plaats voor iets anders, een gevoel van stuurloosheid. Ze had het, die val naar een wrange stemming, alleen wanneer ze hier logeerde, in haar oude slaapkamer. Nooit in haar studiestad. Dus aan het drinken en roken kon het niet liggen. Hoewel ze toch echt eens een dag zonder moest proberen, dacht ze erachteraan. Discipline, jawel.

Wellicht doolde ze (maar ze wist zelden wat ze had gedroomd) elke nacht die ze in deze kamer sliep weer rond in het heldere landschap waarin ze niets van het leven hoefde en alles belangeloos bezag, vol van een gemoedsgesteldheid waarvan de essentie geborgenheid was, en was het logisch dat het je somber stemde als je eruit weggeduwd werd naar de dagelijkse realiteit, ook al gebeurde dat niet eens bij vol bewustzijn. Het was de vraag, dacht ze terwijl ze gaapte en zich weer op haar rug draaide, of dit op den duur verdween of dat het je steeds meer zou aanvliegen.

Ze had een volle blaas, die haar ertoe bracht het laken van

zich af te slaan en haar voeten op de vloer te zetten. Ze liet haar hoofd hangen, ademde een keer diep in. Er bestonden gebenedijden (haar moeder en ook Oscar) die bij het opstaan meteen hun vermoeide zelf in bed achterlieten. Ze stond op, aaide Doortje in het voorbijgaan, liep in haar pyjama met slappe ledematen de trap af richting badkamer. Bij het passeren van Oscars kamerdeur hoorde ze hem zeggen: 'Jezus Christus.'

'Naam des HEEREN uws Gods niet ijdellijk...' mompelde ze. Ze keek even naar binnen, zag hem bij zijn wastafel voor de spiegel staan, voorovergerekt, neus bijna tegen het glas, inderdaad met de koptelefoon op. Hij bestudeerde zijn indrukwekkend blauwe oog dat hij, zo had hij eergisterochtend aan de ontbijttafel verteld, had opgelopen bij een val met de fiets, waarbij zijn gezicht onelegant in aanraking was gekomen met een handvat van het stuur.

Zonder handen zonder tanden, dacht ze terwijl ze de wc-deur achter zich sloot – credo dat haar moeder vroeger had gebruikt maar nu niet. Of was het anders gegaan en hield hij dat liever voor zich; had hij ergens hand in hand met zijn liefje gezwierd en haar al fietsend proberen te kussen. Hoe was het ook alweer, de naam die ze op dat stuk papier op zijn bureau had gezien, overduidelijk de mantra van een prilverliefde: Sonja, Ronja – Dona, dat was het. Ze had die naam zover ze zich kon herinneren maar één keer eerder gehoord: een meisje dat in het dorp in een kledingwinkel werkte. Een mooi meisje, dat ook. Ze lachte voor zich uit – god ja, toen kocht ze haar kleren nog hier in het dorp. En dat zag je er ook aan af op foto's. Vooral op schoolfoto's, misschien omdat je dan een hele troep van die stakkers bij elkaar zag. Maar... dat meisje in de winkel, die Dona, dat was een Molukse. Oscar toch, dacht ze verbaasd, je valt me mee, dit soort ingewikkelde leugentjes had ik van jou niet verwacht. Eten bij een Ambonese jongen uit zijn klas – nu pas drong tot haar door hoe ongeloofwaardig dat was. Dat soort dingen gebeurde helemaal niet in Brevendal.

Ze waste haar handen, gooide water in haar gezicht. Haar ogen stonden slaperig en hadden donkere kringen. Ze haalde een hand door haar haar, sloeg zich op beide wangen, hoestte. Ze zette het kleine raam van de badkamer open. Meteen viel een sliertig takje met bladeren langs het kozijn, afkomstig van de enorme klimop die aan deze kant al jaren het huis probeerde binnen te dringen. Ze knipperde met haar ogen tegen het licht, bleef staan kijken. Er werd teruggekeken, door een Vlaamse gaai op de nok van het koetshuis. Ze hield van die vogels sinds ze eens bij het buitenspelen zo'n mooi blauw veertje op het grind had gevonden – dat ze nog steeds ergens tussen vloeiblaadjes als een postzegel bewaarde. Ze duwde haar schouders naar achteren, draaide haar hoofd heen en weer. Haar blik verplaatste zich; tussen twee boomgroepen door waren in de nevelige verte daken van de nieuwbouw te zien. Soms bracht de wind daar lawaai vandaan, snerpende en krakende geluiden, alsof het leven uit de aarde werd geschraapt en vervangen door glas en doodse steen. Ze pakte het takje klimop, dirigeerde het naar een nieuwe bestemming door het naar buiten te buigen en onder een ander takje te vlechten.

Toen ze terugkwam op haar kamer, zag ze op de lage tafel de kaars liggen die haar moeder haar genereus had aangereikt nadat ze had verteld dat het peertje in haar schemerlamp het had opgegeven. Ze zocht een standaard, zette de kaars erin, pakte haar aansteker en stak hem aan. Ze keek in de vlam en herinnerde zich een moment met haar minnaar, overdag in zijn huis, brandende kaars op tafel, waarbij ze erachter kwam dat in het negatief van zo'n vlam, dat verscheen nadat je er een tijdje recht in had gekeken en dan je ogen sloot, een intens blauw oplichtte – vrijwel de kleur van een pakje Gauloises. Ze hield van die felle kleur, die je nergens anders zag. Daar begon het, dacht ze. Het hoefde maar een kleur te zijn of een geur of een vertrouwd geluid of drie noten van een melodie, je pakte het op en kroop erin. En dan leefde je, zo eenvoudig was het. Ze dacht aan het ritueel in zijn slaapkamer, in bed, waarbij ze hun mooiste dingen ter wereld opsomden. De fonkeling van zonlicht op water, voegde ze er nu aan toe – het water van het riviertje hier. Ze reikte naar haar sigaretten, stak er een tussen haar lippen en boog zich naar de kaarsvlam. Eerste van het dagelijks rantsoen. In de deuropening verscheen Doortje weer, die zoals altijd wantrouwend naar alle hoeken van de kamer blikte alvorens over de drempel te stappen. Ze negeerde Louise, liep naar het bed, klom er moeizaam in en ging na even ronddraaien op de nestwarme plek liggen die Louise had achtergelaten. Op dat moment ging de telefoon voor de tweede keer. Nu liep ze meteen de kamer uit en naar beneden, zag bovenaan de onderste trap de telefoon met het lange snoer staan en ging ernaast op een tree zitten. Bij de zesde rinkel pakte ze de hoorn van de haak.

Het was Maarten. Ze hoorde hoe hij op een plechtige manier zijn keel schraapte maar er volgde niets plechtigs – hij was ziek geworden, zei hij. Koorts, fikse verhoging, misschien kougevat op hun boottochtje. En keelpijn, dat ook. In elk geval moest hij de komende dagen binnen blijven en hij kon wel een goed boek gebruiken. Of ze zich dat boek van haar vader herinnerde dat hij zou lenen?

'Euh ja,' zei ze terwijl ze de sigaret naar haar mond bracht. 'Wat was het ook weer?' Hij zei het. 'Goed, zal kijken of het er nog ligt. Dan geef ik het mee aan mijn moeder, die moet elke dag wel voor iets naar het dorp.'

Hij antwoordde even niet. 'Natuurlijk,' klonk het uiteindelijk. 'Ja, fijn.'

Er viel weer een stilte, die ze maar doorbrak met: 'Voel me wel een beetje schuldig nu – als je je jas niet aan mij had gegeven was je misschien niet ziek.'

Ze vroeg zich af of ze niet te ironisch klonk maar hij leek het niet te registreren want hij reageerde: neenee geen sprake van, natuurlijk was het niet haar schuld, daarom had hij niet opgebeld, dat moest ze niet denken. Ze vond hem nogal gespannen overkomen. Toen hij opnieuw begon dat het niet haar schuld was, onderbrak ze hem: 'Nee, oké – maar het is evengoed vervelend voor je. Ziek in de zomer, zegt mijn moeder, dat is twee keer zo erg als ziek in de winter.'

'Nou,' zei hij met een kuchje, 'dat valt ook wel weer mee. Ik heb geen verplichtingen, het is vakantie, ik mis niks qua studie of zo. Mijn vader kan de boodschappen doen. Ik moet alleen nog een vervanger vinden voor de kindernevendienst.' Hij schoot in een hoestbui.

Ze friemelde met twee vingers aan het spiraalsnoer, keek langs de trapleuning omlaag. Ze inhaleerde, nam even de tijd en blies de rook door haar neus weer uit. Ze had dat woord, kindernevendienst, eens met opzet laten vallen te midden van medestudenten en was onmiddellijk omringd door een sfeer van bevreemding en blikken waaruit bleek dat ze een beetje eng gevonden werd. Precies hetzelfde effect had, op een later moment, het woord belijdenis teweeggebracht.

'Zal ik het doen,' zei ze.

'Wil je dat?'

'Nee, natuurlijk niet. Ik maak een grapje. Tenzij je wilt dat ik ze allemaal bekeer tot de satanskerk.'

'Ah,' klonk het, 'ik dacht al.' Door de hoorn heen hoorde ze dat hij nog een geluid maakte, een soort snuifje.

'Hoe bedoel je – *al*,' zei ze. Ze deed geen moeite haar stekeligheid te onderdrukken. Daar had ze altijd meteen de pest over in, als iemand dacht dat je simpelweg in kaart te brengen was – vooral wanneer mannen dat deden.

Toen hij niet dadelijk reageerde ging ze verder: 'Je vindt dat ik niet iemand ben die over zichzelf heen kan stappen. Toch?' Ze trok een beetje aan het telefoonsnoer. De kat glipte langs haar heen naar beneden, doorkruiste in rechte lijn de hal en verdween naar de keuken.

'Nee –' begon hij voorzichtig. 'Ik bedoel helemaal niks. Ik zeg gewoon iets. En ik denk dat jij je principes hebt en daar houd je je aan. Dat respecteer ik, hoor.'

Nu werd ze pas echt pissig. 'Fijn – dat je dat respecteert. Halleluja. Dan is het klaar hè?'

'Zo bedoel ik het niet,' klonk het. Hij begon weer te hoesten. 'Sorry,' zei hij, 'vind je het goed als ik even een glas water pak?'

'Ja hoor,' zei ze. 'Doe maar.'

Ze hoorde de tik waarmee de hoorn op zijn kant werd gelegd. Ze had haar sigaret opgerookt, zocht een plek om de peuk te kunnen uitdrukken zonder een brandvlek te maken – de kop van een schroef in het hout of zo – legde hem toen maar voorzichtig, de aspunt uitstekend, op de rand van de tree. Ze pakte het snoer van de telefoon en bewoog dat er voorzichtig iets verder vandaan. Kindernevendienst – als kleuter had ze nooit begrepen wat neven ermee te maken hadden. Een van de eerste keren dat ze mee mocht naar de kerk en de kindernevendienst, had ze Beertje meegenomen in de blijde hoop dat de dominee hem zou dopen om zijn ziel te reinigen en van drekgoden te verlossen. Want als er iets vreselijks met hem gebeurde zou hij verloren gaan, net als kleine kinderen die ongedoopt stierven.

Ze hoorde Maarten door de hoorn heen de kamer in komen en zijn keel nog eens schrapen.

'Weet je,' zei ze toen hij weer opnam, 'ik denk eigenlijk dat ik het wel wil doen. Ik moet de laatste tijd veel denken aan toen ik zelf zo klein was, en het is misschien bijzonder er weer een keer tussen te kunnen staan. Misschien kom ik wel tot nieuwe inzichten.'

'Nu maak je weer een grapje. Toch?'

'Nee – niet. Ik meen het.'

Het bleef stil aan de andere kant van de lijn. Ze aarzelde, het voelde iets te openhartig – toen zette ze haar schroom opzij. Ze had zich laatst, zei ze, letterlijk afgevraagd hoe ze was als kind, als achtjarige of zo. Wat ze dacht toen ze zo oud was en wat ze er toen van zou hebben gevonden als ze had geweten hoe ze inmiddels was geworden. Ze was de laatste tijd sowieso bezig met herinneringen – wat je eraan had als je toch niet kon terugkeren want je zat gevangen in de kennis die je had van je leven nu. Een beetje als kijken naar een sportwedstrijd waarvan je de uitslag al wist. Misschien kreeg ze er nieuwe ideeën over als ze zo tussen die kinderen ging zitten. Ja, zei ze, het leek haar bijzonder zoiets nog eens mee te maken. Misschien ontroerend – al die kinderen nog helemaal in hun geluksbel. En zij daarbij.

'Ik herinner me dat we vaak iets moesten knutselen, en dat er een Bijbelverhaal werd verteld. En liedjes zingen. Als ik het daar nou bij laat – alleen liedjes zingen met die kinderen. Dat kan ik wel aan en dan kan ik ook niks verkeerd doen.' Ze zweeg even, hij reageerde niet maar kwam ook niet met een bezwaar. Sowieso, zei ze, herinnerde ze zich van vroeger niet dat het ging van goedemorgen lieve kindertjes, vandaag gaan we het eens fijn hebben over het geween en het tandengeknars. Niet bij de kindernevendienst. En als het haar toch tegenviel was het binnen pakweg drie kwartier voorbij, zo lang was dat niet. Gewoon wat zingen, ging best lukken.

'Nou –' zei hij.

'Ik sta erboven, oké? Ik zit thuis altijd stil wanneer er bij het eten gebeden of gelezen wordt. En dan doe ik ook eens iets nuttigs. Zal mijn moeder blij mee zijn.'

Het neergelegde peukje bleef maar roken, het filter smeulde nu. Ze pakte het restant tussen de nagels van haar duim en wijsvinger en drukte het uit in de diepe hoek van de trede, waar alle planken bij elkaar kwamen.

'Goed,' zei hij opeens. 'Ja – laten we het zo doen, je helpt me er enorm mee. Je bent er dan wel hè, zondag.'

'Ja –' zei ze, toch even verrast dat hij zo resoluut was. 'En ik zal dat boek opzoeken en aan mijn moeder geven.'

'Bedankt,' zei hij. 'Je helpt me echt geweldig.'

'Nou – het is oké,' zei ze. 'En beterschap, dan.'

'Dank je.'

Ze legde op. Ze moest denken aan het moment meer dan een maand geleden bij de ijskelder – dat lied dat niet uit haar hoofd wilde toen ze bij haar duik in paniek was geraakt. Maar toen was ze moe geweest en ze had gedronken.

Ze trok zich met haar ene hand aan de trapleuning omhoog terwijl ze met de andere het telefoontoestel optilde, draaide zich om en liep langzaam naar boven. Waar stond hij precies, vroeg ze zich af. Misschien was ze te voorzichtig, dacht ze terwijl ze bleef staan, en moest ze niet afwachten maar hem dat ook nu meteen vragen. Ze zette de telefoon neer en liep de trappen weer af naar beneden. Naast het andere toestel, dat daar in de hal op het hogehoedtafeltje stond, lag de klapper waarin belangrijke nummers werden opgeschreven. Ze vond die van het huis van de nieuwe dominee, bracht terwijl ze ernaar bleef kijken de hoorn naar haar oor en wachtte op de kiestoon, zette haar vinger in de draaischijf – draaide een, twee, drie cijfers, stopte, liet de hoorn zakken en legde hem langzaam terug op het toestel.

Misschien moest ze het toch niet rechtstreeks vragen. Zelf was ze, in de tijd dat ze nog bezig was te ontsnappen, soms juist teruggedeinsd voor mensen die de kerk te bruut aanvielen. Alsof ongeloof viel in de categorie van dingen waarvoor je smaak zich moest ontwikkelen en waarvoor een overgangsgebied bestond, zoals voor koffie of wijn. Nee, het was helemaal niet duidelijk waar hij stond. Dat hij braaf dingen deed die zijn vader van hem verwachtte, dat zei niet zo veel, ze schikte zich zelf ook regelmatig naar haar ouders, net als Oscar. Je was thuis, je kreeg te eten, dus sprong je af en toe weer in het gelid. Of misschien zat hij in de fase waarin zijn ego nog in de weg stond. Iedereen was soms dom; sommige mensen konden in zo'n geval van zichzelf zeggen: ik was dom, laat ik naar verbetering streven. Maar ze had de indruk dat met name voor jongens van haar leeftijd zoiets niet bestond; die konden het gewoon niet aan dat ze er soms naast zaten, ze voelden elk ongelijk als een aantasting van hun persoonlijkheid en konden alleen denken: ik heb altijd gelijk – omdat hun ego correctie in de weg zat. In de schaarse discussies die ze de laatste jaren had gevoerd ging het niet om logica; zodra je als atheïst iets zei werd je uitgesloten, niet om je argumenten maar omdat er een ego tussen stond.

Hij miste een bepaalde blik en houding die een beperkt denkraam, een beperkte interesse verrieden. Een steile christen maakte zich niet druk om atoomwapens of het gat in de ozonlaag want dat zou God natuurlijk op Zijn tijd allemaal keurig regelen. En hij had geen jargon gebruikt – 'Gods woord' of zo, en op een toon waar eerbied in lag. Die eerbied ja, dacht ze – die kon subtiel zijn maar zij hoorde het onmiddellijk, wanneer iemand in de vreze des Heren of HEREN of HEEREN een lettergreep van de tale Kanaäns oprispte, en dan ging het alarm af. Hij was ook nog geen enkele keer aangekomen met een redenering als 'jij gelooft ook: in je zintuigen'. Ze dacht aan mijnheer Westeneng, die dat tegen haar had gezegd: 'Jij gelooft in je zintuigen.' Ze had geantwoord dat dat onzin was. Dat je door ondervinding leerde dat je zintuigen impulsen afgaven die je een bruikbare omgang met de gebeurtenissen van alledag verschaften. Als die ondervinding niet voldeed zou je je handelen bijstellen. Dat had nul komma niks met geloven te maken want als je geloofde, lag juist voor de eeuwigheid vast hoe je moest handelen, *los* van eigen inzicht en ervaring. En dan nog – en dat was het allermerkwaardigste – gaf de ouderling niets toe, bleef hij geborneerd volharden in de bizarre fictie van zijn overtuiging. Het was of je met een hamertje op iemands schedel tikte en je kwam er maar niet achter of daar iemand thuis was.

Nee, dacht ze. Ze moest het weten. En als hij terugdeinsde – *soit.* Ze pakte de hoorn weer, zette haar vinger in de draaischijf, draaide nu het hele nummer. Maar toen de telefoon aan de andere kant overging legde ze vlug op.

'Wee mij,' zei ze omlaagkijkend naar Doortje, die zich tegen de zoom van haar pyjamabroek duwde.

Misschien ging het hem vooral om de gemeenschap van de gelovigen, het wegvallen van de barrières tussen de zielen, en bleef God een abstractie waarover hij zich niet het hoofd wilde breken.

Terwijl ze naar boven liep, moest ze denken aan het bezoek aan Maartens grootmoeder. Inmiddels had ze een antwoord op de laatste vraag die hij had gesteld. Ze was het ermee eens dat je het iemand die zo oud was en alleen het geloof nog had, haast niet kon aandoen dat af te nemen – maar dat was juist de kern van de zaak. En die hield weer in dat alle mensen hun leven inderdaad, zoals hij ook stelde, min of meer als een verhaal zagen en dat het naarmate je ouder werd steeds pijnlijker zou zijn toe te geven dat je verhaal niet klopte. Dat mechanisme moest wel de belangrijkste reden zijn dat mensen tegen alle logica en kennis van de moderne tijd in religieus bleven – en wat had zij dan nog geluk gehad, want op pakweg je twaalfde onderkennen dat je je verhaal kunt weggooien en moet gaan herschrijven, dat was waarschijnlijk niets in vergelijking met de opgave voor iemand van wie dat werd gevergd op zijn dertigste, vijftigste. Daar was veel meer moed voor nodig. Misschien, dacht ze terwijl ze haar kamer binnenliep en haar pyjamajasje losknoopte, waren er extreem dappere mensen die zoiets uiteindelijk uit zichzelf konden opbrengen maar je mocht dat iemand van de leeftijd van je grootmoeder eigenlijk niet aandoen. De smalle weg, allengs zo smal dat je onmogelijk nog kon omkeren.

2

Rondom een vierkant weiland, juist over het spoor bij de veevoederfabriek en aan de achterzijde stuklopend op de diepgroene muur van het Hackfortse Bos, was een rood-wit lint gespannen om bezoekers op afstand te houden. Aan de dorpszijde werd het terrein begrensd door een brede sloot waarboven enorme wolken muggen deinden. Voor de gelegenheid was alles kortgemaaid, het rook indringend naar gesneden gras en aarde. Er stond nauwelijks wind, het geloei van gasbranders vulde de lucht en werd om de paar minuten overstemd door de galmende woorden van de spreekstalmeester, waarin euforisch de glorie van het gebeuren werd verkondigd.

'Een avond op de Schapenwei,' klonk het, 'is een unieke belevenis voor jong en oud! Zo dicht bij zo veel luchtballonnen bent u nog nooit geweest! Het is een prachtig gezicht hoe deze grote luchtballonnen worden opgeblazen en een voor een omhoog worden getrokken om zich klaar te maken voor het vertrek! Langzaam komt de mand van de grond en zal de luchtballon boven de bomen uitstijgen!' De stem viel stil, voegde opeens met hernieuwde bezieling toe: 'Bewaar uw kaartje goed! Rond half acht wordt de winnaar van de dag getrokken, deze persoon mag vanavond gratis met een ballon mee!'

Oscar nam zijn zonnebril af, stak die met een poot in de hals van zijn shirt. Vervolgens trok hij uit een jaszak de kleine folder die hem bij de toegang tot het terrein tegen betaling van twee gulden was overhandigd. Hij liet het kaartje dat ertussen zat in de palm van zijn hand glijden, keek naar het nummer dat erop stond, stak het terug in zijn jas en sloeg de folder open. Hij las: *De Ballonfiësta Brevendal wordt sinds 1982 georganiseerd. In dat jaar herdacht Brevendal dat het precies 400 jaar geleden was dat Johannes van Hackfort de treden van de toren liet insmeren met boter en daardoor een succesvolle bestorming van de kerk door paapse troepen voorkwam. In dat jaar (1982) stond de Brevendaller Barend Broekhaas samen met ballonvaarder Harm Zwiers aan de wieg van de eerste Ballonfiësta in Brevendal. Dit jaar zal alweer de vierde editie van dit heuglijke spektakel plaatsvinden.*

Hij liet zijn hand zakken, keek naar de negen felgekleurde ballonnen die werden klaargemaakt voor de vlucht. Of nee: voor de *vaart*, zo had de stem even daarvoor nadrukkelijk meegedeeld. Op sommige ballonnen waren in reusachtige letters teksten aangebracht. Er was er een bij met *Van Laar en Zonen* – toen die zich in de lucht oprichtte, hoorde hij een man naast hem tegen zijn vrouw zeggen: 'Van Laar en zonen, hard werken lage lonen!' Een grapje zo oud als het dorp, waar de man zelf niet om kon lachen – hij keek erbij alsof hij de afgelopen dertig jaar tussen het veevoer had doorgebracht. De vrouw reageerde niet, ze bestudeerde het nummer op haar toegangskaartje.

Oscar raakte met zijn vingertoppen zijn gezicht aan, het jukbeen bij zijn linkeroog. Af en toe trok daar nog een tintelende pijn doorheen. En net als bij de vorige keren dat hij de steeds naar nieuwe tinten paars verschietende plek had betast, voelde hij een lichte trots in zich opwellen – want hij had die plek omdat hij, hoewel degene voor wie hij de afstraffing had ondergaan het nooit zou weten als hij laf was geweest en haar had verloochend, ervoor had gekozen iets niet over zijn kant te laten gaan. Nu echter voegde zich bij die voldaanheid een nieuwe constatering: hij had zojuist minstens een kwartier niet aan haar gedacht. Hij had het al eerder bemerkt maar nog niet zo indringend als deze keer: ze was uit zijn gedachten aan het raken. En wat vreemd – dit stemde hem triest, terwijl hij de afgelopen weken toch voornamelijk gekweld was door die onhandige en uitzichtloze gevoelens. Iets in hem wilde er niet zomaar vanaf, en zeker niet op zo'n slappe, geleidelijke manier. Liever die bitterzoete foltering dan dat zijn leven weer zo vlak werd als het platgelopen veld voor zijn voeten – was dat het? Hij staarde in de verte, waar muggen als nevelslierten rezen en daalden in de late zon, probeerde met meer concentratie aan haar te denken. Hij prevelde met een ingehouden beweging van zijn lippen haar naam. Misschien kon hij, als hij zich genoeg inspande, toch nog een beetje terugkeren in de toestand waarnaast al het andere – school, toekomst, Louise, zijn ouders – een paar weken lang volstrekt onbeduidend had geschenen. Hij realiseerde zich dat hij de naam Dona, al voor hun ontmoeting, misschien een keer uit de mond van Jonkie had gehoord; er was een les geweest in de tweede waarbij de leraar elke leerling over zijn familie had laten vertellen. Jonkie had daar, atypisch en daarom was het hem waarschijnlijk bijgebleven, als enige van de klas serieus werk van gemaakt. Hij had misschien iets over Dona gezegd, maar Oscar bezat daar geen herinnering aan omdat haar naam toen verder zonder betekenis was, leeg als een nog onbewoond huis. Hij haalde zijn eerste bezoek aan de Violenstraat voor zich: zijn fiets beschamend op slot tegen het ruithekje, het moment waarop hij door het vliegengordijn heen de kamer binnenstapte en zij de trap afkwam, net gedoucht, in dat jasje van glanzende stof die de aanzet van haar borsten prijsgaf. Maar ook in deze herinnering was iets verschoven, ze gaf hem nu een andere emotie – dichter bij de dagelijkse schunnigheid van de klas en bij de rauwe opwinding die hij had gevoeld toen bij biologie mevrouw Stam hem eens iets had uitgelegd, daarbij half over hem heen hing en een eeuwige halve minuut lang een van haar borsten op zijn schouder had laten rusten. Dit soort voorstellingen was hij kwijt geweest de afgelopen weken, nu keerden ze onbekommerd terug, een beetje achterbaks rondfluitend en van de prins geen kwaad wetend.

Daar was Jonkie – die hem ook al moest hebben gezien want hij kwam, terwijl hij brutaalweg over het lint stapte en een hoek van het veld afsneed, recht op hem toegelopen. Oscar greep naar zijn zonnebril maar te gehaast, het ding glipte uit zijn vingers en viel voor zijn voeten. Hij bukte zich, toen hij overeind kwam stond Jonkie voor hem, onderlip vooruitgeschoven en een oog ironisch dichtgeknepen.

'Zo, Boktor – nieuwe oogschaduw? Staat jou beeldig.'

'Gevallen met de fiets,' mompelde Oscar terwijl hij zijn blik op zijn zonnebril gericht hield en er een paar versgemaaide grassprietjes vanaf wreef.

'Aha,' klonk het, niet bijzonder geïnteresseerd. 'Bad luck.'

Oscar zette de bril op. Jonkie ging naast hem staan, stak zijn handen in zijn zakken. Hij wipte ongedurig op zijn hielen en begon te vertellen hoe hij gisteravond in de disco in Arnhem een leuk meisje had leren kennen, hoe hij met haar in gesprek was geraakt door een trucje dat hij van zijn boeng in Vught had geleerd – gewoon op haar afstappen en vragen waar zij haar mooie blouse had gekocht want zijn zus was op zoek naar precies dezelfde – maar opeens stokte zijn verhaal en vroeg hij: 'Hoe ben jij gevallen dan?'

Oscar had niet meteen een antwoord. Nu draaide Jonkie zich weer naar hem toe – eerst zijn gezicht, toen de rest.

'Heeft jouw vader jou geslagen?'

'Wat? Nee, natuurlijk niet. Mijn vader heeft me nog nooit geslagen.'

'Maar jij bent geslagen. Niet liegen Boktor. Ik weet heus wel hoe een blauw oog eruitziet van iemand die is geslagen.'

Zoals hij nu keek, gingen van Jonkie weer de botheid en dreiging uit die Oscar van vijf jaar school kende – wat hij eerder sympathiek dan vervelend vond. Zijn moeder bijvoorbeeld had volstrekt niet doorgevraagd toen hij zijn fietsverhaal opdiste. Louise had ook maar zo'n beetje afwezig geglimlacht. Hij dacht aan het etentje bij de Matupessy's; hoe de vader hem over van alles en nog wat had ondervraagd en hoe hij over sommige zaken expliciet Oscars mening wilde weten. Hoe dat hem het gevoel had gegeven dat die man hem *zag*.

'Oké,' zei hij terwijl hij de bril afnam en Jonkie aankeek. Het was bij de kerk, begon hij. Na hun gezamenlijke beklimming van de toren – nadat ze uit elkaar waren gegaan. Hij vertelde van de lekke band en hoe hij het troepje jongens toevallig was tegengekomen. Korfballers. Die ene van het sportveld, met de sproeten, was erbij geweest. 'Ze noemden je zus een hoer,' voegde hij op het laatst toe.

Jonkie zweeg. Hij keek van Oscar weg, bleef zo staren.

Op dat moment werd overal om hen heen gejuicht. Een ballon kwam los van het gras en verhief zich, verrassend vlug. Opeens gegil – het gevaarte stokte in de lucht, zakte een paar meter – en opgelucht gelach toen de neergang net boven de grond weer werd omgezet in stijging. Opzettelijk, wist Oscar van vorig jaar. Deel van het ritueel om het allemaal wat spannender te maken. De vrouw naast hem klapte in haar handen toen de ballon definitief de hoogte in ging.

'Goed,' zei Jonkie nauwelijks hoorbaar. 'Kom. Wij gaan weg hier.'

Ze liepen van het terrein af. Jonkie pakte zijn fiets, Oscar volgde. Ze kwamen bij de rand van het dorp, de plek waar ze de provinciale weg moesten oversteken.

'Jij weet zeker dat die ene erbij was?'

Oscar knikte.

Ze fietsten het dorp in, tot aan de telefooncel in de winkelstraat, waar een nieuwe ruit in was gezet. Jonkie rukte de deur naar zich toe, stapte naar binnen, klapte uit de rij hangende telefoonboeken er een omhoog en sloeg het open. Hij bladerde, stopte en drukte de pagina's naar weerszijden plat.

Met een vinger op het papier keek hij om en gebaarde Oscar ook de cel in te komen. Oscar manoeuvreerde zich naast hem, keek naar de krantenpapierachtige bladzijden. 'Daar,' zei Jonkie met een knik naar zijn vinger, en drukte met zijn nagel een streepje onder een naam. Hij stak een hand in een broekzak en haalde wat kleingeld tevoorschijn. Oscar bedacht dat iemand met een vlindermes en seksblaadjes vast ook iemand was met altijd los geld in zijn broekzak. Jonkie nam de hoorn van de haak, duwde twee kwartjes in de gleuf van het apparaat. Hij keek Oscar strak aan.

'Jij daagt hem uit. Jij tegen hem, vanavond in het bos bij de koepel. Hij moet alleen komen. Hij heet Jeroen.'

Hij draaide het nummer, hield de hoorn bij zijn oor. Opeens reikte hij die Oscar aan.

'Ik help jou. Vertrouw mij, het komt goed,' zei Jonkie dwingend. Oscar knikte aarzelend, nam de hoorn van hem over.

'Ja hallo?' hoorde hij. De stem van een vrouw.

'Ehm – ja dag, mevrouw,' zei Oscar voorzichtig. 'Met Oscar de Vree. Is Jeroen thuis?' Het was even stil aan de andere kant van de lijn. In die stilte hoorde hij zijn eigen ademhaling, en die van Jonkie, vlak naast zich. En hij rook Jonkie – zijn typische geur maar toch weer niet precies die van Dona. Hij had onlangs beredeneerd dat het te maken moest hebben met je leven lang kruiden en kokos eten – maar nu ging vluchtig door hem heen dat boerenkinderen allemaal roken naar stal en mest, dus niet naar wat ze aten. Toen hoorde hij kortweg: 'Ja – Jeroen.'

'Met Oscar,' zei hij. 'Oscar de Vree. Je weet wie ik ben?'

Geen reactie. Op de achtergrond hoorde hij een stofzuiger aanslaan.

'Ik wil – een gevecht,' zei hij met onvaste stem in de hoorn terwijl hij Jonkie aankeek. Jonkie knikte fel. 'Alleen wij tweeen. Niemand anders erbij. Straks bij de koepel in het bos. Om...' Jonkie stak acht vingers op. 'Acht uur. Of durf je niet.'

Jonkie lachte geluidloos, liet zijn tanden zien en hield een vuist omhoog. 'Mietje,' voegde hij toe.

Nu liet de ander voor het eerst iets horen: neerbuigend gegrinnik.

'Ja hoor,' klonk het. 'Ik zal er zijn. Sukkel.'

Oscar bracht zijn hand naar de zijkant van de telefoon, hield de top van zijn wijsvinger boven het contactknopje. Hij zei 'goed' en verbrak de verbinding.

'Weet jij de Molenbeekweg?' vroeg Jonkie. 'De bushalte daar, bij het bos.' Oscar knikte. 'Acht uur,' zei Jonkie. 'Ik moet opschieten. Ik zie jou bij de bushalte.' Voor Oscar kon vragen wat hij met dat opschieten bedoelde, was Jonkie op zijn fiets gesprongen en reed hij zigzaggend tussen de voetgangers weg.

Een bushokje van grauwe steen, met een lantaarn ernaast. Oscar had een herinnering aan deze plek bij de bosrand. Hij was hier eens langsgekomen 's avonds laat, na een verjaardag van een klasgenoot die in het volgende dorp woonde. En het verlaten hokje dat hem toen in het voorbijgaan aanstaarde, vanboven met onaards oranje kunstlicht beschenen, had hem een intens gevoel van eenzaamheid gegeven dat hij daarna, ook toen hij allang thuis was en in bed lag, niet had kunnen kwijtraken. Het hokje dat daar de hele nacht stil wachtte in het starre lantaarnschijnsel, door niemand gezien – en niet slechts die ene nacht maar elke nacht, seizoen na seizoen, het ene jaar na het andere. Het scheen niet minder alleen en aan zijn lot overgelaten dan een voorwerp dat na het bezoek van astronauten op de maan was achtergebleven. Hij had de herinnering teruggekregen toen Jonkie met hem afsprak. En hoewel de plek nu, bij daglicht, nauwelijks troosteloos te noemen viel, nestelde zich opnieuw een vage verlorenheid in hem. Hij liep wat heen en weer, zag dat in de diepe droge greppel die achter het hokje lag allerlei rommel was gegooid. Een paar door en door verroeste bierblikjes. Een groen colaflesje. Het volledig ontvelde geraamte van een kinderwagen. Hij werd weer een beetje zenuwachtig maar voelde zich toch niet echt angstig. Hij had nooit gevochten maar putte zelfvertrouwen uit het feit dat hij een halve kop groter was dan de jongen met de sproeten. En waarschijnlijk zou Jonkie hem zo dadelijk een paar doorslaggevende trucs aan de hand doen. Het kwam goed, had Jonkie hem verzekerd.

Over de berm langs de weg, uit de richting van het dorp, naderde een troepje jongens. Toen ze dichterbij kwamen zag Oscar dat Jonkie erbij was. In totaal zes Molukkers, zo te zien ongeveer van zijn leeftijd, op een na – die had zowel een snor als een zonnebril die aan Magnum deed denken. Twee anderen leken broers: ze hadden enorme bolvormige bossen zwart haar zoals de Jackson Five en droegen aan hun dunne benen heel strakke spijkerbroeken boven afgetrapte gympen. Er was een jongen die gewoon zichtbaar een groot woudlopersmes aan zijn heup droeg. Hij rookte een sigaret – zo te ruiken geen kretek maar shag. Een andere jongen, die een legergroen jasje met epauletten droeg, liep op kistjes. Toen ze voor hem stonden, sprak Jonkie een paar zinnen in het Maleis. Daarop gaven de jongens hem een voor een een hand maar zonder daarbij hun eigen naam te noemen. Oscar had Jonkie even vragend aangekeken maar die leek geen tijd voor gebabbel te hebben, hij praatte nu weer met de andere Molukkers in hun taal, gedempt hoewel hun woorden Oscar scherp en afgemeten in de oren klonken. Jonkie leek instructies te geven. Hoewel de gebruikelijke zweem van spot in zijn mondhoeken ontbrak, bleef hij er op een bepaalde manier toch ook nonchalant bij alsof hij de regels voor een potje straatvoetbal doornam. Hij hield een tas die hij bij zich droeg omhoog, wat de groep enig gegrinnik ontlokte. Even later hoorde Oscar de naam Dona in een zin voorkomen – daarop keken de jongens naar hem. Er werd geknikt, ernstiger opeens.

Wat waren dit voor jongens, vroeg Oscar zich af. Zouden ze bij de RMS zitten? Ja, wellicht – in elk geval die oudere jongen, met de snor. Maar dan waren ze levensgevaarlijk, wie weet wat ze van plan waren en als het om de jongen met de sproeten ging: wat gingen ze doen?

'Wij gaan ja,' zei Jonkie op dat moment vriendelijk tegen Oscar. 'Kom mee.' Hij liep om het bushokje heen en sprong de greppel in. De anderen volgden, er werd verder niet gesproken. De Molukkers liepen vlug en bijna geruisloos over de dorre bladeren en droge grond. Toen de greppel een andere greppel kruiste die het bos inliep, sloegen ze af. Oscar herinnerde zich de eerste keer dat hij de Bloemenbuurt was binnengegaan – dat hij zich evengoed in een heel ander land dan Nederland kon bevinden. Na een minuut of vijf bleef de groep op een teken van Jonkie staan en hurkte neer.

Oscar kon net over de rand van de greppel kijken. De schaduwen van de bomen lagen in volle lengte door het bos. Banen van de laagstaande zon verlichtten enorme spinnenwebben. Op de bosbodem scharrelde hier en daar een vogel. Tussen twee taxusbosjes door was in de verte het houten puntdak op zes palen zichtbaar dat in het dorp de oude theekoepel werd genoemd, al kon geen inwoner vertellen of en vooral waarom men daar ooit thee had gedronken. Het was gebouwd op een verhoging, een zandbult op het kruispunt van zes brede, kaarsrechte bospaden. Duidelijk zichtbaar was een gestalte, die tussen de palen heen en weer liep.

'Is dat hem?' fluisterde Jonkie. 'Was hij bij de kerk?' Hij richtte zich half op en tuurde in de richting van de koepel.

Oscar haalde zijn schouders op. 'Geloof het wel. Herken jij hem zelf niet anders? Je weet ook hoe hij heet.'

'Wij moeten het echt zeker weten,' zei Jonkie. 'Wij mogen ons niet vergissen.'

Oscar richtte zich naast Jonkie op, keek met hem mee. Hij stapte tegen de wand van de greppel omhoog om nog beter zicht te hebben. Een duizendpoot kroop over zijn pols. Hij schudde het insect eraf, keek over zijn schouder. 'Hij is het,' zei hij. 'Maar ik weet het niet hoor. Ik vind het ontzettend aardig van je dat je me wilt helpen maar het is ook oneerlijk, zo met z'n allen tegen een.'

Jonkie lachte schamper. 'Niet tegen een. Ze hebben jou vorige week toch met z'n allen gepakt? Geloof mij vriend, hij komt niet alleen.'

'Hoe kun je dat weten, volgens mij is hij wel alleen.'

'Sst,' siste Jonkie. 'Kijk.'

Oscar hurkte weer neer. Nu was goed te zien dat de jongen een gebaar maakte in de richting van een plek die zich buiten hun gezichtsveld bevond. En nog een keer. Geen twijfel mogelijk. Jonkie verplaatste zich door de greppel naar een van de anderen, zei iets in het Maleis en wees op de jongen bij de koepel. Er volgde nog wat overleg, toen draaide hij zich om en zei tegen Oscar: 'Jij blijft hier. Zij mogen jou absoluut niet zien. Hier blijven oké? En let jij op mijn tas.' Met die woorden viel zijn mond open, ze krompen allemaal in elkaar omdat een reusachtige schaduw vlak boven de boomkruinen over hen heen schoof – en op dat moment klonk het geraas van een gaskraan die werd opengetrokken, een vlam als van een vurige draak schoot omhoog. Ingehouden lachend om hun schrik keken ze naar de luchtballon die overdreef, verrassend dichtbij. Ze hoorden de mensen in de mand zelfs praten.

Op een teken van Jonkie splitsten de Molukkers zich in twee groepen die gebukt naar weerszijden van hem wegslopen. Een eind verderop zag hij ze uit de greppel klimmen en gebukt verdergaan. Oscar richtte zich op, tuurde naar de koepel, waar de jongen nu ook de overdrijvende ballon volgde, hoofd in zijn nek, tot die uit het zicht verdween. Vervolgens keek hij op zijn horloge, hij maakte het gebaar met een schuddende pols dat Oscar van meer mensen kende. Oscar krabde aan zijn been, er was iets in zijn broekspijp gekropen. En er zoemde steeds iets bij zijn oor. Hij werd een beetje onrustig. Ze waren al minutenlang weg. Een scheutje twijfel sijpelde in zijn gedachten: misschien leverde Jonkie hem een streek zoals de schoolversie zou doen. Als Jonkie nu eens iets heel anders dacht over hem en Dona? Maar nee – waarom dan al die jongens erbij.

Hij keek naar de tas, die een paar meter verderop tegen een dode tak op de greppelbodem lag, liep ernaartoe en hield hem aan het hengsel omhoog. Zwaarder dan hij had verwacht. Toen hij erin keek, zag hij vier kartonnen strooppotten, oranje met een plaatje van een boerin erop. Hij pakte er een, keek onder het deksel – ja, stroop. Op dat moment vulde het bos zich met gegil en geschreeuw, een soort indianengehuil. Hij zette de tas neer, kroop weer tegen de wal en keek in de richting van het lawaai. Daar zag hij jongens rennen, blanke en Molukse jongens door elkaar, zonder dat hij kon uitmaken wat er gebeurde. Het geschreeuw leek over te gaan in overwinningsgejoel. Daarna werd het stil. Al vlug kwam er iemand zijn richting uit gerend, recht op hem af – Jonkie, die hijgend naast hem in de greppel sprong.

'Schijthuizen. Maar wij hebben hem. Waar is die tas – ah.' Hij greep het hengsel, keek Oscar triomfantelijk aan. 'Jij moet weg. Nu meteen ja. Naar huis, snel. En zorg dat niemand jou ziet.' Zonder op antwoord te wachten haastte hij zich weer de greppel uit en liep terug naar de anderen.

Oscar ging nog niet weg. Hij bleef zitten, dacht aan het mes van de jongen die shag rookte. Hij veegde weer een insect van zijn arm, begon zich gehurkt door de greppel terug te trekken, hoofd omlaag. Opeens hoorde hij opnieuw geschreeuw – gegil, nu duidelijk afkomstig uit één keel. Het gegil hield aan. Hij richtte zich op, kroop uit de greppel en sloop van boom tot boom in de richting van de theekoepel en zag iets dat zo vreemd was dat hij aan zichzelf twijfelde: een blote jongen, spierwit, volkomen naakt, met zijn handen op zijn rug.

Niet meer bij de koepel maar een eind daarvandaan. Voor en achter hem liepen de Molukkers. Hij hoorde weer een geluid, nu van achter zijn rug en van ver weg: het gebral van de spreekstalmeester van de Ballonfiësta.

Hij draaide zich om, liep terug naar de greppel, sprong erin en haastte zich verder. Wat gingen ze hem aandoen? Hij vroeg zich af of het slim was geweest Jonkie te vertellen dat die jongen zijn zus een hoer had genoemd – misschien was dat voor een Molukker wel reden om iemand te verminken of zelfs te vermoorden, en dan zou hij uiteindelijk ook verantwoordelijk zijn!

Hij kwam bij de greppel die langs de weg liep, bleef zich gebukt verplaatsen. Bijna bij het bushokje dook hij in elkaar: er kwamen een paar meisjes op de fiets aan. Hij maakte zich zo plat mogelijk, bewoog zich voorzichtig op handen en voeten verder door de greppel terwijl ze hem vrolijk pratend passeerden, en legde zijn hand op iets dat anders aanvoelde dan bladeren en aarde. Hij stopte, hield zijn hand op het voorwerp, wachtte met kijken tot hij de meisjes niet meer hoorde.

Het was een portefeuille. Hij ging rechtop zitten, bekeek hem en sloeg hem open. Op dat moment kwam er een bus aan die scherp afremde voor de halte. Deuren zwaaiden sissend open, een echtpaar op leeftijd stapte uit. Oscar wachtte tot de bus was opgetrokken en de bejaarden de weg waren overgestoken. Toen klapte hij de portemonnee dicht en schoof hem in zijn broekzak, klom uit de greppel, liep vlug naar zijn fiets, liet het slot openspringen en reed ervandoor.

3

Nieuwsgierig als meesjes luisterden de kinderen naar wat de leidster allemaal te vertellen had. Ze zaten hier knus bijeen, op tegen elkaar geschoven stoelen die hoog genoeg waren om je voeten te kunnen laten bungelen. Het was prettig warm, tegen de hoge ramen spatte het ochtendlicht – een wemelende schittering die door het gebladerte van twee essen brak, en van tijd tot tijd drong de resonerende preekstem van de dominee tot hier toe door, wat de geruststellende nabijheid van hun ouders bevestigde. En zij, in het midden op de voorste rij, de braafste en gretigste luisteraar van allemaal.

Het was teruggekomen op het moment dat ze hier binnenstapte – vrijwel wat ze had gehoopt toen ze Maarten haar toezegging had gedaan. Het was er nog, precies als bij de laatste keer dat ze hier zo had gezeten: deze ruimte die aan een gymzaal deed denken door de hoogte van het plafond en door de diepgeplooide zandkleurige gordijnen die tot rakelings boven de vloer neerhingen en waarvan er altijd een niet was opengetrokken, dit kale tegen de kerk leunende zaaltje met zijn vage lucht van boterkoek, waar wekelijks op zondagochtend de kindernevendienst voor de kleintjes plaatsvond en waar soms, herinnerde ze zich nu, voor de oudere jeugd verantwoorde films werden vertoond – *De Tien Geboden* bijvoorbeeld, en *Ben-Hur*, destijds na drie vergaderingen goedgekeurd door de kerkenraad.

Het was er nog: hoe ze met de andere kinderen binnendromde en het intens fijn vond bij die groep te horen, de groep die op haar beurt hoorde bij de kerk en die kerk hoorde weer bij de onvoorstelbaar grote en prachtige gemeenschap van christenen over de hele wereld. En hoe ze zelf soms opeens midden in de drukte, als ze net waren binnengekomen en al zo'n beetje waren gaan zitten, naar al die door elkaar piepende stemmetjes om zich heen had geluisterd – het meisje naast haar dat de dag ervoor met haar oudere broers in de zon bramen had geplukt langs de spoorlijn en daar nog steeds blauwe vingers van had (die ze trots omhooghield), een jongen met stekelhaar die alles wist van wespen en alle gewone en bijzondere levensfeiten van dat insect begon op te sommen ook als je er niet naar vroeg, de dikke jongen op sandalen die altijd snoepjes bij zich had en zo sterk was dat hij een ander kind kon optillen en dat een hele roodaanlopende minuut volhield, en natuurlijk het meisje met de twee staartjes, Gerda heette ze, met wie ze ruzie had gemaakt – ze had gezegd dat haar tante op bezoek was, haar tante uit de Jordaan die veel lippenstift op had en Louise had haar uitgelachen om zo'n dom verzinsel want iedereen wist immers dat je in de Jordaan niet kon wonen want dat was een rivier die zes dagen per week door het Heilige Land stroomde maar niet op zondag want dat was de Dag des Heren. Het was er nog, behalve dan misschien dat ze het destijds toch niet als zo'n lawaaiige chaos had ervaren; meteen nadat ze hun plek hadden gevonden waren de kinderen door elkaar gaan schreeuwen. Een nest vol gekwetter. Ze had een katheder die er stond weggezet en zat nu op een gewone kantoorstoel tegenover hen. Ze had al een paar keer iets gezegd maar dat had geen effect. Blijkbaar was ze in de wieg gelegd voor leraar die geen orde kon houden.

Ze keek het nog even aan, riep toen uit alle macht: 'Hee!' – waarop de kinderen abrupt stilvielen en haar met grote ogen aankeken. Op de tweede rij ging een heel kleine en voorzichtige roze vinger omhoog. Een meisje van een jaar of acht.

'Mijn mamma,' kwam erachteraan, 'zegt dat hee een vloek is.'

'Maar nu zeg jij het zelf ook,' zei Louise vriendelijk. Het meisje trok wit weg en keek omlaag, er werd een beetje in verwarring gelachen door de oudsten in de groep.

'Goed,' zei ze vlug. 'Dan zeggen we voortaan hoo – dat mag toch wel? Dat zegt de politie tegen een boef dus dan mag ik het vast wel tegen jullie zeggen.'

Opnieuw weifelende instemming van een paar iets oudere kinderen, het meisje van de vraag knikte peinzend. Louise trok haar opgewektste glimlach, het gezicht van het kind klaarde nog niet helemaal op.

'Dag allemaal, ik ben Louise. Maarten is verkouden en hij heeft mij gevraagd of ik vandaag zijn plaats wil innemen.'

En nu? Gewoon liedjes zingen had ze beloofd. Ja – dat was ook het eenvoudigst. Misschien kon ze daar de drie kwartier mee vol krijgen terwijl ze zelf van de ene in de andere herinnering stapte.

'We gaan zingen,' zei ze. 'Heeft iedereen die kan lezen een boekje gepakt? Wie nog niet kan lezen moet maar goed luisteren en proberen.' Ze hield haar eigen boekje omhoog. 'Wie van jullie weet een mooi lied?'

Meteen begonnen alle kinderen weer door elkaar te schreeuwen. Vingers schoten omhoog, armen werden zo ver mogelijk gerekt. Deze keer wachtte ze; na verloop van tijd draaiden ze een voor een uit zichzelf hun volume omlaag. Ze wees naar het meisje dat geen hee mocht zeggen.

'Weet jij er een?'

'*Eens als de bazuinen klinken*,' zei het meisje.

'*Eens als de bazuinen klinken*,' herhaalde Louise. 'Bazuinen – dát woord heb ik lang niet gehoord, en het is ook nog eens een mooi woord, toch? Een woord dat niet iedereen kent, denk ik zo. Wie weet hier wat een bazuin is?' De kinderen keken haar gespannen aan. Nu had ze dan toch de onverdeelde aandacht. 'Een toeter!' zei ze terwijl ze haar hand rond maakte en ter illustratie naar haar mond bracht. 'Een erg grote toeter.

Ja, laten we dat zingen. Maar staat het wel in jullie boekje?'

'Ik ken het uit mijn hoofd,' zei het kleine meisje. 'Alle coupletten.'

'Aha,' zei Louise. Er bestond dus doodgewoon een duplicaat, dacht ze. Halve generatie later.

'Het staat er niet in,' zei een jongen op de eerste rij.

'Dan moeten we misschien iets anders kiezen. *Eens als de bazuinen klinken* is een mooi lied maar we moeten natuurlijk wel allemaal kunnen meedoen. Zullen we er een uit het boekje kiezen?'

Het werd *Dank U voor deze nieuwe morgen*. Louise keek de gezichten langs.

'Weten we allemaal hoe dat gaat?' Ze keek in het boekje. 'Het heeft veel coupletten. Doen we ze allemaal?' Alle kopjes knikten ijverig van ja, de borstjes werden opgezet, de pootjes stopten met bungelen. 'Goed,' zei ze. Ze bewoog haar hand omhoog – maar er viel haar iets op. Een kind dat aan de kant zat, een jongetje van een jaar of tien op de hoek van de voorste rij vlak bij het gordijn, leek niet mee te doen. Het zat met de knieën tegen elkaar gedrukt, handen in de schoot, en keek voor zich uit of het elk moment in huilen kon uitbarsten. Misschien, dacht ze, werd het door de anderen gepest.

'Wacht even,' gebaarde ze tegen de groep terwijl ze van haar stoel opstond. Ze liep naar het jongetje, hurkte neer. 'Wat is er aan de hand,' zei ze. 'Waarom ben je zo verdrietig?' Opeens begon het kind te snikken, terwijl het nog verder in elkaar dook. Louise bleef voor hem zitten, pakte zijn hand. 'Wat is er. Zeg het maar. Hoe heet je?'

'Hij heet Dirk,' zei een van de andere kinderen. 'Zijn vader is ziek. Die gaat misschien dood.'

Het kind huilde nog harder.

'Wat erg,' zei Louise. 'Waar is je moeder nu, in de kerk?' Het jongetje knikte sniffend. 'Nou,' zei Louise, 'zo dadelijk zie je je moeder weer. Maar huil nu maar – dat is helemaal niet erg, toch?' Ze keek naar de andere kinderen.

Een paar schudden van nee. Maar het jongetje zelf knikte opeens verwoed. Het was wel erg, zei het. Je mocht om zoiets niet verdrietig zijn, want alles wat gebeurde was Gods wil.

'Ach nee,' zei Louise. 'Wie heeft dat gezegd?'

'Dominee,' zei het jongetje. En die, bracht het uit, had ook tegen zijn moeder gezegd dat de ziekte van zijn vader het gevolg was van de zondeval waaraan wij allemaal schuld hadden. Zijn moeder en hijzelf dus ook.

'Wat een onzin!' riep Louise uit. 'Vreselijk. Dat moet je niet geloven hoor! Dat mag de dominee helemaal niet zeggen!'

Een rimpeling trok door de ruimte. De groep werd opeens heel stil en aandachtig, ze leken allemaal hun adem in te houden. Door een openstaand bovenraam drong gegalm vanuit de kerk door.

'Nou,' zei ze terwijl ze opstond en de jongen nog een aai over zijn hoofd gaf. 'We gaan maar gewoon zingen, dan voel je je vast gauw een beetje beter. En we gaan ook proberen precies tegelijk te zingen.' Ze liep terug, ging op haar stoel zitten. Ze keek in het boekje, wachtte tot de groep weer wat ontspande, glimlachte nog eens naar de jongen. 'En laat maar horen hoe hard jullie kunnen – zo hard dat ze het in de kerk horen! Een, twee, drie...'

Dank U voor deze nieuwe morgen
Dank U voor elke nieuwe dag
Dank U dat ik met al mijn zorgen
Bij U komen mag

Dank U voor alle goede vrienden
Dank U, o God, voor al wat leeft
Dank U voor wat ik niet verdiende:
Dat U mij vergeeft

Met de eerste zin die er, geestdriftig en in verrassende harmonie, uitrolde, voelde ze haar tot glimlach geplooide mond verstijven. Het was of er gedurende een paar seconden een grauw waas voor haar stemming schoof en daarna was het tafereel dat ze voor zich zag veranderd. Want hier zag ze het in werking, en voor het eerst in haar volwassen leven zag ze het zo duidelijk: de machinerie – die zij dus deze keer zelf had aangezet.

Nu zag ze het beter dan ooit: hoe al die opengesperde keeltjes druppel na druppel het gif ontvingen dat als doel had hun schaarse rijkdommen te laten afsterven ten faveure van gemeenplaatsen en hen levenslang resistent te maken tegen de ratio. Die teksten waarvan zij de schaamteloze lelijkheid en beperktheid zag maar deze kinderen nog niet en die door hun eindeloze herhaling zouden zorgen dat de Blijde Boodschap zo stevig werd verankerd dat ze hun persoonlijkheid zou onderdrukken en soms zelfs vervangen. Een gevoel van intense walging nestelde zich onder haar huid en bleef daar als een gloeiende koortsplek zitten.

Wat moest ze nu? Haar eerste impuls was geweest haar handen tegen haar oren te drukken. Maar dan zou ze die stakkers opnieuw aan het schrikken maken, en wat kon ze dan zeggen om alles weer vrolijk en ontspannen te krijgen. Terwijl ze de maat bleef aangeven door te knikken, werd ze boos op zichzelf. Hoe had ze zo naïef kunnen zijn, hoe had ze bovendien niet kunnen zien dat het ophoesten van teksten die ze al zo'n tien jaar niet had gehoord andere herinneringen misschien zou overstemmen. Ook zou ze nu weer dagen, weken met die wederopgestane melodietjes in haar hoofd rondlopen.

Want kijk toch, ging het door haar heen terwijl ze maar weer met haar hand de maat aangaf: al die gezichten, een en al bereidheid een stel inconsequente fabels vol kinderachtige haat en jaloezie van twee millennia geleden serieus te nemen.

Dank u dank u dank u, net als dat schaapje willen zijn van een herder – de ambitie! Dat was de essentie van de christelijke opvoeding: dat je slaafs werd. Die intentie kwam vooral naar voren zodra je je bekje eens niet willoos opensperde en braaf meekwinkeleerde maar vragen begon te stellen. Dan verkleurde er iets aan de warme gloed van het nest en toonde zich de ware aard: de wil van het kind moest gebroken worden, daar begon het bij de gereformeerden mee – nee, niet alleen bij gereformeerden maar bij alle geloven. Ze herinnerde zich iets – niet uit de kindernevendienst, het was op school geweest. Ze had de juf een vraag gesteld, een vrij normale en gerechtvaardigde, over Goliath. Hoe kon het dat er tegenwoordig op de hele wereld geen reuzen meer waren? Was hij dan toevallig de allerlaatste geweest? Ook daarvóór liepen er in Genesis reuzen rond, wist ze van haar moeder. Ze had het thuis nog eens uitgeplozen met haar vader, die het allemaal erg grappig scheen te vinden: zes ellen en een span, stond heel precies in I Samuel, ze hadden hem kennelijk goed opgemeten die Goliath, dat kwam handig uit – zes ellen en een span dat was twee meter vijfentachtig, inderdaad een echte reus! Dus had Louise haar vraag gesteld, ook met de onrustige gedachte aan een ander kind dat had gevraagd of er kabouters bestonden en als antwoord had gekregen dat kabouters sprookjesfiguren waren, net als elfjes en, haha, natuurlijk nooit hadden bestaan, en toen had die juf haar bits geantwoord: 'Laat het denken maar over aan een paard, dat heeft een veel groter hoofd dan jij!' Het klaterende hoongelach van alle kinderen – en de juffrouw lachte mee. Dat moest een van de duidelijkste keren zijn geweest dat ze ertegenaan was gebotst: de geïnstitutionaliseerde vernietiging van het ego. Ja – zo werd vanaf het begin alle weerstand de kop ingedrukt; de vrije en onderzoekende geest van een kind mocht geen kans krijgen. Zo zag het eruit, het brute bijsturen als het gif zijn werk toch niet goed bleek te doen. Op het moment zelf was elke verdere gedachte over reuzen naar de achtergrond geweken, ze was weliswaar verbluft en gekwetst door de onloyale houding van haar klasgenoten, maar wat ze vooral had gezien was dat de juf achter haar gebeitelde glimlach die na het paardgrapje verscheen, inwendig ontzettend nijdig was geworden – dat zij, Louise, het lef had gehad zo'n vraag te stellen! En ook dit had ze sindsdien vaker meegemaakt: ze waren aanvankelijk o zo vol compassie en begrip, de ouderen die je het christendom aansmeerden. Tót je te kritisch werd en kanttekeningen plaatste (en dat punt bereikte ze naarmate ze opgroeide steeds eerder) waarop alleen onbevredigende uitleg kon worden gegeven. Dan werden ze van het ene op het andere moment razend en zouden ze je het liefst ter plekke je tong uitrukken. Nog verwonderd over de reactie op haar Goliathdilemma had ze de volgende dag in de klas een tweede vraag paraat gehad: waarom verhardde de Here God het hart van Farao, zodat hij de kinderen Israëls niet liet gaan? Was dat niet een beetje valsspelen, zelfs een beetje gemeen? Maar de juffrouw had ook niet stilgezeten en kwam met een nieuwe strategie: ze negeerde Louise voor de rest van het schooljaar. Haar moeder bleek de enige uitzondering op alle volwassen christenen die ze had ontmoet; die reageerde op een sceptische bespiegeling over de onbevlekte ontvangenis eens met: 'Lief kind, het is me duister wat je bedoelt maar je meent het vast goed. Hopelijk vinden je overwegingen plaats bij een open bijbel en met een biddend hart.' Onzinnig, maar daarna geen ergernis, geen bestraffende afstandelijkheid. Inmiddels begreep ze wat de boosheid van gelovigen betekende: je woelde in hun onzekerheid. Want voor iedere gelovige dreigde dat hij, als hij van zijn geloof viel, inderdaad het verhaal van zijn leven moest herschrijven en daar was moed voor nodig, een moed die in Brevendal niemand bezat behalve haar vader – hoewel die er misschien ook niet helemaal goed uitgekomen was.

De kinderen zwegen opeens en staarden haar aan. Het laatste couplet, het kruiperigste en absurdste van allemaal, galmde in haar na:

Dank U, Uw liefde kent geen grenzen
Dank U, dat ik nu weet daarvan
Dank U, o God, ik wil U danken
Dat ik danken kan

Daar stak al een jongetje zijn vinger op. *Stil maar, wacht maar, alles wordt nieuw* werd het volgende lied. Ze zong mee zonder zelf geluid te maken, hoewel ze de woorden in zich hoorde wellen, ze rolden soepel regel na regel uit een diepe la van haar geheugen. En nu brachten deze specifieke versregels iets met zich mee: een schrijnend gevoel in haar handen, haar handpalmen. Heel vluchtig maar ze vergiste zich niet – er haakte een vage herinnering aan, ze was een keer gevallen toen ze dit leerde. Bij het rennen of misschien met de fiets. De schaafwonden en het schroeien van je handen of knieën. Misschien had ze zich bij de gymles te vlug aan een klimtouw naar beneden laten zakken. De herinnering verdween, werd verdrongen door de weerzin die de liedtekst in haar opriep.

Na de laatste woorden staarde ze naar haar handen in haar schoot. Ze hoorde zichzelf ademen. Ze perste de vuist van haar ene hand in de palm van de andere. Toen ze uiteindelijk opkeek, zag ze tussen twee andere kinderen door dat het kleine meisje dat haar aan zichzelf deed denken onrustig op haar stoel schoof. Ze keek Louise ernstig aan, stak opeens haar vinger op.

'Ja?' zei Louise.

Het meisje aarzelde, trok haar vinger terug.

'Ja,' zei Louise, 'je wilde toch iets zeggen? Zeg het maar.'

'Heb jij – heb jij de Heilige Geest wel in je hart?'

Louise keek haar aan, realiseerde zich na een tijdje dat haar mond was opengevallen. Ze klapte het boekje dicht.

'Nee,' zei ze. 'Ik heb de Heilige Geest niet in mijn hart want ik geloof niet in de Heilige Geest. En ook niet in God.'

Nu ging er opnieuw een schok door de groep maar een van een andere aard. Angstige blikken, ze leken inwendig achteruit te deinzen. Louise keek geconcentreerd terug. Ze keek een voor een de gezichten langs, zocht oogcontact. Ze leken paniekerig, radeloos, klaar om te vluchten. Behalve het kleine meisje, dat haar bleef aankijken.

'Haat je ons?' zei op dat moment een ander kind.

'Hoe kom je daarbij?' zei Louise meteen, zo vriendelijk mogelijk.

'De ongelovigen haten ons. Heeft mijn vader gezegd.'

'Nee hoor,' zei Louise. 'Jouw vader kent mij toch helemaal niet. Ik vind jullie allemaal hartstikke lief. Wil je nog meer weten? Weet je wat, we stoppen nu met zingen. We gaan iets anders doen. Jullie mogen me alles vragen en ik beloof dat ik eerlijk antwoord zal geven.'

Het bleef stil. Ze werd onverminderd met achterdocht bekeken. Misschien was het toch beter, dacht ze, als ze weer gingen zingen. De tijd was nog niet voor de helft om.

'Heb jij een vriendje?' klonk het opeens van de zijkant. Een meisje, het sloeg haar hand voor haar mond om haar giechel binnen te houden. Anderen begonnen ook te gniffelen.

Nee, ik heb geen vriend, nu even niet – had ze bijna gezegd, om ervan af te zijn. Maar op hetzelfde moment zag ze dat dat een knieval zou zijn; want dan hield ze meteen weer rekening met gevoeligheden.

'Ik heb een minnaar,' zei ze.

'Wat is een minnaar?' werd gevraagd.

'Nou,' zei ze, 'een minnaar is iemand met wie je vrijt en die je aardig vindt maar met wie je waarschijnlijk niet gaat trouwen.' Er werd hard nagedacht. Ze keek naar het jongetje met de zieke vader, zag dat het nu toch zo was afgeleid door de loop van de gebeurtenissen dat het weer meedeed. Ze herinnerde zich vluchtig haar eigen overgang – vanuit de zekerheid dat er altijd iemand was die over je waakte, iets dat vooral in haar kinderboeken geklonken zat zoals die van W.G. van de Hulst; dat zelfs als je ouders doodgingen en je moederziel alleen op de wereld achterbleef, er nog steeds iemand was die om je gaf en die je verdriet begreep. En de bevreemding die over haar kwam toen dat wegviel. Iemand die anders was opgevoed, was beter in staat de waarde van het moment te zien en bijvoorbeeld herinneringen te koesteren omdat gebeurtenissen nu eenmaal grotendeels eenmalig waren en er niet van alles rechtgezet of herbeleefd kon worden in een hemel. Zij had dat zichzelf alsnog moeten aanleren. De pijn die het haar had gegeven, toen ze plots besefte dat ze haar overleden oma dus nooit meer zou terugzien!

Weer de kleine roze vinger van het meisje op de tweede rij. Louise knikte.

'Waarom...' – het kwam er bedeesd uit – 'laat jij de Here God dan niet in je leven?'

Louise onderdrukte een glimlach. Ze moest ze nu, en dit was belangrijk, dacht ze, voor vol blijven aanzien en ook niet autoritair worden. Ze ging iets anders op haar stoel zitten.

'Ik ga een verhaaltje vertellen,' begon ze. 'Over... een kind, zoals jij.' Ze wees naar het meisje van de vraag, toen naar een ander: 'Of zoals jij – of jij. Laten we zeggen dat het een meisje is, maar het kan ook een jongen zijn. Ze heeft een mooie slaapkamer, vol met al het speelgoed dat ze maar wil hebben. Alles is nieuw en schoon, en ze mag elke dag zo lang spelen als ze wil, ze hoeft nooit iets te doen waarin ze geen zin heeft. Ze hoeft niet naar school als ze geen zin heeft, ze hoeft niet met haar moeder mee boodschappen doen als ze geen zin heeft, ze mag altijd spelen – met haar beste vriendje of vriendinnetje als ze dat wil. Volgen jullie het nog?'

Er werd geknikt, ook door het jongetje met de zieke vader.

'Op een goede dag komt haar vader binnen. Hij is altijd

lief, hij heeft al die mooie spullen voor haar gekocht. Deze keer heeft hij weer iets meegebracht. Midden in de kamer zet hij een schoteltje neer met chocolaatjes. En hij zegt: die chocolaatjes heb ik daar neergezet maar je mag er niet van eten. Dan zegt hij ook nog: als je ervan eet word je slimmer dan iedereen maar het mag dus niet. Daarna geeft hij haar een kus en gaat weg en doet de deur achter zich dicht. Wat denken jullie dat er nu gebeurt?'

Ze zag aan de gezichten dat sommigen een antwoord overwogen – maar niemand durfde.

'Ik zal het zeggen. Het meisje was ongehoorzaam. Het pakte een chocolaatje en stak dat in haar mond. En wat gebeurde er toen? De deur zwaaide open en haar vader kwam binnen! En al zei het meisje dat het haar speet, haar vader pakte haar speelgoed af en zelfs haar kamer, ze mocht daar nooit meer terugkomen en moest voortaan op een lelijk ander kamertje slapen en mocht nooit meer de hele dag zomaar spelen.'

Ze zweeg even. Ze had de volle aandacht.

'En nu heb ik een vraag. Wie vinden jullie stom? Dat meisje dat van die chocolaatjes had moeten afblijven? Ja, dat is misschien een beetje stom. Maar het was maar een klein meisje dat van chocolaatjes hield en graag slim wilde worden. Of die vader, die zo kinderachtig en gemeen reageerde terwijl hij van tevoren had kunnen weten dat zij niet van de chocolaatjes zou kunnen afblijven?'

Er ging een vinger omhoog. Een jongetje, misschien wel de jongste van de groep.

'Ja?' zei ze opgewekt.

'Wanneer komt Maarten weer terug?'

'Volgende week,' denk ik. 'Waarom vraag je dat?'

'Ik vind Maarten veel liever.'

4

Hij zat, zoals vaker de laatste tijd wanneer hij zich in de zitkamer ophield, op de keukenstoel bij de secretaire. Het werd avond, de kaarsen van de kroonluchter brandden, de ruimte was vol beweeglijk licht. Achter de ramen kleurde de schemering de hemel in een steeds dieper en fluweliger blauw. Hoewel de deuren naar de tuin openstonden, drukte hij van tijd tot tijd zijn knokkels tegen zijn neus vanwege mijnheer Westeneng, die de canapé bezette – buik op schoot, konen met de tint van stoofperen, comfortabel dobberend in zijn bad van lichaamsgeur. De man had eerst een schaaltje Droste-flikken leeggeplukt en wist nu zijn kruik jenever binnen bereik.

Oscar was zenuwachtig. Hij merkte dat hij overdreven snel ademhaalde zonder in staat te zijn daar iets aan te veranderen. Hij was hier gaan zitten omdat hij het op zijn kamer niet langer uithield. Hij knipte de staande lamp aan en zocht tussen de delen van zijn vaders *Larousse* die hier nog steeds lagen dat waarin zich het lemma Spinoza bevond. Maar nu taande zijn belangstelling alweer, en hij liet het betreffende deel voor zich liggen zoals hij het toevallig had opengeslagen, bij een heel ander onderwerp. Hij deed zijn best de schijn van concentratie op te houden, luisterde een beetje naar de conversatie tussen zijn moeder en de ouderling. Het ging daarbij altijd om hetzelfde: de wereld moest verdeeld in Goed en Kwaad, in Geroepenen en Verlorenen, dingen van God en dingen van de Satan. Het moest heerlijk zijn zo te leven. Overzichtelijk, rustgevend; alsof je een puzzel van duizend stukjes maakte – het eindresultaat helder en vaststaand voor ogen, de Bijbel een even feilloze leidraad als de afbeelding op de puzzeldoos, en bij elk idee dat je oppakte waren er twee mogelijkheden: het paste of het paste niet. Natuurlijk vergiste je je soms, maar dat maakte de vreugde over een vervolgens wel weer passend stukje eens zo groot. Er waren talloze mensen op de wereld die dagelijks zo elke situatie beschouwden en afhandelden, maar om de een of andere reden hoorde hij daar niet bij. En Louise? Nee, ook niet – hoewel het er soms op leek dat ze dat wel graag wilde.

Vandaag ging het over mohammedanen. Een week geleden was er een Turkse familie in het dorp komen wonen; een van de kinderen uit het gezin zou komend jaar bij Oscar op school instromen. Turken waren geen onbekend verschijnsel in Brevendal: zo lang Oscar zich kon herinneren woonden er Turkse gastarbeiders in een pension halverwege de weg naar het volgende dorp. Die mannen zag je soms in de winkelstraat en niemand die daar aanstoot aan nam; het gegeven dat ze vanwege hun religie geen alcohol dronken, wekte bij veel dorpelingen zelfs een milde goedkeuring op. Maar nu er meer kwamen veranderde er iets, en voor dat iets had mijnheer Westeneng zojuist de getulbande ruiters voor de poorten van Wenen van stal gehaald. En, ging hij verder, Luther noemde Mohammed de duivel in eigen persoon, er was sprake van een satanische lijn die begon met de Satan zelf en via Kaïn en Arius regelrecht naar Mohammed liep. Het bleef even stil, en in die stilte was zijn tevreden gezoem hoorbaar. Nee, dacht Oscar terwijl hij zijn hand weer naar zijn neus bracht, er viel geen psalm in te ontdekken – het zat dichter bij het gespin van Doortje. Nu kwam zijn moeder met een aanvulling: dat Luther in zijn tijd óók had beseft dat het gevaar nog van een andere kant dreigde. Rome was de andere vijand, feitelijk was de paus erger dan de islam.

'De Turk is een uitgesproken vijand van Christus,' zei ze met een waarschuwend handgebaar en op een toon die aangaf dat ze citeerde, 'maar de paus is dat niet.' De paus was een heimelijke vijand en een vervolger, ging ze verder, een valse vriend. Daarom was hij het slechtst, slechter nog dan Mohammed. De paus was erop uit het christendom van binnenuit te verwoesten. En had niet Calvijn het rooms-katholicisme en de islam de twee hoorns van de antichrist genoemd? Op zo veel adequate kennis kon de ouderling alleen knikken. Toch al in die knikbeweging kantelde hij voorover en sloot zijn vingers rond het kegelvormige glaasje. Zijn bril spiegelde warm, alsof hij zelf twee kaarsjes in zijn hoofd had. In verband met het roomse, zei Oscars moeder, was ze een tijdje geleden nog op de proef gesteld. Ze had dat nog niet verteld want pas vandaag had ze de betekenis van het voorval doorzien. Er was een man aan de deur geweest, op afspraak, die zichzelf taxateur noemde. Erg vriendelijk en belangstellend, maar toen de aap uit de mouw kwam bleek hij een katholieke intrigant. Stel je voor – misschien wilde hij hier wel een klooster beginnen. Of een seminarie. En raad eens, vroeg ze, wie hem had ontmaskerd? Mijnheer Westeneng, glaasje aan zijn mond, schudde een beetje benauwd zijn hoofd.

'Louise. Louise had hem door. Zo ziet men maar, de Boze loert allerwegen, zelfs in het eigen huis.'

Oscar sloeg een pagina van de encyclopedie om. Hij realiseerde zich dat hij nu toch kalmer was geworden. Hij voelde aan zijn blauwe oog, dat gelukkig een weer wat normalere tint begon aan te nemen. Hij vroeg zich af waar Doortje uithing, die zich al ruim een dag niet had vertoond. Op dat moment werden alle vlammen van de kroonluchter één kant op getrokken.

'De deur dicht, graag,' zei zijn moeder. Zijn vader reageerde niet – hij kwam verder de kamer ingelopen, lezend in de krant die hij met twee handen voor zich hield, ogen half toegeknepen, mond niet helemaal dicht. De *Brevendalse Bode*, zag Oscar. Toen een van de tuindeuren met een klap dichtsloeg, stond Oscar zelf op en sloot de deur naar de eetkamer. Zijn vader bleef ter hoogte van de salontafel staan. Hij keek op met een verstoord gezicht, snoof – vanwege het bedwelmende bouquet van mijnheer Westeneng misschien – en zei: 'Moeten jullie toch eens horen.'

Iedereen was stil maar hij wachtte nog alsof hij zelf van zijn verbazing moest bekomen. 'Hier, dit bericht. Vreemde mishandeling in het Hackfortse Bos!'

Oscar, die bij de deur was blijven staan, voelde alle spieren in zijn lichaam verkrampen. In zijn gesloten mond zoog hij het speeksel uit zijn klieren. Zijn vader keek rond, de nieuwsgierigheid peilend, trok de krant met een rukje strakker en begon te lezen.

'Een vrouw uit ons dorp – tussen haakjes naam bekend bij de redactie – die vorige week bij de Ballonfiësta op de Schapenwei dankzij het winnende nummer op haar toegangskaartje een gratis ballonvaart mocht maken, hoorde kort na het opstijgen geschreeuw uit het Hackfortse Bos komen. Toen ze de andere inzittenden attendeerde, zag een van hen een ontklede persoon in het bos liggen. Na landing van de ballon werd meteen melding gemaakt bij de politie, die ter plekke onderzoek deed en de betreffende persoon aantrof. Het bleek om een jongeman te gaan, die geheel bloot aan handen en voeten was gebonden. Een naam was op het moment van schrijven nog niet bij de redactie bekend, daarover wilde de politie geen mededelingen doen.'

Oscars vader kuchte, ging verder met een stem die trilde van geamuseerde opwinding: 'Wel bekend is het volgende: dat deze jongen op de grond lag, tussen twee grote mierenhopen in. En' – hij stopte even met lezen als wilde hij zich er echt van overtuigen dat er stond wat er stond – 'zijn hele lichaam was ingesmeerd met stroop.'

'Maar nu komt het –' zei hij en hield de krant een stukje hoger, 'een martelmethode, zo wist een onzer oudere redacteuren te vermelden, die wellicht bekend is onder Indiëgangers, omdat zij door de Jappen als wrede represaille werd gebruikt.'

Hij liet de krant zakken.

'Dat wist ik niet,' zei hij gefascineerd. 'Dat de Japanners er zulke methoden op nahielden. Een uiterst geraffineerde manier om iemand te straffen.'

Het bleef even stil. Mijnheer Westeneng zag eruit of hij het nog warmer had gekregen. Hij wurmde een vinger in de knoop van zijn stropdas om zich lucht te verschaffen. Daarna sloeg hij zijn borrel achterover, deed zijn tuimelaarsact en schonk zich bij.

'Die arme vrouw,' zei hij toen hij weer recht zat, 'wat moet ze geschrokken zijn. We hoeven niet lang te raden waar de politie het zal zoeken. Die mensen leven volgens hun instincten. En die jongen heeft vast achter een van hun meisjes aangezeten. Dat is levensgevaarlijk. Ik heb daar verhalen over gehoord.'

'Zo?' zei Oscars moeder. Ze richtte zich tot zijn vader. 'Staat er iets bij over een dader?'

Hij bracht de krant weer voor zich, schudde zijn hoofd.

'Oordeel niet en gij zult niet geoordeeld worden,' zei ze. Omdat de ouderling niet reageerde drukte ze nog even door: 'Verdoemt niet, en gij zult niet verdoemd worden; laat los, en gij zult losgelaten worden; geeft, en u zal gegeven worden: een goede, neergedrukte en geschudde en overlopende maat zal men in uwen schoot geven, want met dezelfde maat waarmee gijlieden meet, zal ulieden wedergemeten worden.'

Wat een deemoedig knikje aan mijnheer Westeneng ontlokte.

Ze werd er de laatste tijd niet creatiever op, dacht Oscar terwijl hij bij de deur bleef staan en hoopte dat hij zojuist een niet al te rood hoofd had gekregen. Maar opeens zei ze toch iets creatiefs.

'Misschien was Oscar het wel. Wie zal het zeggen?' Ze draaide haar hoofd in zijn richting. 'Jij was er toch ook op uit die avond?' Met een blik op mijnheer Westeneng voegde ze toe: 'Was jij het, Oscar? Was jij de dader?'

'Denk je dat, mama?' zei Oscar, zijn blauwe oog wegdraaiend.

'Nee, natuurlijk niet.' Ze boog zich naar de salontafel, reikte naar de theepot en schonk haar kopje vol. Oscar bleef kijken, zag hoe ze met de tang een klontje uit de suikerpot tilde en dat zoals altijd even met een randje in de thee hield zodat het vocht erin begon te trekken, voor ze het losliet. Ze legde de tang terug, pakte het lepeltje en vroeg terwijl ze roerde: 'Je zieke vrindje, hoe is het daar nu mee?'

'Ziek vriendje?'

'Ja, die jongen van school. Bij wie je onlangs hebt gegeten. Is hij weer helemaal gezond, de arme jongen? Je bent toch niet vergeten hem ook bij ons uit te nodigen? Ik zie er erg naar uit hem te ontmoeten. U moet weten, mijnheer Westeneng –' En ze vertelde de ouderling over Oscars onbaatzuchtige gedrag in de klas en hoe dat was uitgelopen op de uitnodiging bij een Molukse familie uit het dorp. Oscar keek naar zijn vader. Die had een stoel tot bij de tuindeuren versleept en zat daar bij het laatste schijnsel zijn krant verder te lezen. Voor zijn vader, dacht Oscar, was het leven een doos met miljoenen door elkaar gewoelde stukjes die deel uitmaakten van heel veel verschillende puzzels. Dit was trouwens een goed moment om ertussenuit te gaan, het gesprek kon zomaar terugkomen op het bericht over het Hackfortse Bos en als zijn moeder hem vroeg waar hij die avond dan wel had uitgehangen – dan zou hij met een leugen moeten komen en zich misschien verspreken. Hij verliet steels de kamer. In de hal bedacht hij dat hij nu ook even ongezien de bibliotheek in kon. Doorgaans lagen op het bureau de recente kranten op een stapel. Zojuist, toen zijn vader begon te citeren, was Oscar weer een ander artikel te binnen geschoten – een dat hij zelf aan Louise had voorgelezen. Die krant was misschien nog ergens te vinden. Met zijn hand al op de deurkruk draaide hij zich om zijn as en liep naar het tafeltje met de telefoon. Ook daar lagen er meestal een paar. Hij hurkte neer, ging door het stapeltje heen en zag opeens wat hij zocht. Ja, dit was hem, het stond onderaan op de voorpagina. Hij liet zijn blik over de regels gaan. De beroofde boer, het nieuwtje waarover hij Louise een tijdje geleden zelf had verteld. Nu las hij ook dat de politie en zelfs de burgemeester er herhaaldelijk hun bezorgdheid over hadden uitgesproken dat de boeren na de veemarkt met zulke grote bedragen in contanten over straat gingen. Het moest een keer misgaan, daar waren ze het over eens. Hij las verder – de redacteur kwam nog met de suggestie van belastingontduiking maar daarop antwoordde de burgemeester dat zoiets in zijn gemeente gelukkig niet voorkwam. Hij rolde de krant op en liep naar de trap. Het klopt, dacht hij terwijl hij naar boven ging. Het kan kloppen.

Op het moment dat hij over de drempel van zijn slaapkamer stapte, bleef hij staan en luisterde, om er zeker van te zijn dat niemand hem achternakwam. Hij wierp met een losse beweging de krant op een stoel, stapte naar zijn bed en stak zijn arm tot aan zijn elleboog onder de matras. Toen hij die terugtrok, hield hij het voorwerp dat de oorzaak van zijn onrust was tussen zijn vingers. Hij ging aan zijn bureau zitten, veegde de rommel die er lag opzij en legde het ding voor zich neer. Hij had het de afgelopen dagen zo vaak gezien dat hij het tot in detail uit zijn hoofd zou kunnen tekenen. Nu keek hij ernaar met een aandacht of het weer de eerste keer was. Soepel donkerbruin leer, bijna zwart op sommige plekken, wellicht door het vele gebruik. De stiksels aan de randen waren hier en daar doorgesleten. Vast al jaren in bezit, misschien een half leven. Misschien ooit gekregen – voor een verjaardag of sinterklaas.

Er kwam een luchtje vanaf: zeep, maar dan een beetje zurig. Hij neeg nog verder naar voren, hield zijn handen er even met gespreide vingers boven, liet ze verder zakken, klapte de twee delen van de portefeuille open en schoof het geheel over het vrijgemaakte deel van het bureaublad van zich af. Vervolgens haalde hij methodisch de hele inhoud tevoorschijn en legde alles voor zich neer. Een strippenkaart, deels afgestempeld. Bonnetje van de dorpsboekhandel, acht vijfennegentig. Nog een bonnetje, van sigarenmagazijn De Zwart. Uit het vak dat met een drukknoopje werd afgesloten: twee rijksdaalders, een gulden, vijf kwartjes, een dubbeltje en vier stuivers. Uit het grootste vak trok hij een tientje, en een briefje van vijfentwintig. En ten slotte een stapeltje groene velletjes, acht in getal, die hij er tegelijk uittrok en daarna als een waaier speelkaarten uitspreidde.

Hij zette de top van zijn wijsvinger op een van de velletjes, trok dat tussen de andere vandaan en naar zich toe. Nu hing hij er met zijn gezicht vlak boven. Hij las *Amsterdam 30 maart 1972*, daaronder *secretaris* en *president* en weer daaronder twee handtekeningen, waarvan de eerste onbeduidend maar de tweede ronduit schitterend was – een prachtig zwierende krul aan het begin en daarna in strakke halen weglopend alsof ze in één pennenstreek en zonder de geringste aarzeling was opgeschreven. Het kon niet anders of de persoon achter zo'n handtekening was iemand met zowel verbeelding als een krachtige wil. Nu keek hij naar de figuur die op de rechterhelft in verschillende tinten groen was afgebeeld. Een hoofd, boven een witte kraag en een deel van een schouder. Goedmoedige ronde ogen, een vrouwelijk aandoende mond. En een vrouwelijke haarstijl – lang en krullerig en aan weerszijden afhangend – die deed denken aan het kapsel van mevrouw Stam. Rechts van de schouder van de geportretteerde stond zijn naam, vreemd genoeg zonder hoofdletters: *baruch d'espinoza*.

Oscar richtte zich op. Acht Baruchen had hij. Acht Espinoza's. Acht handtekeningen met zwierige krul. Acht keer de Nederlandsche Bank duizend gulden. Hij had nog nooit een duizendje in het echt gezien en nu glimlachten hem er acht van vlak voor zijn neus tegemoet. Zijn hart begon zich weer te roeren, hij probeerde kalmer in en uit te ademen.

Wat moest hij ermee – die vraag had hem beziggehouden sinds hij bij thuiskomst na de avond van de Ballonfiësta meteen naar boven was gelopen, zijn vondst had doorzocht en de inhoud tot zich had laten doordringen. Zijn eerste gedachte was geweest ermee naar de politie te gaan, maar dat idee had hij prompt ook weer verworpen – want stel dat uitkwam dat Jonkie achter de vechtpartij in het Hackfortse Bos zat, dan zou men het opduiken van de portemonnee op precies datzelfde tijdstip daar beslist mee in verband brengen. En dan kreeg Jonkie, inmiddels twee keer door de politie verdacht van criminele activiteiten op die plek, waarschijnlijk heel soepeltjes de beroving van een boer in de schoenen geschoven. Even later volgde een andere overweging: was de rechtmatige eigenaar iemand die het verdiende zijn geld terug te krijgen? Zo veel geld bij elkaar, dat moest wel van iemand zijn die er meer dan genoeg van bezat. Het kon haast niet anders of het was van die boer uit het krantenbericht. Hij hield niet van boeren. Hij had vaak genoeg op donderdag op de veemarkt rondgelopen en gezien hoe achteloos en gemeen ze hun dieren behandelden; een keer had hij gezien hoe een boer een gillend varken voortsleurde en schopte en daar nog bij lachte ook. En ze waren er schuldig aan dat de Breve soms vol dreef met mest. Ook hun uiterlijk stootte hem af; hun kleine oogjes keken je doordringend aan maar met een blik zonder diepgang, alleen kille achterdocht en berekening. Altijd gladgeschoren, hun gezicht en hun dikke geplooide nekken rasprood van het vele vlees eten. Ze reageerden op alles waarvan ze geen verstand hadden of dat boven hun pet ging met botte scepsis. Terwijl hun mond overliep met Bijbelse opsmuk was in de rest van hun hoofd geen ruimte voor iets anders dan de schrale ambitie geld te verdienen. Hij had Louise eens horen zeggen dat de zogenaamde boerenslimheid niets anders betekende dan iemand niet helemaal netjes behandelen en ermee wegkomen.

Hij zette zijn wijsvinger op het bonnetje van de Bruna en trok dat naar zich toe. *8,95 papierwaren*, stond erop. Wat kon dat zijn? Hij had het zich al eerder afgevraagd. Een krant was goedkoper, een boek was duurder. Hij dacht aan een verhaal dat hij de verkoper van de winkel had horen vertellen toen die een paar boeken voor zijn vader aan huis kwam afleveren en waarmee zijn vader sindsdien op familieverjaardagen de aandacht wist te trekken: over dat juist de zwaarste gereformeerden de boekjes afnamen die onder de toonbank lagen, de *Chick* of de *Candy*, blaadjes die hij vroeger eens in de bosjes had gevonden. Zijn vader kon erg grappig in gebaren nadoen hoe zo'n zware broeder dan eerst het *Reformatorisch Dagblad* kocht en bij het afrekenen snel fluisterde: 'Doe er maar zo eentje bij ook' en bij het ontvangen geroutineerd de krant eromheen vouwde. 8,95, dat kon goed de prijs van een krant plus zo'n boekje zijn. 'Die meisjes zijn nog lang geen achttien,' had de winkelier erbij gezegd. 'Daar houden ze van.' Ook dit moest hij meenemen in zijn overwegingen.

Hij kon het aan zijn moeder geven. Ze kwamen geld tekort, dat wist hij al een tijdje. Er waren schulden. Maar zij zou het geld niet inzetten om financiële problemen op te lossen – ze zou ermee naar de politie gaan en dan zou die boer het dus ook terugkrijgen. En als hij alles wat naar de boer verwees verwijderde? Maar nee, ze zou het nooit zelf gebruiken; zelfs al bracht ze het om een of andere reden niet naar de politie dan zou ze het nog steeds eerder aan de kerk of aan andere liefdadigheid geven dan er zelf iets mee te doen. Of zou hij wisselen bij de bank, biljet voor biljet, en elke keer iets in haar portemonnee stoppen? Even werd hij enthousiast van dat plan – maar toen zag hij dat dat onmogelijk was; zijn moeder wist tot op de cent nauwkeurig wat er in haar portemonnee zat. Het was bovendien uitgesloten dat een schooljongen zoals hij ergens briefjes van duizend kon omwisselen zonder dat er achterdocht ontstond. En daarbij: bij de bank kenden ze zijn moeder – zoiets zou snel bij haar terechtkomen.

Hij pakte een van de briefjes op, draaide op zijn stoel en hield het tegen het licht. Ze waren prachtig, al die groene tinten. Heel duidelijk zag hij het watermerk, een gekantelde piramide in een holle halve bol.

Hij kon ze niet houden. Weliswaar wist niemand ervan af, daar ging soms even een aantrekkelijkheid van uit, maar het grootste deel van de tijd was hij er gespannen over, en die spanning zou hem niet verlaten totdat hij er op de een of andere manier afstand van had gedaan. Het deed denken aan een *Suske en Wiske* die hij ergens had liggen, waarin iemand niet meer kon lachen zolang ze een toevallig gevonden diamant in haar bezit had.

Er was de mogelijkheid het geld aan Louise te geven maar wat gebeurde er dan? Misschien zou ze dank je wel zeggen en er meteen mee vertrekken. Ja, alles wat zij ermee deed zou zorgen dat hij haar minder vaak ging zien. Hij kon de briefjes tussen de bladzijden van een oud boek van zijn vader stoppen, dat was sowieso een veilig idee voor het geval de politie nog aan de deur kwam. En dan zou het er ooit een keer, als iedereen die boer en zijn ongeluk allang was vergeten, na het jaar 2000 of zo, bij toeval uitdwarrelen en zou men denken dat een al lang onachterhaalbare vorige eigenaar van het boek het erin had gestopt.

Terugleggen in de greppel kon niet. Vanaf het eerste moment, vanaf het moment van oprapen, had hij zijn vingerafdrukken op de portemonnee achtergelaten. En zonder nadenken had hij alle biljetten zo bepoteld dat die er ook onder zaten. Bij *Derrick* en andere politieseries op de televisie zag je soms dat iemand vingerafdrukken eenvoudig met een doekje verwijderde maar nu, in het echt, scheen het hem onmogelijk dat te doen zonder er ergens een te vergeten.

Hij keek weer naar het biljet. Inmiddels wist hij wel een en ander over Espinoza. Hij werd tegenwoordig Spinoza genoemd. Hij was een Portugese Jood wiens familie naar Nederland was gevlucht en hij was misschien de belangrijkste filosoof die ons land ooit had gehad.

5

Waar was Doortje. Ze keek om zich heen – gewoonlijk was dit een moment waarop de kat haar gezelschap kwam zoeken.

Ze zette haar glas en een halfvolle fles wijn in het gras, pakte de keukenstoel die ze hiernaartoe had meegenomen bij de rugleuning, drukte hem aan en ging zitten. Spatten zonlicht gleden heen en weer over haar armen. Rondom sprongen gealarmeerde vogels van tak op tak. Ze zat midden in de boomgaard, onder de melodieus ruisende schaduw van in elkaar vloeiende kruinen. Boven het gebladerte bolde zich een augustushemel vol wind en snelle afwisseling van wolken en blauw. Het had de afgelopen nacht langdurig geregend en nu zwermden overal bloedbeluste muggen, behalve op deze plek natuurlijk. Ze veegde een smaragdgroene rups van de broekspijp van haar jeans en rukte een keer aan haar blouse om er een aanhankelijk blaadje van af te laten vallen. Ze bukte zich voorover om haar glas te pakken en zich in te schenken en bedacht dat er misschien niemand anders in haar studiejaar zou zijn die dit wist – dat muggen hartgrondig de pest hebben aan walnoten.

Ze was niet aangeschoten maar helemaal nuchter was ze ook niet. Ze voelde zich prettig in deze staat – nog net helder genoeg om over alle functies van je brein te kunnen beschikken en tegelijk met een kleine dosis overmoed die je de dingen in interessantere perspectieven deed zien. In een verder, minder handig stadium werd ze meestal emotioneler en sentimenteler, en ontstond er bovendien een vliesdunne cocon om haar heen waardoor wat anderen zeiden haar van afstand leek te bereiken.

Ze nipte van de wijn en vroeg zich af of ze het hem inmiddels niet had moeten laten weten, dat de kindernevendienst van afgelopen zondagochtend iets anders was verlopen dan verwacht. Maar nee, waarom zou ze. Ze had niet bewust gesaboteerd, niet gemanipuleerd of gelogen, ze was alleen maar eerlijk geweest. Eigenlijk zouden ze haar dankbaar moeten zijn. Ja, dacht ze vergenoegd. Ze had het goed gedaan. Die kinderen – die hadden eens een ander geluid gehoord. En als ze keurig het hele uur lang liedjes waren blijven zingen had ze zich nu waarschijnlijk voor zichzelf geschaamd. Maar dat nam niet weg, dacht ze terwijl ze het glas met gestrekte arm voor zich uit hield en zag hoe een door het bladerschild borende speld de inhoud warm liet fonkelen, dat ze straks toch even moest informeren of hij inmiddels weer beter was.

En ze kon hem misschien een kleine gedachtegang voorleggen – waarover ze zich opeens erg tevreden voelde. Ze had doorgeredeneerd over de onmogelijkheid echt terug te keren in de herinnering vanwege het ontbreken van de verwachting, de mogelijkheden naar de toekomst, en kwam daarbij uit op het vermoeden dat dit ten grondslag lag aan alle melancholie.

Ze hoorde achter zich een takje knappen, keek over haar schouder.

Wel, daar was hij dus. Hij kwam op haar toegelopen. Hij was uit zichzelf gekomen en had haar blijkbaar vanaf de boslaan zien zitten.

'Heb je Doortje toevallig gezien?' zei ze met haar hoofd achterover. 'Onze kat. Ze is al een paar dagen zoek en we maken ons een beetje ongerust.'

Hij kwam voor haar staan, keek haar heel kort aan, keek weer weg. Hij bracht een hand naar zijn slaap, leek iets te gaan zeggen maar toen toch weer niet en begon heen en weer te lopen. Aan zijn gezichtsuitdrukking te zien was hij niet in de stemming om over huishoudelijke sores te praten.

'Sorry,' zei ze terwijl ze een been over het andere sloeg en naar voren leunde. 'Ik heb maar één stoel en ook maar één glas.'

Hij keek naar het glas, met een blik die iets oordelends kreeg. Hij opende zijn mond, aarzelde weer, en stortte toen zijn wellicht op weg hiernaartoe bijeengeraapte verwijten over haar uit. Er hadden mensen geklaagd, zei hij. Alles rep en roer, brieven op hoge poten en er waren telefoontjes gepleegd, de kerkenraad zou bijeenkomen. Sommige ouders dreigden naar een andere gemeente over te stappen. Het was haar schuld, ging hij verder, zij had haar verantwoordelijkheid niet genomen, ze was ontzettend egoïstisch geweest – en bij het horen van dat woord maakte ze een onhandig gebaar, de voet van haar glas tikte tegen haar knie, glipte uit haar hand en viel in het gras.

'Hoho –' zei ze terwijl ze even omlaag keek maar toen weer naar hem. 'Je weet helemaal niet hoe het is gegaan. Een van die kinderen begon te huilen en toen is het gewoon anders gelopen – maar daar kan ik verder niks aan doen, ik was er niet op uit of zo. Alles wat ik heb gedaan is tegen een jongetje met een zieke vader zeggen dat hij best mocht huilen. Ik probeerde *te helpen*.'

Hij keek naar de grond, schudde zijn hoofd. 'Je had het niet moeten aanbieden,' zei hij, 'dat was tenminste eerlijk geweest.'

'Weet je wat eerlijk zou zijn,' zei ze, weer rustiger en koeler, 'maar daar wil ik het dan ook bij houden want ik wil de geloofsdiscussies een beetje gelijkmatiger over mijn leven verdelen – het zou eerlijk zijn als we eindelijk eens zouden erkennen dat een religie aanhangen een psychische afwijking is. Als ouders een of andere extreme obsessie hebben of zo, of schizofreen zijn of psychoses hebben of andere waanideeën waarmee ze hun kinderen kunnen beschadigen, iets kunnen aandoen waar ze de rest van hun leven last van hebben, dan komt als het goed is de kinderbescherming eraan te pas. Maar bij wat gelovige ouders hun kinderen aandoen – daar kraait, om het maar eens mooi christelijk te zeggen, geen haan naar. Daar zou iets aan moeten veranderen. Wat denk jij?'

Hij rechtte zijn rug, keek haar nu eindelijk aan, zijn wenkbrauwen in een gekwelde frons.

'Is het weleens bij je opgekomen dat je net zo steil en dogmatisch bent als de mensen die je denkt aan te vallen? Jij gaat –'

'Ja natuurlijk,' onderbrak ze hem lachend. 'Denk je dat je de eerste bent die dat zegt? Ik heb ook mijn geloof, het geloof van het atheïsme – toch? Zal die vader van je vast preken. De kerk van Darwin. Ik ga binnenkort belijdenis doen. Wat is uw enige troost, beide in het leven en sterven? Antwoord: het universum vrij en onverveerd en proefondervindelijk te doorgronden – zowel het universum boven mij als in mijzelf als onder mijzelf. Amen. Niks tegenin te brengen, helemaal mee eens.'

'Heb je enig idee,' zei hij, met een soort rilling van gêne van haar wegkijkend, 'hoe erg je sommige mensen hebt gekwetst?'

Ze leunde achterover op haar stoel, voelde de voorste poten even loskomen van de grond en zei langzaam knikkend: 'Gekwetst. Zat er al op te wachten. Gekwetst – dat is wel een van de oneerlijkste dingen om aan te voeren. En zie je ook waarom, Maarten? Daarna is er geen discussie meer mogelijk. Einde normaal en open gesprek want ja, o, o, als je toch eens met je argumenten iemand kwetst, vreselijk. Je kunt beter over een pasgeboren kind, waar de ouders gezellig bij staan, zeggen dat je de rotte vrucht van hun schoot doopt dan iets grievends zeggen over iemands persoonlijke en van elke logica losgeraakte geloof in het evangelie. Ga toch weg met je gekwetst.'

Ze zag dat hij zijn handen naast zich tot vuisten balde en ze meteen weer ontspande. Hij keek naar beneden, naar de grond tussen hen in. Hij snoof, beet op zijn lippen. Uiteindelijk knikte hij.

'Weet je,' zei hij. 'Ik heb nog wel de schuld op me genomen. Ik heb tegen mijn vader gezegd dat het allemaal mijn schuld is.'

'Hoezo schuld –' begon ze. Ik heb niks fout gedaan, wilde ze opnieuw laten volgen. Iets met trouw gebleven aan zichzelf. Maar ze werd afgeleid door een plotseling inzicht – zo'n actie van hem kon alleen maar betekenen dat hij haar wilde beschermen. En dat betekende dat ze, misschien al vanaf het begin, iets in hun omgang totaal verkeerd had ingeschat.

'En wat denk je dat je je moeder anders had aangedaan,' zei hij op dat moment.

'Mijn moeder?' antwoordde ze. 'Wat is er met mijn moeder? Je weet niks van mijn moeder. Denk jij dat mijn moeder zo kleinzielig is? Waar haal je het lef vandaan om –'

Maar hij had zich omgedraaid en liep met grote passen weg.

'Ja, vaarwel,' zei ze kortaf, stond op en begon, gebukt maaiend met haar handen, in het gras te zoeken naar het wijnglas dat – daar lag het te glanzen, het was een klein wonder, halleluja – zijn val ongeschonden bleek te hebben overleefd. Ze pakte de fles, schonk royaal in, en nog wat royaler, zeeg weer neer op de stoel.

'Weet je!' sprak ze voor zich uit, omhoog in de bladeren kijkend, zo luid dat hij het misschien nog hoorde. 'Ik ga het mijn moeder zelf wel vertellen!'

Ze dronk, kreeg een beetje de hik. Ze liet een paar minuten lang de rust van de plek over zich komen. Van heel ver drong de droge cadans van een trein door, de trein op het spoor dat langs Brevendal liep. Badam-badam – alsof diep verborgen in het land iemand een trommel sloeg in een afwachtend ritme. Ze keek weer omhoog, zag naarmate ze langer keek steeds meer groene ballen tussen de bladeren hangen, haast lieflijk aandoende groene vruchten waarin zich binnen enkele weken iets tandenbrekend hards als een walnoot zou ontwikkelen.

'Ja,' zei ze grimmig. Ze draaide haar glas om en liet het restant van de inhoud in het gras druppen.

'Doortje!' riep ze.

Ze stond op, liet de spullen staan, liep tussen de bomen door naar het grind en vandaar naar de schuur. Ze trok de deur open, de pal aan de onderkant kraste over het plaveisel. Ze tuurde in het schemerdonker, riep opnieuw. Vervolgens begaf ze zich naar de verzonken deur in de tuinmuur. In de moestuin was het, hoewel de zomer stilaan op zijn eind liep, tussen de fruitbomen en laatbloeiende planten nog steeds een en al gefladder van vlinders en gegons van hommels en bijen. Het zoemen klonk zo luid dat het ook deze keer bij nadering leek of ergens een generator aanstond – wat haar gewoonlijk blij maakte maar nu stemde al dat tevreden en onverschillige natuurschoon haar triest. Ze herinnerde zich een verhaal van een vriendinnetje, een van de twee met wie ze in het rijtuig in de schuur dat condoom had gevonden: dat wanneer katten sterven ze zich afzonderen en een stil plekje zoeken. Dat was dat meisje overkomen, ze had Louise destijds verdrietig verteld hoe ze haar kat na dagen zoeken achter een oude aardappelkist had aangetroffen, klein opgerold, al helemaal koud en stijf, tong uit haar bekje. Doortje was oud, stokoud, haast even oud als zijzelf. Ze kon zich geen dag herinneren waarop de kat hier niet was geweest. Ze was zover ze wist niet eerder zo lang verdwenen.

Ze liep door en kwam bij het riviertje, op een plek waar alles was volgegroeid met hoge brandnetels en onkruid. Hier was het goed muizen vangen. Het rook naar rottende planten, moerasachtig. Louise trok een dunne tak van een wilg en gebruikte die als zweep om zich een weg te banen.

'Domme – sukkel,' zei ze al zwiepend. 'Wat dom. Nul komma niks mensenkennis.' Ze bleef staan. Ja, hoe dom was ze geweest dat ze niks had doorgehad. Hij had gevraagd hoe oud ze was, die eerste keer – had ze het toen moeten zien? Of misschien was het wel haar idee zichzelf bij hem thuis uit te nodigen, dat door hem anders geïnterpreteerd was.

Ze stond op de oever, die hier de vorm had van een zandbank, een strandje met links braamstruiken en rechts uitgebloeide sigaren en bossen wuivend riet met pluimen en messcherpe bladeren. Ze liep tot aan de waterlijn, hield een hand boven haar ogen tegen de zon, bleef staan kijken, zag hoe de wind de golfjes één kant uit blies maar die konden niet op tegen de stroom, die de andere kant op ging. Vlak voor haar voeten likte het water aan het zand, minuscule torretjes renden heen en weer. Ze had op deze plek een slang zien zwemmen, listiger dan al het gedierte des velds – en voelde weer de oerangst wellen die dat bij haar had opgeroepen en haar op de vlucht had doen slaan, een lange sprint helemaal tot aan huis. Aan de overkant, in de schaduw van een troepje jonge berken die met hun hoogste blaadjes de hemel penseelden, bevond zich een kleine houten sluis waaruit een ragdun straaltje ontsnapte, afkomstig uit de achterliggende velden. Het zachte, nog net hoorbare geborrel waarmee het in de rivier terechtkwam gaf haar even een vreemd visioen – van glaszuiver, uit de wortels van het land opwellend vocht dat druppel voor druppel werd gedestilleerd tot de ene na de andere vluchtige herinnering.

Deze plek, het straaltje bij de sluis, was de finish. Ze had hier vaak staan juichen, evenals Oscar. Middagenlang hadden ze het spel gespeeld, in haar herinnering altijd tussen twee hemels die met hun wolken in dezelfde richting voortdreven. De eerste keren begonnen ze nog bij de ijskelder, waar ze vanaf de steiger twee gemarkeerde stokjes van gelijke grootte in het water lieten vallen. Later vonden ze die afstand te kort en liepen ze vooraf verder stroomopwaarts, soms zo ver dat alleen dat al een expeditie werd. Na de tewaterlating, omgeven met ceremonieel omdat de stokjes daarna niet meer met de hand mochten worden aangeraakt, moedigden ze hun eigen exemplaar luidkeels aan, gooiden er alles naar wat voorhanden was om het te bevrijden of op gang te helpen, werden fanatieker naarmate de finish naderde. Maar het eigenlijke geluk van het spel, dacht ze, was niet de wedstrijd maar het stokje te zien drijven – de beweging, het vlieden van het water en daarvan deel uit te maken.

Ze liet de twijg vallen, stak haar hand in de achterzak van haar jeans. Het pakje was geplet, de drie sigaretten die er nog in zaten waren gebogen. Ze maakte er een zo goed als het ging recht en stak hem in haar mond. Tweede van vandaag, dacht ze tevreden. Ze zoog de gloed erin, blies de rook door haar neus uit en keek de oever langs. Ze riep nog eens. Misschien was ze toch gewoon weggelopen. Maar waarom zou ze dat doen? Misschien omdat ze te weinig aandacht kreeg. Of ze was ergens ontzettend van geschrokken. Of misschien was ze verdwaald. Dat kon natuurlijk ook.

Het meisje van de dode kat had ze al gekend op de kleuterschool. Haar naam, Irma, stond in het Hemel-of-Hel-boekje. Wekenlang was ze ontroostbaar geweest, vanwege het verlies van haar kat maar ook door wat iemand van de kerk, de dominee of een ouderling, op bezoek bij haar thuis nog even had toegevoegd: dat een dier geen ziel heeft want anders zou dat wel in De Schrift staan, en dat voor dieren dus geen redding mogelijk is. Maar ze hoefde niet verdrietig te zijn, want dieren kenden God niet en konden zelf daardoor geen liefde voelen. Beter kon ze haar genegenheid richten op de Wegbereider.

Louise stelde krabbend vast dat ze nu alsnog overal gestoken was, de muggen hadden zelfs door haar broekspijpen heen geprikt. Ze voelde zich een paar seconden lang heel moe en zwaar van de wijn, dat had ze vaker de laatste tijd als ze overdag dronk. Toen dat gevoel weer zakte, draaide ze zich om en liep via de berceau terug naar het huis.

Haar vader bladerde door zijn muziek om te zien wat hij zou spelen. Louise stond bij Potifar en aaide hem even, gedachteloos – waarop een staartpen losliet en in drie schommelbeweginkjes elegant naar de vloer gleed. Ze raapte hem op, probeerde hem voorzichtig terug te steken terwijl de uil haar van terzijde met zijn roofvogelblik pissig aankeek. Toen de veer leek te blijven zitten, en ze haar handen in gespreide bezwering terugtrok, zag ze tussen een paar boeken op een bijzettafeltje een aangebroken fles port staan met een glaasje ernaast. Ze schonk in, dronk, voelde de eerste slok warm door haar keel omlaagglijden.

Ze liep rond, krabde aan een muggenbult in haar nek. Toen ze achter haar vader stond, keek ze over zijn schouder naar het boek waar hij nu doorheen bladerde. Haydn – dat was nieuw. Ze liep weer naar de portfles.

'Ik stop met mijn studie,' zei ze. 'Het was een vergissing. Zoals ongeveer alles wat ik doe een vergissing is.'

Hij zwenkte op de pianokruk, keek haar aan. Hij was helderder de laatste dagen, dacht ze. Hij keek goed uit zijn ogen en het scheen door te dringen wat ze zei. Ja, dacht ze, hij leek echt weer wat meer van deze wereld. En hij speelde opeens ook nieuwe stukken, van andere componisten. Of was dat het juist – lag daarin de oorzaak van zijn opleving?

'Ja –' zei ze, 'ik heb gefaald. Ik maak overal een puinhoop van. Ik ben ook waardeloos in menselijke relaties.'

'Nounou,' zei hij. Hij glimlachte weemoedig. Vervolgens verscheen er een nadenkende trek om zijn mond en voegde hij met een betrokken blik toe: 'Maar je kunt je in je jonge jaren nog zo neerslachtig voelen, er ligt toch altijd de glans van de jeugd overheen. Je zult zien: voor je het weet is het voorbij en kun je je niet meer voorstellen waarover je je zo druk hebt gemaakt.'

Hij draaide terug naar zijn bladmuziek. Louise drukte de kurk op de portfles. Ze hield van deze plek, die op de een of andere manier altijd een beetje verlegen leek met haar aanwezigheid. En ze hield, haast meer nog dan van de spullen die er stonden, van de geur – boeken, oude lucht, onthechting. Ze liep door de kamer, naar het raam, en trok de gordijnen uit elkaar. Een zwaard van licht schoot schuin omlaag en bleef in de vloer staan.

'Misschien moet ik een voorbeeld aan Os nemen,' zei ze, naar buiten kijkend. Ze stak haar hand uit, raakte de barst in de ruit aan, voelde of er frictie in zat.

'Ik doe alles fout, hij niet. Hij haalt goede cijfers. Hij leest de hele encyclopedie. Hij past op zijn spaargeld. Hij drinkt en rookt niet – ook erg verstandig.' Ze gaapte, draaide zich om. 'En nu heeft hij volgens mij zelfs een liefje.'

Haar vaders gezicht verscheen naast de lessenaar.

'Ja,' zei ze. En opeens toch een beetje vrolijk doordat er iets simpels leek te zijn dat ze met hem kon delen ging ze verder: 'Echt leuk voor hem, hè. Ken haar niet maar ik weet wel wie het is. Een mooi Moluks meisje hier uit het dorp. En ik maar denken dat hij geen benul had hoe hij zoiets moest aanpakken.'

Hij knikte.

In de hal klonk geluid, hakken op de stenen vloer.

'Ben jij dat lieve,' zei haar vader. 'Moet je nu toch eens horen.'

Haar moeder kwam met een vermoeide uitdrukking op haar gezicht binnen. 'Er is een stoel weg uit de keuken,' zei ze. 'Weet jij daar iets van?'

'O ja,' zei Louise. 'Is buiten. Zal hem meteen halen.'

'Maar luister toch eens –' zei haar vader. En hij vertelde wat hij zojuist van Louise had gehoord.

Haar moeder leek wat op te fleuren. Ach, zei ze terwijl ze haar volle boodschappentas boven op een paar boeken op het bureau zette. Daarom vond die leraar hem voor de vakantie zo afwezig in de klas. Nu begreep ze hoe het zat. Zeker via dat vriendje. Wel wel, wat aardig voor hem.

‘Ik heb je vader ook via zijn zus leren kennen,’ zei ze tegen Louise. ‘Zo ziet men maar.’

Ze keek in gedachten voor zich uit. Haar gezicht werd opeens weer ernstig.

‘Maar goed,’ zei ze terwijl ze haar boodschappentas oppakte. ‘Nu komt hij natuurlijk helemaal niet meer aan leren toe. Hij staat voor het examenjaar. Daar moet ik wel even met hem over spreken.’

Toen ze de kamer weer uit liep, liep Louise haar achterna en vroeg: ‘Mama, is er toevallig gehakt in huis? Ik wil een paar bakjes voor Doortje neerzetten.’

6

Hij had niets meer van Jonkie gehoord. Ook was de politie niet aan de deur geweest. Na het bericht in de krant had hij verwacht dat er vroeg of laat iemand voor hem zou komen. Afgelopen nacht klingelde in een droom de voordeurbel hard en langdurig door het huis. Zijn moeder deed open en op het grind stond een gigantische agent, dezelfde die een paar weken voor de zomervakantie op school was geweest om over Jonkies ongeval te informeren. Hij droeg zijn ME-pak, hield zijn hand bij het pistool op zijn heup en vroeg zijn moeder op barse toon naar haar zoon, die onder meer werd verdacht van diefstal van vier potten stroop en het lidmaatschap van de RMS. Waarop zijn moeder had gevraagd of hij thee dronk.

Nu begon hij toch te geloven dat er niets meer zou gebeuren. Er was geen enkel nieuw bericht over de kwestie in de krant verschenen. Misschien hadden Jonkie en zijn vrienden de korfbaljongen zo de stuipen op het lijf gejaagd dat hij tegenover de politie niets had losgelaten? Ja, daar hadden ze waarschijnlijk wel hun methoden voor. En misschien zou Jonkie zelf nooit meer iets onthullen over de mierenmarteling of wat er ook precies in het bos was gebeurd. Oscar had zelf twee keer opgebeld maar er was beide keren niet opgenomen. Misschien, dacht hij nu, was Jonkie gewoon weer een tijdje verdwenen – zat hij ondergedoken bij zijn boeng in Vught, zoals na het motorongeluk. Wat betreft het andere dat hem de voorbije dagen had beziggehouden – daarbij waren zijn gedachten alleen maar vastberadener op de ingeslagen koers voortgegaan.

Hij keek op zijn wekker. Het was tijd. Hij pakte zijn tas van zijn bureaustoel, liep over de trap naar beneden en ging via de keuken naar buiten. Hij had het moment zo gekozen dat hij op hetzelfde tijdstip in de middag als de allereerste keer in de Violenstraat zou aankomen. Zo leek de kans haar alleen aan te treffen het grootst. Het was maar een gok, maar hoe meer mensen er zouden zijn, hoe onhandiger.

Halverwege de boslaan stopte hij. Hij stapte af, zette zijn fiets op de standaard en liep via een door weelderige varens overwoekerd pad het bos in. Een kraai vloog bij zijn nadering op van een dode boom en verdween met lome vleugelslagen. Hij hoefde eigenlijk niet ver te lopen, dacht hij, hier kwam nooit iemand. Op een plek onder een boom waar geen gras groeide legde hij zijn tas neer en veegde met zijn schoen de dorre, kromgetrokken bladeren opzij. Daarna zette hij zijn hak in de grond en trok met een paar krachtige halen een geultje. Hij bleef even staan kijken, raapte een dode tak op, krakte die, maakte met de punt van een van de stukken een paar scherpe voren in de bodem van het geultje en trok daarna zijn hak er nog eens doorheen. Diep genoeg. Nu pakte hij de tas en haalde de portefeuille eruit. Hij controleerde, bevoelde met zijn vingers nog een keer alle vakjes – leeg, geen snipper, niets dat nog tot de eigenaar viel te herleiden. Het voelde als een beslissend moment: acht espinoza's werden voorgoed gescheiden van hun onderkomen. Hij hurkte neer, legde de portefeuille plat op de bodem van het geultje en begon er juist met twee handen vanaf de voorkant aarde overheen te duwen, toen hij zijn naam hoorde roepen.

Hij richtte zich op, draaide zich gelijktijdig om. Daar op de boslaan stond naast zijn fiets mijnheer Westeneng. Arm in de lucht, brillenglazen fonkelend in de zon. Oscar zwaaide terug, sloeg zand van zijn handen, bleef staan waar hij stond. De ouderling groette nog eens en vervolgde toen kalmpjes zijn weg, buik vooruit, ongetwijfeld neuriënd. Wat zou de man wel denken? Dat hij hier stond te plassen. Of dat hij er dezelfde vrijetijdsbesteding als Gijs Franken op nahield. In een impuls riep hij zo hard hij kon: 'Doortje! Doooortje! Waar ben je toch, Doortje?' Hij bleef uit alle macht roepen tot mijnheer Westeneng uit het zicht was. Toen keek hij naar het kuiltje.

Deze plek was niet meer geheim. Het was niet waarschijnlijk dat de ouderling hier zou komen rondscharrelen maar het zou hem misschien toch blijven bezighouden dat hij zo knullig was betrapt. Hij aarzelde, bukte zich en greep vlug de portefeuille, pakte ook zijn tas en liep dieper het bos in. Toen hij naar zijn idee ver genoeg was, groef hij opnieuw een kuil, legde de portefeuille erin, bedekte die met aarde en bladeren en drukte het geheel nog eens aan door zijn schoen erop te zetten. Terwijl hij terugliep naar zijn fiets zag hij dat zijn nagels zwarte randen hadden.

Toen hij weer op de boslaan reed, door de groene sprieten op het randje, voelde hij een diepe opluchting over zich komen. Zelfs al werd hij over vijf minuten aangehouden en met het geld betrapt, dan nog zou het onmogelijk zijn de herkomst vast te stellen. Hij had de bonnetjes grondig versnipperd en door de wc gespoeld, het kleingeld in zijn oude spaarpotje gedaan en dat daarna door elkaar geschud, de briefjes van tien en vijfentwintig had hij tussen de pagina's van een van de encyclopediedelen op zijn bureau gestopt. Het stapeltje duizendjes zat knus in zijn tas, in een dichtgeplakte witte envelop. Ja, het was of het geld nu pas echt was losgemaakt van zijn vorige bezitter en een nieuwe bestemming ging kiezen – een die hij bepaalde. Er ging een vreemde bekoring vanuit, van die macht te kunnen bepalen. De mogelijkheid zomaar, zo eenvoudig, iets in het leven van jezelf of een ander te kunnen veranderen. Het stond in tergend contrast met de rest van zijn machteloze bestaan, het monotone leven op een school in Brevendal dat over twee weken weer begon.

Hij dacht aan mijnheer Matupessy. Zelfs al hadden zijn familie en de huisarts zijn gezondheid verkeerd ingeschat en zou hij nooit vanwege zijn hart in het ziekenhuis terechtkomen, dan nog was het het beste het aan hem, aan zijn gezin te geven. Ze konden het bijvoorbeeld gebruiken als bijdrage voor een reis naar de Molukken. Hij stelde zich Dona en Jonkie en hun vader en moeder voor op een strand zoals op het schilderij in de kamer, helemaal gelukkig – dankzij hem! Ja, dat was veel mooier, dacht hij nu, dan het te besteden aan ziektekosten. Hij wist inmiddels dat ze nog nooit naar de Molukken waren gereisd. Dat was vreselijk duur, dat konden ze niet zomaar betalen.

Maar misschien wilde Matupessy dat helemaal niet. Misschien wilde hij alleen in vrijheid terugkeren naar zijn geboortegrond, naar een vrije en erkende Republiek der Zuid-Molukken, en zou hij een bezoek op dit moment beschouwen als een knieval voor de slang Soekarno of nee: Soeharto, die de eerste Molukse president, Soumokil, botweg had laten executeren – iets waarover hij gek genoeg nooit iets had gehoord bij de geschiedenislessen op de School met den Bijbel of het Voetius College, terwijl hij zeker wist dat alle Molukse kinderen bij wie hij in de klas had gezeten, uitvoerig hadden moeten leren hoe en waar en wanneer Willem van Oranje was vermoord, óók omdat hij wilde dat zijn land onafhankelijk zou zijn. Waarschijnlijk zou Matupessy de Indonesiërs sowieso niet vertrouwen; er was op allerlei manieren verraad mogelijk, misschien zouden de autoriteiten hem meteen bij aankomst om zijn KNIL-verleden of RMS-sympathieën scheiden van zijn familie, gevangen zetten en nooit meer toestaan terug te keren naar Nederland om zijn kinderen te zien. Dan zou zijn leven voor de tweede keer een rampzalige wending nemen door een retour die een enkele reis bleek te zijn!

Hoe dan ook, dacht hij terwijl hij het dorp binnenreed, was het rechtvaardig het geld aan de familie Matupessy te geven. Zelfs al besteedden ze het aan spullen, of schoven ze het door aan de RMS en kochten die er (de mogelijkheid was door zijn hoofd gegaan) wapens van. Hij had sinds het etentje herhaaldelijk moeten denken aan die ene uitspraak – dat alle grachtenhuizen in Amsterdam waren gebouwd met de rijkdom van de Molukken. Het zou een begin zijn, deze terugbetaling. Het was natuurlijk maar een klein beetje in vergelijking met alles wat de Hollanders hadden geroofd, maar het zou iets van de onrechtvaardigheid herstellen. Hij ging rechter op zijn fiets zitten, zag zichzelf gespiegeld in de zijruiten van geparkeerde auto's. Zijn hoofd met krullen stak donker af tegen het aureool van de achterliggende hemel.

Hij keek naar de huizen aan weerszijden van de straat, moest denken aan Louises tirade van een paar maanden geleden – dat gereformeerden alles lelijk maakten en zich met lelijkheid omringden. Hier zag je dat overal bevestigd: de strakgesnoeide en aangeharkte tuinen waar geen wild bloempje mocht bloeien, de huiskamers waar niets wat ook maar zweemde naar kunstzinnigheid te vinden was want fantasie, dat was de grootste vijand van de dorpsbewoner. Misschien, dacht hij, was dat zelfs de kern van alle lelijkheid: gebrek aan fantasie. En waar kwam dat gebrek vandaan – lag de oorzaak in hun geloof of was het andersom: bleef je gelovig als je fantasieloos was? Dat kon hij aan Louise vragen, die zou daar vast een mening over hebben. Misschien, dacht hij even later, maakte ze zich boos om de verkeerde dingen. In een grote conifeer die hij passeerde, koerde een duif – zelfs dat klonk hier benepen. Hij passeerde de SRV-wagen. De bestuurder stond weer in de deuropening en keek hem met een zure blik aan. Even kwam het idee in Oscar op om van zijn fiets te stappen, iets sufs als een dropveter uit te zoeken en te betalen met een duizendje.

Daar was de Bloemenbuurt. Nog een paar straten. Wat vonden ze inmiddels van hem? De vader dacht vast niet slecht over hem, nee. Die hand op zijn schouder. En Jonkie was onomstotelijk zijn vriend – hoewel achter de wraakactie op de jongen met de sproeten ook persoonlijke rancune zat. Maar nee, die uitspraak boven op de toren – hij hoefde niet te twijfelen. En de moeder? Wat ging er om in de moeder, die hij tijdens zijn bezoek geen woord in het Nederlands had horen zeggen. Misschien sprak ze het wel degelijk maar vond ze hem een vleier, omdat hij zijn best had gedaan er netjes uit te zien voor het etentje en zo beleefd naar haar man bleef luisteren. En Dona, wat dacht Dona inmiddels? Dat liet zich nog het moeilijkst raden. Maar die eerste keer, dacht hij opeens, toen had ze toch gewoon met hem gelachen – om zijn dunne polsen bijvoorbeeld. In elk geval, sprak hij zichzelf toe: binnenkort zouden ze anders over hem denken!

Hij had alles goed doordacht. Hij kwam Jonkie uitnodigen ook eens bij hem te komen eten. Hij zou iets te drinken krijgen. In een onbewaakt moment zou hij de envelop, waarop hij zo goed als het ging met zijn linkerhand in hoofdletters VAN EEN GOEDE VRIEND had geschreven, op een niet in het oog springende plek achterlaten. Een beetje verstopt, zodat ze hem niet onmiddellijk zouden vinden. Misschien achter op het buffet, achter de passe-partouts met foto's van de voorouders. Of desnoods onder het tafelkleed. En als hij er daarna op aangesproken werd, zou hij altijd blijven ontkennen. Maar toen hij de Violenstraat insloeg en zag dat de voordeur weer openstond, werd hij opeens heel zenuwachtig.

Hij zette zijn fiets tegen het ruithekje. De straat was verlaten. Hoog boven hem zwierden zwaluwen rond in steeds verschuivende cirkels. Terwijl hij over het tegelpad liep, zag hij opnieuw dat zijn nagels vies waren. Hij peuterde met een nagel onder een andere en stootte daardoor, toen hij het halletje instapte, hard zijn knie tegen de kist. Wrijvend over de zere plek strompelde hij door het vliegengordijn de kamer in en stond tegenover Matupessy, die hem verbijsterd aanstaarde.

'Jij!' riep hij met uitpuilende ogen en hem aanwijzend met een smeulende kreteksigaret. 'Jij!' Tegelijkertijd begon de man te hyperventileren, zijn bovenlichaam schokte op hevige ademgolven.

Hij weet het, schoot het door Oscar heen terwijl hij in roerloze afwachting bleef staan. Natuurlijk. Hij weet wat er in het Hackfortse Bos is gebeurd en hij weet dat ik erbij was. Misschien was Jonkie zelfs opgepakt en vroeg Matupessy zich af waarom hij, Oscar, hier nog vrolijk rondliep – de Molukker in de boeien en de blanke kwam ermee weg! Op hetzelfde moment besloot hij dat hij aan iedereen die het wilde horen schuld zou bekennen. Niemand hoefde te weten dat hij van een afstand in een greppel had liggen toekijken – hij was erbij geweest, hij was even schuldig als Jonkie en als Jonkie was gestraft wilde hij niets liever dan exact dezelfde straf ondergaan.

Matupessy zocht, nog steeds buiten adem, met een hand steun op de rugleuning van een van de stoelen rond de eettafel. Hij droeg weer zo'n in perfecte plooi gestreken broek met daarboven een wit overhemd, deze keer zonder spencer. Hij bleef Oscar aanstaren, happend naar woorden, zijn blik vol woede. Hij bracht de sigaret naar zijn mond, inhaleerde met een snuivend geluid. Oscar wachtte af, hij durfde niet te spreken, en nu vloog er een nieuwe verklaring door zijn hoofd. Misschien lag het anders. Wist Matupessy ervan maar was hij vreselijk in hem teleurgesteld, omdat hij Jonkie niet had weerhouden. Of misschien zag Matupessy hem zelfs als aanstichter omdat de korfbaljongens hém eerst in elkaar hadden geslagen. Ja – waarschijnlijk was het dat, en dat om hem die RMS-jongens waren opgetrommeld die zich beter hadden kunnen inzetten voor een nobeler zaak!

'Sorry,' probeerde hij voorzichtig. 'Kan ik misschien –'

‘Hou jouw mond jij!’ snauwde Matupessy, en hij gooide er een Molukse krachtterm achteraan. Vervolgens leek hij een klein beetje op adem te komen. Zijn ogen vernauwden zich.

‘Ik ben bij de bank ja,’ zei hij. Zijn hand liet de stoelleuning los, de sigaret zwiepte weer beschuldigend in Oscars richting. ‘Ik ben bij de bank in het dorp. Om geld te halen. Het is druk. Ik sta daar met nog een paar mensen te wachten en opeens zegt dat meisje achter de balie tegen een vrouw die naast mij staat: mevrouw De Vree, volgens mij bent u aan de beurt. En ik kijk haar aan en vraag aan haar: goedemiddag mevrouw De Vree, bent u misschien de moeder van Oscar?’

Matupessy hapte naar adem. Op hetzelfde moment golfde de opluchting door Oscar heen. Zijn moeder. Niet Jonkie, geen arrestatie – zijn moeder, dat was alles. Onmiddellijk zag hij voor zich wat zich in de bank had afgespeeld: zijn moeder die daar was om haar wekelijkse rantsoen op te nemen, de kennismaking, en meteen daaropvolgend de onvermijdelijke ondervraging: of er bij Molukkers wel aan tafel werd gebeden en gelezen, welke rituelen ze er in hun kerk op nahielden, of ze een acceptabele versie van de Bijbel gebruikten, of ze de zondagsrust eerbiedigden, en dat alles op haar beminnelijk-superieure toon – o ja, hij kon zich helemaal voorstellen wat er was gebeurd, het zou vreselijk pijnlijk zijn geweest met al die andere mensen eromheen en ook nog het bankpersoneel, hij kon zich de woede van Matupessy goed indenken.

‘Het spijt me,’ begon hij, ‘mijn moeder –’

‘Hou jij jouw mond! Hou jouw mond zeg ik, godverdomme!’

Oscar stapte achteruit, in de richting van de deur.

‘Dus ik vraag,’ zei Matupessy hijgend, ‘bent u de moeder van Oscar? Jazeker, zegt zij tegen mij. Nou, zeg ik tegen haar, dan mag u trots zijn – u heeft een zeer bijzondere zoon. En weet jij wat jouw moeder toen zei?’

Oscar schudde vlug zijn hoofd, lippen op elkaar.

'Nee, dat weet jij niet hè? Nou, dan zal ik het jou zeggen. Wat aardig van u dat u dat zegt, zegt zij. En u heeft een erg lieve dochter, begrijp ik.'

Matupessy deed dreigend een stap naar voren. Hij was nog roder aangelopen en de plooi in zijn voorhoofd was nu zo diep dat het leek of de huid aan weerszijden ervan tot het punt van knappen werd opgeblazen.

'En ik begreep het nog steeds niet,' siste hij met geknepen stem. 'Heel even begreep ik het niet. Maar toen begreep ik het zeer goed!' Hij draaide zich met een ruk terug naar de tafel, drukte de peuk uit in de asbak die er stond en legde zijn handen plat op het kleed. 'Hier zat jij,' zei hij, naar Oscar opzijkijkend. 'Hier aan mijn tafel. Net te doen of jij geïnteresseerd was. En ik, domme Ambonees, dacht dat het echt waar was – dat er eindelijk, na al die jaren, toch één Hollander bestond die naar mij wilde luisteren. Dat er eindelijk een zou zijn, ook al was het maar een schooljongen, die mij niet zou verraden! Maar jij, jij kwam hier om een heel andere reden!'

Hij liet de tafel los, richtte zich weer tot Oscar. Hij opende zijn mond – maar er kwam niets. In plaats daarvan veranderde zijn gezicht, er verscheen een verbaasde blik op die meteen wegtrok in een pijnlijke, angstige grimas. Hij bracht zijn hand naar zijn borst, kuchte een keer hard en schor, rochelend alsof hij zou gaan overgeven, keek Oscar verwijtend aan en zakte in elkaar.

Oscar stond een paar seconden toe te kijken, niet in staat zich te verroeren. Toen liep hij behoedzaam naar voren, bukte zich en strekte een hand uit maar trok die weer terug. Matupessy lag half op zijn zij. Hij bewoog niet. Een van zijn voeten lag raar gedraaid onder het andere been. Zijn perfect geschoren gezicht leek gestold tot een masker van gepolijst hard hout. Maar de felle woede was er helemaal uit weggetrokken, de gelaatstrekken waren zacht geworden en er lag een uitdrukking in van peilloos verdriet.

Oscar richtte zich met een ruk op. 'Help!' riep hij. Maar er was natuurlijk niemand in huis, anders had hij dat allang gemerkt. Alleen koningin Wilhelmina zag vanaf haar plek bij de trap het gebeuren onbewogen aan. Nu pas hoorde hij dat er muziek aanstond, heel zacht, dezelfde vreemde klokkenmuziek die bij zijn eerste bezoek hier had geklonken. Hij draaide zich om, sloeg het vliegengordijn opzij en rende naar buiten.

'Help!' riep hij. 'Help, er is iets met mijnheer Matupessy!'

Hij sprong over het hekje, liep de straat op. Hij riep nog eens. Geen mens te zien. Het rook in de wijk weer indringend naar Indisch eten, er moesten mensen thuis zijn maar niemand vertoonde zich achter een raam of in een van de openstaande deuren. Misschien omdat hij in het Nederlands riep – iemand die ze niet kenden en van wie weinig goeds te verwachten viel? Sprak hij nu maar een paar woorden in hun taal! Daar zouden ze wel voor naar buiten komen! Waarom had hij zich daar niet mee beziggehouden? Hij had de hele zomer lang alles gelezen wat hij te pakken kon krijgen over Molukkers en Indonesië en de geschiedenis van Nederlands-Indië. Hij had daarbij ook kunnen proberen een paar woorden van hun taal te leren, misschien had Jonkie hem daar graag bij geholpen. Nu zou hij niet eens duidelijk kunnen maken wat er aan de hand was.

'Help!' riep hij nog een keer.

Opeens verscheen in de verte, in de straat die haaks stond op die waarin hij liep, een vuilnisauto. Het raampje naast de bestuurder was dicht, binnen stond de muziek keihard – de hartslag van een kerngezond beest. Hij voelde de basdreun in zijn eigen borst. Hij stak zijn beide handen omhoog en zwaaide maar het voertuig reed gewoon door en verdween uit het zicht.

Hij liep in de richting van het huis met de dichtstbijzijnde openstaande voordeur. Op het moment dat hij zijn vinger op de deurbel legde, besprong hem een nieuwe gedachte, die hem abrupt zijn hand deed terugtrekken: wat als ze hem de schuld gaven? Het zou volstrekt onduidelijk zijn wat er was gebeurd – wat als ze hem verantwoordelijk hielden, of zelfs erger? Hij was de enige aanwezige, een Hollander nota bene – die inderdaad niets in deze wijk te zoeken had en die daar in dat huis op dat moment ook helemaal niks te zoeken had.

Hij kon beter proberen nu meteen zelf iets voor Matupessy te doen. Natte doek op zijn gezicht of zo. Hij haastte zich weer terug naar het andere huis, liep met grote passen naar binnen.

Op de vloer, naast Matupessy, zat Dona met haar jas nog aan. Haar vader lag plat op zijn rug en het kussen van zijn leunstoel was onder zijn hoofd geschoven. Zijn ogen waren gesloten, zijn borst ging schokkerig op en neer. De bovenste knoopjes van zijn overhemd waren losgemaakt. Een stoffen boodschappentas lag midden in de kamer, de inhoud was verspreid over de vloer. Ze moest via de achterdeur binnengekomen zijn. Ze keek naar hem op.

'Wat doe jij hier?'

Toen hij bleef staan zonder iets te zeggen, zei ze: 'Jij kunt beter gaan. Jonkie is er niet. Jij kunt hier niks doen, dat begrijp jij toch?'

Hij knikte, wierp nog een blik op Matupessy – misschien was het inderdaad beter als die hem nu niet opnieuw zou zien – en liep weg. In het halletje bleef hij staan, naast de kist. Hij keek om, zag door de repen van het vliegengordijn dat Dona naar de telefoon op het buffet was gelopen. Ze stond met haar rug naar hem toe en hield de hoorn tegen haar oor terwijl ze een nummer draaide.

Met een vlugge beweging schudde hij zijn tas van zijn schouder en pakte de witte envelop eruit. Hij legde een hand op de kist, waarvan de messing sloten nog altijd openstonden. Hij probeerde het deksel. Dat kwam omhoog. Hij schoof de envelop eronder, liet het deksel weer zakken en verliet het huis.

7

Ze blies. De damp boven het oppervlak verdween maar nam als een geest die over de wateren zweefde weer gestalte aan zodra ze haar adem vasthield. Ze zette haar handen om het kopje, trok het naar zich toe.

Mijnheer Westeneng was een kwartier geleden vertrokken. Ze zat aan de tafel naast de servieskast, haar moeder ruimde op. Buiten was de avond ondoordringbaar zwart, het raam boven het aanrecht werkte als een spiegel. Een langpootmug dreef langs de lamp die in het midden van de keuken onder het plafond hing. Deuren stonden open en de klanken van haar vaders pianospel, een Mozartsonate, zwierven door het huis. Ze had daar zojuist een opmerking over gemaakt – dat dat nieuw was, hij speelde dit anders nooit, en dat ze geen muziek kon bedenken die ze troostrijker vond dan die van Mozart. Daar was afwezig op gereageerd, net als op de vraag die ze even daarvoor had gesteld – of er voldoende houtvoorraad was voor de komende winter.

Nu pakte haar moeder een aangebroken fles koffiemelk van het aanrecht, voelde of de dop er goed opgedraaid zat en bukte zich opzij om hem terug te zetten in de ijskast. Louise zag hoe haar gezicht tot in de poriën werd uitgelicht door het kille schijnsel uit het inwendige. Ze leek een paar seconden lang uiterst vermoeid en stokoud. Haar slanke, turquoise geaderde hand die op de metalen klink van de deur rustte, vertoonde donkere stippen. Dat zouden er meer worden. En haar haar werd steeds witter. Maar tegelijkertijd, dacht ze terwijl haar moeder zich oprichtte en de deur liet dichtvallen, bleef ze zo opvallend mooi rechtop lopen. Ze kon zich voorstellen dat mensen haar alleen al om haar houding bewonderden. En haar vader, had die haar daarom bewonderd – eens, toen ze elkaar hadden leren kennen? Ze had nooit goed begrepen of haar moeder zo religieus was geworden doordat zij en haar vader uit elkaar groeiden of dat ze uit elkaar waren gegroeid doordat zij steeds religieuzer werd. Ze waren al haast bejaard toen ze haar en Oscar kregen, mama bijna veertig en haar vader zelfs nog ouder; van hun leven daarvoor wist ze weinig. Inmiddels begreep ze dat dat voor al haar leeftijdgenoten gold – niemand kon, op wat platitudes na, echt iets vertellen over hoe haar of zijn ouders waren geweest als puber of als student, wat voor type ze waren geweest op school of hoe ze zich hadden gevoeld en gedragen in hun eerste huwelijksjaren. Je eigen jeugd dreef verrassend vlug van je weg – op de voorgaande generatie had je zelfs nooit enig zicht gehad.

Haar moeder zette het borrelglaasje dat ze had afgewassen opzij en steunde met een hand op de rand van de gootsteen. Ze staarde voor zich uit in het niets, zag Louise in de spiegeling van het raam. Ze keek niet naar zichzelf – dan zou haar blik iets beweeglijks en speurends hebben en binnen de kortste keren zou ze iets aan zichzelf verschikken, aan haar haar of de kraag van haar jurk. Misschien was ze zo dof vanwege Doortje, die ze wel zo ongeveer hadden opgegeven. Of zou het misschien toch met haar te maken hebben – met haar studie, haar uitgerekte verblijf hier, en hinderde het haar moeder dat ze hier rondliep en weinig uitvoerde en nu ook weer in de keuken hing en niet even aanbood af te drogen. Maar Oscar voerde net zo weinig uit en haar vader ook. En ze zei altijd dat het niet nodig was, als je met iets wilde helpen.

De hand van haar moeder liet het gespikkelde graniet van het aanrecht los en ging omhoog, ze rekte zich en zette het bovenraam open.

‘Het wordt killer ’s avonds, hè?’ zei Louise maar. ‘Je ruikt de herfst al.’

Haar moeder knikte, zei niets. Nog steeds die ivoren gelaatsuitdrukking. Of zou ze, vroeg Louise zich opeens af, alsnog iets te horen hebben gekregen over haar avontuur met de kinderen en daarom zo stug zijn. Zou ze erop aangesproken zijn? Maar nee – dat had goed gekund natuurlijk, dat aanspreken, maar wat niet kon, was dat mama dat dan niet onmiddellijk ter sprake bracht. Ze zou, om wat voor overweging ook, zoiets nooit voor zich houden want ze speelde nooit een rol. Dat kon ze niet al zou ze het willen.

Ze was er zelf, na die discussie met Maarten, thuis niet over begonnen. Ze had geen moment spijt gevoeld, en ze kon een glimlach niet onderdrukken als ze dacht aan wat ze de kinderen op het laatst had meegegeven, net voor ze teruggingen naar hun ouders in de kerk: dat ze maar één ding hoefden te onthouden en dat was dat de Bijbel *kinderachtig* was, en dat ze dat vroeg of laat vanzelf zouden zien als ze er maar vaak genoeg en goed, erg goed, in zouden lezen. Ze zou waarschijnlijk nooit te weten komen of een van die kinderen daardoor, misschien nog niet meteen maar wel over een paar jaar, zou ontsnappen. Ze zou ook nooit te weten komen of een van hen zijn of haar ouders daarmee zou confronteren. Ze twijfelde opeens toch een beetje – want uiteindelijk had ze zelf min of meer, met het vertellen van een gelijkenis, een religieuze methode toegepast.

Haar moeder neigde zich weer naar de ijskast, legde de fles jenever in het vriesvak.

‘Weet je nog,’ zei Louise, ‘dat toen ik heel klein was ik steeds maar die deur open en dicht deed omdat ik niet geloofde dat het lampje binnenin uitging? Ik dacht dat het licht op het allerlaatste moment naar binnen werd gezogen.’

‘Hm-hm,’ zei haar moeder, afwezig.

Ze begon zich te ergeren. Dit was een anekdote die haar

moeder zelf aardig genoeg vond om op verjaarsfeestjes of aan wildvreemden te vertellen – waarom deed ze dan zo? Ze wist niks van haar kindernevendienst, er was vanavond geen stekelige discussie gevoerd met mijnheer Westeneng en ze had zelfs al bijna een dag niet gerookt dus waaraan had ze dit chagrijn verdiend? Zeg maar wat ik verkeerd heb gedaan, wilde ze zeggen maar op dat moment hoorde ze haar moeder zuchten.

Dit werd eigenaardig. Ze was, realiseerde ze zich, vandaag ook nog geen enkele keer met 'kind' aangesproken.

'Is er iets?' vroeg ze. Misschien was het toch omdat ze over haar vader was begonnen. 'Er is toch niet iets met papa?'

'Nee,' zei haar moeder terwijl ze het borrelglaasje begon af te drogen. Ach nee, ging ze verder, het had eigenlijk niet zo veel om het lijf. Ze begreep zelf ook niet waarom ze zich door zoiets van de wijs liet brengen. 'Je weet,' zei ze terwijl ze nu eindelijk Louises blik in het spiegelende raam ving, 'dat ik langsga bij de oudjes van de gemeente, dat doe ik al jaren en ik doe het zo graag, maar nu vindt de dominee dat het tijd wordt dat een ander dat eens gaat overnemen, mevrouw Van Laar, dat leek hem beter en ik begrijp niet goed waarom.'

Ze trok de stop uit de gootsteen, het water liep met een slurpend geluid weg. Louise kreeg mevrouw Van Laar voor ogen: buitensporig eerzuchtig en buitensporig jaloers op alle andere vrouwen in de gemeente. Ze had alles – een modern huis vol peperdure antiquiteiten, een eigen zwembad, *binnen*, een tweede huis in Spanje en een vijftal uitzonderlijk lelijke kinderen. Ze verborg haar ziekelijke afgunst onder een ongereformeerd bruisende hartelijkheid waarvoor de nieuwe dominee blijkbaar gevoelig was.

'Is er niets over gezegd verder?' vroeg Louise. 'Dat kan toch niet zomaar – en dat willen de mensen toch ook vast niet?'

'Ik heb geen idee. Mijnheer Westeneng vertelde me vanavond dat ze het nieuwe zilveren avondmaalsstel voor de gemeente heeft betaald en ook een bijdrage voor de restauratie van het orgel in het vooruitzicht heeft gesteld. Er schijnt volgens hem gezegd te zijn dat mijn taak misschien beter kan worden toevertrouwd aan iemand die wat meer solvabel is, maar ik begrijp echt niet wat dat ermee te maken heeft.'

Ze hing de droogdoek aan een haakje en besloot op een toon of ze zich alweer goeddeels had herpakt: 'Nu ja, ze zullen wel wat anders voor me vinden. Ik moet me er maar niet te druk over maken.'

Louise antwoordde niet. Ze begreep niet helemaal waarom, maar een vage voldaanheid vervulde haar. Hier was het, zomaar en anders dan ze het zich ooit had voorgesteld – het moment dat alle momenten waarop ze zich klein had gevoeld in bijzijn van haar moeder leek weg te vagen en dat niet alleen: ze zag met een wonderlijke scherpte dat die momenten vanaf nu ook niet meer zouden terugkomen. Het was of er iets werd verbroken. Iets wat in elk contact tussen haar en haar moeder had gewoekerd, was verdwenen. Alsof de laatste tentakel van het monster dat haar jeugd had verzwolgen was afgehakt en kronkelend voor haar lag. Misschien zou ze het gif van het beest soms nog bespeuren maar dat zou niets aan deze verlossing veranderen. En nu, voelde ze, kon ze dit doortrekken, de overwinning compleet maken door de verhoudingen ineens om te draaien. Ze schoof haar thee van zich af, greep naar de meest geschikte formulering: onmogelijk om met zo'n hypocriete bende mee te blijven doen, ze had dus als tiener al de juiste beslissing genomen, nu zou haar moeder kleur moeten bekennen, ze zou op z'n minst het oog van de naald en twee dikke kamelen op die tollenaar van een dominee en mevrouw Van Laar moeten loslaten want anders maakte ze een grap van zichzelf. Op dat moment sloot zich hierbij nog een andere gedachte aan: iedereen in de gemeente, behalve haar moeder en mijnheer Westeneng, wist het wél, van haar optreden bij de kinderen – en nu werd haar moeder erop afgerekend zonder dat haar recht in haar gezicht werd verteld waarom. Ja – dat was heel goed mogelijk, dat was zelfs waarschijnlijk!

Haar moeder stond nog altijd zo – aan het aanrecht, rug naar haar toe gekeerd. Er zat iets in haar schouders, zo scheen het Louise toe, een schuchterheid die het haar zwaar maakte zich om te draaien. En ze leek kleiner, opeens. Een vreemd, nieuw gevoel maakte zich van Louise meester. Ze vroeg zich af waar die hevige emotie van zojuist vandaan was gekomen. Van de schooljuffrouwen en -meesters, de jaren op catechisatie, haar eigen zelotencarrière als kind. Ja – maar het scheen vergeleken met een minuut geleden onbeduidend. Ze zag haar moeder, en haar schuchterheid, en voelde opnieuw de zekerheid dat haar eigen onmacht was overwonnen en verdwenen.

'Kom, mama,' zei ze. 'Kom zitten. Wil je thee?'

Haar moeder draaide zich om, trok een stoel naar zich toe en kwam bij haar aan tafel zitten. Louise stond al half op om een kopje voor haar uit de kast te pakken maar nee, zei ze, ze hoefde geen thee meer. Ze legde haar handen voor zich op tafel. Louise keek weer naar de vlekken die zich daarop aftekenden en bedacht dat mijnheer Westeneng als enige trouw leek te blijven aan haar moeder. Ook daar had ze een vreemde, rustige emotie bij.

'Gaan jullie verkopen?' vroeg ze.

Haar moeder legde haar ene hand op de andere. Ze haalde haar schouders op. 'Ik weet het niet,' zei ze. 'Waar laten we dan alle spullen van je vader. Maar misschien zou het wel beter zijn, ja.' Ze keek Louise aan. Kon ze, vroeg ze, zelfs al kregen ze toch alles financieel rond – kon ze zich voorstellen hoe het dan verder zou gaan? Het dorp bleef groeien, daar viel niets tegen te doen. De komende jaren zelfs sneller dan nu. Daar had ze onlangs over gesproken met papa; volgens hem waren politici van alle partijen het erover eens dat Nederland zo snel mogelijk helemaal volgebouwd moest worden. Over een halve eeuw zou er geen snipper bos of heide meer te vinden zijn. Dus uiteindelijk zou hun huis als een eiland in een zee van nieuwbouw liggen. Wie zou daar blij van worden?

Louise keek voor zich in de thee, die zo was afgekoeld dat er geen damp meer van afkwam. Ze had verwacht dat ze het verschrikkelijk zou vinden dit te horen, omdat de verkoop alles definitief zou maken – de leugen, haar gestolen jeugd. Zolang nog de intimiteit bestond met het huis waarvan ze elk geluid, elke geur, elk lichtschijnsel bij elk weertype kende, had het haar toegeschenen dat er iets ongedaan kon worden gemaakt – als bij een huwelijk dat eens gelukkig was geweest en alleen nog standhield door de illusie dat een status quo een terugkeer naar dat aanvankelijke geluk niet definitief uitsloot.

'Nou kind,' zei haar moeder na een tijdje met een flauwe glimlach. 'Ik ga maar eens naar bed. Ga jij ook?'

'Nog niet,' zei Louise. 'Ik doe hier zo het licht wel uit.'

Haar moeder stond op, kuste haar boven op haar hoofd. 'Goede nacht,' zei ze.

'Goede nacht, mama.'

Ze kwam haar kamer binnen, liep zonder licht te maken naar de andere kant, vond op de tast de klink van het raam en zette het wijd open. Ze pakte haar sigaretten, ging op de vensterbank zitten, trok haar benen op.

Buiten was het stil en donker. Er viel alleen een heel flauw schijnsel beneden over het grind – ze had een lamp in de hal, achter het roosvenster, aan gelaten. Toen ze een sigaret aanstak kregen een moment lang alle voorwerpen in haar kamer gestalte. Ze blies rook uit, keek weer naar buiten, liet haar ogen wennen. Het was vrijwel onbewolkt, zonder maan. Ze rilde, legde de brandende sigaret op het kozijn, reikte schuin omlaag naar een stoelleuning waarover een trui hing, slaagde erin die te grijpen en naar zich toe te trekken en trok hem aan. De zomer liep inderdaad ten einde, dacht ze toen ze weer zat en de sigaret tussen haar vingers hield. De avonden waren nog niet zo koel geweest en de manier waarop de boomkruinen bewogen leek anders, rustelozer. Soms hoorde ze een geluid – een takje dat schuurde in de nachtbries, een late vogel die langswiekte. Ze keek schuin omhoog, zag sterren – steeds meer. En nadat ze een tijdje zo had zitten kijken werd de Melkweg zichtbaar, die ze in de stad nooit zag en die hier dus binnenkort ook niet meer zichtbaar zou zijn. Ze bracht haar sigaret naar haar mond, knipperde tegen de rook die in haar gezicht dreef, bleef kijken. Niets van hier stond in contact met de trillende glinstering die daar hing als de ruggengraat van de nacht. Niets zou die plek ooit kunnen bereiken en toch keek hij altijd neer op de aarde en uiteindelijk, als er zelfs geen herinnering aan de mensheid meer bestond, zou hij nog steeds boven de aarde staan en even raadselachtig twinkelend neerkijken.

Ze dacht aan haar minnaar. Ze miste hem de laatste dagen soms – misschien moest ze hem opbellen.

Ze hield haar sigaret buiten het raam, tikte de aspunt af. Religie, zou ze tegen hem zeggen, deed onnoemelijk veel kwaad in de wereld. Het nam de mensen hun leven af. In plaats van dit leven als het grootst en wonderlijkst denkbare avontuur aan te gaan, lieten gelovigen dag na dag door hun vingers glippen vanwege de aangeleerde hoop op een hiernamaals. *Ons boeien niet de tijden; wat ons wacht is de eeuwigheid* – waarbij de meesten niet eens een voorstelling hadden van hoe het er daar dan wel uit mocht zien. Religie, zou ze zeggen, maakte op de smerigst denkbare manier misbruik van de evolutie. Een zoogdierjong kon uitsluitend overleven door blind op de ouders te vertrouwen en precies daarop, op dat gedurende talloze millennia verfijnde mechanisme, parasiteerde het geloof. Religie, dacht ze, maakte mensen onontkoombaar egocentrisch. Zelfs al was een gelovige in werkelijk alles wat hij deed onbaatzuchtig, verrichtte hij dag na dag goede daden voor zijn medemens – hij wist daarbij steeds in zijn achterhoofd dat dat zijn kans op goddelijke genade en zaligheid vergrootte en dat vergiftigde alles, dat maakte zelfs het grootste altruïsme onoprecht. Religie, dacht ze, was een mentale kooi met tralies die voor de gevangenen onzichtbaar bleven – je zag ze alleen van buiten, wanneer het je op de een of andere manier was gelukt eruit te stappen.

Maar deze gedachten wekten niet langer haar woede op.

Ze zou het niet doorgeven. Ze had dat al eerder bedacht maar het was of ze het nu voor het eerst in het volle licht zag: ze deed iets waartoe alle voorgaande generaties, de generaties die hier hadden rondgelopen en die hier geworteld waren, niet in staat waren geweest. Zich bevrijden, de stap maken naar een echt leven. En ook de ongewortelde generaties na haar zouden vrij zijn – dankzij haar. Ze was door de tralies gestapt en in volstrekte vrijheid keek ze op naar de Melkweg, voelde ze de koelte van de nazomeravond, hoorde ze de boomkruinen ruisen, had ze mededogen met haar moeder.

Ze hoorde geluid. Iemand kwam de trap op.

'Wat zit jij daar in het donker.' Oscar, vanuit de deuropening. 'Mag ik licht aandoen?'

'Kan niet,' zei ze. 'Is kapot. Op de tafel staat wel een kaars. Vangen –' Ze gooide haar aansteker in zijn richting, hoorde hem vallen. Daarna zag ze een schim gebukt rondtasten. Opeens schoot een vlammetje op, dat Oscar vervolgens bij de pit van de kaars hield. Toen die goed brandde werd de kamer in verrassend helder licht gezet.

'Kom jij vandaan?' vroeg ze.

'O, nergens. Gewoon wat rondgelopen. Was net bij de kelder. Er zijn een paar van die jongens van vroeger uit jouw klas, met een telescoop.'

'Echt waar?'

Hij knikte. 'Heb je wijn?' zei hij.

'Huh?'

'Ja of nee,' zei hij.

'Ja hoor,' zei ze, knikte langs hem heen. 'Daar – kurk zit er los op. Glas staat erbij.' Ze zag hem de fles oppakken en het etiket bekijken voor hij inschonk. Hij nam een slok, trok een vies gezicht, maar dronk daarna opnieuw. Ze begon te lachen – en bleef lachen. Om de een of andere reden vond ze het geweldig grappig wat er gebeurde. 'Ik lust ook wel,' zei ze. 'Bij de wastafel staat nog een glas.'

Ze bleef naar hem kijken, zag hem iets doen dat ze al eerder had gezien: hij sloot de vingers van zijn ene hand even om de pols van de andere. Hij was zich de laatste tijd anders gaan kleden; hij droeg al een week die broek met strakke pijpen, hij had van zijn eigen geld cowboylaarzen gekocht – en zat er nu gel in zijn haar? Vast vanwege dat meisje. Ze kon hem ernaar vragen, dacht ze. Maar misschien ook niet – was iemand van de familie juist de laatste van wie hij commentaar of advies wilde. Ze dacht aan zijn smoes over de klasgenoot. Het was beter te wachten tot hij er zelf over begon. Hij gaf haar een tot de rand volgeschonken glas aan.

'Dank je,' zei ze. 'Nieuw shirt?' Hij droeg een felrood T-shirt.

'Ja,' zei hij. 'Vind je het mooi?' Hij zei het op een toon die niet de indruk wekte dat hij om haar mening verlegen zat en nam een forse slok van zijn wijn.

'Kleed je zo dat de wereld niet om je lacht en Gods volk niet om je huilt.'

Gelukkig, daar kon hij toch een beetje om glimlachen. Hij keek om zich heen, liep naar de chesterfield, haalde Beer eruit en ging zitten. De kaars flakkerde nadat hij erlangs gestapt was en vulde de kamer met beweeglijke schaduwen. Had ze al een idee, vroeg hij, wat ze ging doen als ze inderdaad niet verder ging met haar studie. En bleef ze nog lang? Hij wilde haar niet weghebben of zo, maar was gewoon benieuwd.

'Ik vertrek morgen of overmorgen,' zei ze. 'En dan blijf ik een hele tijd weg.'

'O? Dat is nieuw. Wanneer heb je dat bedacht?'

'Nu. Ik bedenk het nu. Ja – misschien ga ik vanavond wel mijn tas inpakken.'

'En je studie?'

Ze haalde haar schouders op. Het laatste dat ze daarover had bedacht – maar voor zich hield – was dat ze een heldere overeenkomst zag tussen een literatuurwetenschapper en iemand die je vertelde hoe je de liefde moest bedrijven terwijl hij het zelf nooit had gedaan.

Hij vroeg hoe ze aan geld dacht te komen.

'Ik kan een baantje zoeken,' zei ze. 'In een boekwinkel. Of misschien wel in een modewinkel.' Op het moment dat dat haar mond uitkwam dacht ze: wat een flauw grapje – maar hij reageerde er niet op. Hij kwam omhoog uit de stoel om zich opnieuw in te schenken. De kaarsvlam sidderde opeens en knetterde: er was een mot in gevlogen.

'Weet jij al wat je gaat studeren?' vroeg ze.

Hij zuchtte hoorbaar, schudde langzaam zijn hoofd terwijl hij de kurk weer in de fles drukte.

'Daar moet je toch een knoop over doorhakken, broertje. Wil je wel op kamers volgend jaar?'

Hij keek op. 'Ja,' zei hij gedecideerd.

Ze ging anders zitten, keek naar buiten. Er leek een rookblauwe nevel boven de vijver te hangen. Van bij het riviertje kwam het verstoorde gekwaak van een eend. Even later hoorde ze vanuit een andere richting ijl de dorpsklok slaan, een klaaglijk schor stemmetje in de verte. Toen ze zelf zo verlangde het huis uit te gaan, had ze een keer gedroomd dat God het dorp met tien gruwelijke plagen strafte voor het haar eindelijk vrijliet. Ze zag iets bewegen, beneden zich over het grind. Daar schoof een schaduw vanaf de notenbomen op het huis toe.

'Doortje!' riep ze. De schaduw stokte, de kat keek omhoog. 'Doortje!' riep ze nog een keer. Ze draaide zich om en sprong van de vensterbank op de vloer. Oscar keek haar aan, zijn gezicht vol verbazing. Toen realiseerde ze zich dat haar ogen vochtig waren.

8

Het was zo onbarmhartig warm in de klas dat de aanblik van het schoolbord, dat met een kletsnatte spons was schoongemaakt en nu slinkende strepen vertoonde, hem een verlangen ontlokte als dat van een dorstende bij het zien van een fata morgana. Om hem heen pakten leerlingen van tijd tot tijd hun T-shirt of blouse met een paar vingers vast, zodat ermee gewapperd kon worden. Anderen gebruikten een schrift of wat losse vellen papier als waaier. Oscar had de indruk dat het na elke poging zichzelf koelte toe te wuiven alleen maar benauwder werd. Het rook indringend naar puberlichamen, een geur die op weg was naar een interessante nieuwe dimensie doordat de jongen vlak voor hem zojuist zijn schoenen had uitgetrokken.

Zijn blik dwaalde, bleef kort hangen bij de nieuwe puntenslijper met zwengel die op de hoek van het bureau van de leraar gemonteerd zat, en hield daarna stil bij de lange stok in de hoek met de gekrulde haak aan het uiteinde – voor de bovenramen. Die stonden al in hun uiterste stand open; tenzij iemand de stok gebruikte om er de ramen mee uit hun sponningen te slaan, was het maximum aan luchtverversing bereikt. En met die gedachte aan lucht zag hij voor de zoveelste keer vandaag Dona voor zich – geknield op de grond naast haar vader.

Er was niets veranderd. Op dat moment bij haar thuis, toen hij haar weer zag, bleek alles wat hij over haar gedacht en gevoeld had nog steeds springlevend en hij schaamde zich voor wat hij op de avond van de Ballonfiësta bij elkaar had geredeneerd. Ze was weer voortdurend in zijn gedachten – haar oogopslag, haar manier van bewegen, haar ernst, haar accent, haar stem, haar belangstelling. Zo begon, dacht hij, de eerste dag van het nieuwe schooljaar niet veel anders dan het vorige was geëindigd. En nu – hoe zou het met hem verdergaan? Hij had berekend dat hij het hier op het Voetius College nog zo'n kleine tweehonderd traag verglijdende dagen moest uithouden. Daarna ging hij studeren. Hij zou ergens gaan werken, het ene na het andere jaar opbranden, ouder worden. En nog veel later, als hij echt oud was geworden en terugkeek op deze periode, zou er niets het herinneren waard zijn behalve dit ene – de ontmoeting met Dona en haar familie, die de belangrijkste gebeurtenis van zijn jeugd was geweest.

Hij keek opzij, naar het zonbeschenen raam. In het condensgeultje lag een bromvlieg, gestorven van verveling. In een opwelling stak hij zijn hand in zijn broekzak en haalde er het lucifersdoosje uit dat hij vanochtend bij zich had gestoken om het te kunnen teruggeven, het doosje waaruit Jonkie hem een lucifer had laten aanstrijken omdat zijn arm in een mitella hing. Hij keek ernaar, dacht aan Jonkie, die vandaag niet op school was vanwege een begrafenis, en herinnerde zich de manier waarop hij hem in een hoek van het schoolplein een kreteksigaret had laten roken. Oscar hield het doosje omgekeerd boven zijn bureau, schoof het witte deel ervan uit het andere en liet de lucifers eruit vallen. Daarna boog hij zich opzij naar de vensterbank, reikte met zijn arm.

'Oscar,' hoorde hij. Hij kwam nog net niet ver genoeg, schoof naar het randje van zijn stoel. Het voelde pathetisch wat hij ging doen maar iets in hem wilde dit – als ritueel. Hij hield het witte deel van het doosje gekanteld, tikte de vlieg er met zijn pink in.

'Oscar!' Een geweldige klap liet hem zo schrikken dat hij van zijn stoel gleed en zich nog net aan het tafelblad kon vastgrijpen. Het lucifersdoosje en de vlieg vielen op de vloer. De leraar stond bij hem, zijn handen plat op Oscars opengeslagen schrift en boek.

'Dat is vier keer. En nu heb ik er genoeg van, dit gaan we niet nog een jaar meemaken. Meld je maar bij de conrector. En neem je spullen mee, ik wil je hier niet meer zien vandaag.'

Oscar stopte zonder haast zijn spullen in zijn tas, schoof zijn stoel aan en verliet het lokaal. Meteen voelde hij dat het op de gang aanmerkelijk koeler was.

Hij was vanochtend niet de enige gestrafte. Bij het kantoor van de conrector stond al een andere jongen naast de deur te wachten. Ze wisselden een knikje uit. Derde of vierde, schatte hij.

Dit was de eerste keer in zijn schoolcarrière dat hij uit de klas was gestuurd. Maar hij wist van anderen hoe het eraan toeging: je moest voor het bureau van de conrector staan, en die zou onophoudelijk zijn Parker aan en uit drukken terwijl je opbiechtte wat de reden voor je komst was. Dan, als je was uitgepraat, zou het stil worden op het geklik van de pen na. De conrector zou je over zijn bureau aankijken en door blijven klikken zonder iets te zeggen, net zo lang tot je er doodzenuwachtig van werd – en dan opeens zou hij stoppen en met een afwezig gebaar een draconische straf uitdelen. Protesteerde je, dan werd die straf onmiddellijk verdubbeld.

Hij leunde met zijn schouderbladen tegen de muur, dacht aan Jonkie. Een oom die aan de andere kant van het land woonde was overleden. Toen hij hoorde dat Jonkie naar een begrafenis was, had hij even gedacht dat het om mijnheer Matupessy ging maar dat was dus niet zo, al had hij het gevoel dat ook dat niet lang meer zou duren. Die oom was ongetwijfeld militair bij het KNIL geweest. Ook hij had zich laten gebruiken voor de verdeel-en-heerspolitiek van de Hollanders in Indië en ook hij had zich daarna vanwege valse beloften ingescheept. En hij had net als Matupessy het tweede deel van zijn leven, onder het toeziend oog van zijn konigin Wilhelmina, uitgezeten in een bijna altijd vochtig en koud land zonder een moment vrij van heimwee te zijn geweest.

De jongen die naast hem stond werd naar binnen geroepen. Oscar was zich nauwelijks bewust van de ander, van de situatie, van de plek waar hij stond. En ook van zichzelf was hij zich bijna niet meer bewust. Hij zag hoe overal in het land, in nieuwbouwwijken die neergedrukt en plat leken onder voortdrijvende wolken, terwijl de Hollanders kalmpjes verdergingen met welvarender te worden, oude Molukse mensen achter de ramen van hun huisjes zaten te wachten op de steeds verder naar de horizon wijkende kans dat Nederland eindelijk zijn belofte inloste – hun harten stuk voor stuk vuurtjes van machteloze woede die de komende tien, twintig jaar een voor een zouden uitdoven.

Colofon

Pastorale van Stephan Enter werd in opdracht van Uitgeverij Van Oorschot gezet uit de Bembo door Perfect Service te Schoonhoven en gedrukt en gebonden als hardcover door Wilco te Amersfoort. Het ontwerp voor band en omslag werd vervaardigd door Christoph Noordzij.

De auteur ontving voor het schrijven van dit boek een werkbeurs van het Letterenfonds.

Nederlands letterenfonds
dutch foundation
for literature

Andere boeken van Stephan Enter

Winterhanden (verhalen)
Lichtjaren (roman)
Spel (roman)
Grip (roman)
Compassie (roman)